LA CIVDAD
DE LA LUNA

Jorge Majfud

Cuauhtémoc
Rebelde Editores

Realidad es la locura
que permanece
y Locura la realidad
que se desvanece

Mapa de Barbaria, 1610

Si por algo se caracterizaba Calataid era por sus gemidos nocturnos, por aquellos ecos fantasmales que rebotaban en los callejones oscuros de San Patricio, entre las espesas murallas de Compasión y Gitanera desde tiempos de la colonia, desde los tiempos de su dolorosa fundación. Aquellos gemidos que nunca se definían por el placer o por el dolor, entre el éxtasis y el martirio de la locura, entre la santidad y el pecado. Gemidos de Calataid que eran precedidos por las últimas campanadas del centro y, más recientemente, por el absurdo tronar de la trompeta de Basilisco —estruendos sin orden ni armonía, como un llamado del demonio a la entrada de la ciudad Santa de Calataid.

En parte su madre tenía razón. Tocar jazz o ese maldito tango en la estación del tren, en un país que se había vuelto intolerante a todo lo occidental, ¿no era una forma de exponer peligrosamente a un pueblo de europeos, refugiados de otras miserias humanas definitivamente superadas? Un pueblo que había sido la avanzada de la aventura espiritual de Europa —según el mismo doctor Uriburu—, mucho antes de que llegaran los insaciables *colons*, y que por entonces se había convertido en el rezagado del desbande, acurrucado desde 1962 en un rincón del infinito Sahara, procurando no moverse ni hacer ruido para no ser visto, para que no se oiga hablar de él ni en los cuentos infantiles, a la espera siempre de salvar al mundo del último estremecimiento, del caos, del trágico pero necesario derrumbe final.

~ 3

Todos sabían que un día se correría la voz de que, escondido en el endemoniado desierto de Barbaria, un músico tocaba jazz y, en menos de lo que canta un gallo, los fanáticos de la gran secta de los moros vendrían por él y encontrarían a todo un pueblo de infieles (según su concepción equivocada de Dios), con sus iglesias llenas de imágenes y sus bodegas llenas de vino, con su orgullosa Libertad.

"Borrosa libertad —había escrito el padre del Basilisco, el doctor Uriburu, siete años atrás, en un cuaderno que desapareció junto con otros libros un día después de su muerte— , *libertad que nunca fue bienvenida en Calataid, pero que ahora se rescata como un trasto viejo de un baúl abandonado en el sótano, descubierto por casualidad y con desesperación por algún miembro asustado de la familia que fue corriendo a refugiarse en la oscuridad de una casa a punto de derrumbarse, a punto de ser aplastada por el vómito infernal del Vesubio.*

Un pueblo que no tendría tiempo de explicar —según otros— que nada tenía en común con los opresores de la colonia, con el ser y la nada de París ni con los socialistas ni con Budiaf ni con Alí Kafí ni con la *Organisation Armée Secrète*. Y aunque le concedieran milagrosamente el derecho occidental de demostrarles todo eso, no podrían ocultar sus iglesias y sus santos de yeso; ni sus vírgenes de mármol con un seno hermosamente insolente; la descalza y desarropada Santa Teresa en su mejor momento de éxtasis, a punto de ser varias veces atravesada por la lanza de aquel hermoso ángel, en uno de los rincones discretos de la iglesia Matriz; ni sus criaderos de cerdos en las afueras que servían de basureros; ni sus nobles reproducciones de Fra Angélico en las paredes de la Alcaldía y la imagen largamente odiada del semidesnudo David; ni sus libros paganos conservados en los sótanos de las cinco torres ciegas, con sus miradores definitivamente tapiados en 1962; ni sus biblias ignorantes de Mahoma; ni sus aldabas anunciando el monstruoso fetichismo de cada morador; ni sus jardines y sus plazas llenas de lavandas de Francia y amapolas de China; ni sus mujeres sin chador ni sus hombres que de vez en cuando practicaban la calma del vino y la conversación racional, de Aristóteles y San Agustín, del queso y de la carne en Ramadán. Arrancarían la aldaba de piedra que precede a Puerta del Poniente; abrirían las murallas, como en 1847; quemarían las iglesias, derrumbarían las cinco torres ciegas y darían vuelta las sagradas sepulturas; colgarían del pescuezo a la viuda del cine con dos metros de *Casablanca*; degollarían al alcalde y arrastrarían por las calles al ruso de la tienda Palestina. ¿Y no era todo eso, acaso, el deseo secreto de un ser deforme y rencoroso como el Basilisco?

EL JUEZ CABALLERO NO ERA EL ÚNICO con esta convicción. La mayoría era de la idea de que la trompeta era un instrumento diabólico y degenerado: tocar la trompeta era como tocarse el sexo, decía el pastor Ruth Guerrero; una costumbre propia de los africanos del sur, descendientes de Onán, personaje bíblico que había sido cubierto de sombra por su vergonzoso pecado. Y esto iba para los pocos negros que había en Calataid, llegados la mayor parte de Mozambique con sus entusiasmados diablos de *pau preto*, huyendo del hambre, la locura y la guerra comunista. Los negros escuchaban avergonzados, sermón tras sermón y domingo tras domingo, en las dos últimas filas de la iglesia; no porque fueran negros, sino porque su naturaleza despedía un insoportable olor pimienta y cebolla cruda, imposible de disimular con el humo de los inciensos. Por algo —se sabía— Dios había establecido la costumbre de quemar inciensos, no para que prevalecieran olores inmundos cerca del altar, como los olores del libio cuando se bajaba del camello o los olores de las mujeres cuando estaban impuras o practicaban el lascivo arte de la imaginación.

Como resultado de los sermones, estos descendientes de Onán fueron los únicos que no se masturbaban en Calataid, aunque nunca hayan sido reconocidos por ese esfuerzo, ni siquiera por el padre d'Ángelo que, se sabía (lo sabían los sacristanes), había fracasado repetidamente en el mismo intento. Este hombre de piel blanca, casi transparente por las eternas sombras del confesionario y de la sagrada siesta, jamás perdonó que aquellos negros se bañaran casi todos los días, en una tierra donde agua era lo que más escaseaba; y menos que confesaran no haberse tocado el miembro inferior por años, a no ser para orinar, por lo cual habitualmente recibían el castigo de cien avemarías bajo acusación de falso testimonio unas veces y de verdadera soberbia las demás. Pero como los negros eran pobres e ignorantes —según pensaba la hermana del Basilisco— y servían como trapo de piso para las conciencias de la Segunda Guerra, tampoco eran mal recibidos. Incapaces de mirar siquiera a una mujer blanca directamente a los ojos, servían como enoucos terapéuticos. Las señoras del centro solían contratar estos hombres del sur como sirvientes, para que les cocinaran y les lavaran la ropa limpia, para cambiarse de vestidos delante de ellos, en la confianza de sus maridos de que los negros no sentían nada, pese al tamaño privilegiado de sus miembros inferiores (o por eso mismo). "Cuanto más grande la linga, más difícil parar élla e menos goce produce" decían en los bazares, en los clubes de armas, como si algún día hubiesen poseído alguna de semejantes dimensiones. Nadie sabía ni nadie podrá saber qué sentía un negro de Calataid, mas nos desnudamos delante dellos cada poco, que es mejor que andar buscando amantes para pecar contra Dios. Ellos no podían sentir nada, mas nosotras imaginábamos cosas fasta que nos fervía la sangre e quedábamos prontas para nostros maridos. En la intimidad de las mujeres, se supo que muchos maridos —también fue alarde del alcalde María de Rodrigo, una noche de copas en el Club de Armas— los hacían esperar en un rincón mientras practicaban el acto matrimonial, secretamente conscientes de los beneficios de testigos mudos e insensibles en el ánimo de sus deprimidas esposas.

Los negros que llegaron a Calataid eran más bien inocentes, con la única excepción del negro Diablo, que apenas había aprendido a hablar hispano se había dedicado a criticar las contradicciones de Calataid, hasta que la lepra terminó por comerle la lengua y se volvió más violento aún. Estuvo dos días desaparecido hasta que regresó dando gritos animales, rompiendo cuanto se le cruzaba delante hasta que el alcuazil de María lo encerró un par meses y logró rehabilitarlo en parte. Sus pocas aptitudes mentales no le dejaban percibir sus propias contradicciones; nadie lo había llamado, era libre de abandonar la ciudad santa cuando quisiera, pero prefería morder la mano que le daba de comer. Desde que ya no pudo pronunciar palabra por semejante castigo divino, fue objeto de compasión de los habitantes de esta ciudad. Durante un tiempo se lo vio recogiendo monedas en la puerta de la iglesia, con tal avaricia que no se le escapaba la moneda más pequeña aunque rodase hasta el mismo infierno. Los otros negros, por el contrario, siempre se mantuvieron en virtud de humildad; apenas sabían tocar unos tamborcitos pequeños y siempre se cuidaban de no ser vistos por los blancos. No tenían dedos para el violín ni para el órgano. Carecían de las habilidades y del gusto necesario para hacer música. Pero lo reconocían. Los negros americanos, en cambio, llevaban un doble pecado: el orgullo, que, por si fuera poco, estaba injustificado.

Al poco tiempo, los nuevos negros, los *shetanis*, se juntaron con los negros de extramuros en una casa de oración donada por el alcalde don Villaraigosa a principio de los setenta. Muchos de ellos, aprovechándose de su demostración de fe religiosa, lograron quedarse intramuros en las casas abandonadas de la calle Compasión, entre San Patricio y la muralla de los muertos, a resguardo del viento y las habubs del desierto. De esa forma, los barrenderos aumentaron en número y las calles disminuyeron en arena hasta mediados de los años ochenta, aunque las donaciones continuaron en lo establecido por la costumbre, lo que se tradujo en permanentes fricciones y disputas entre los sudorosos y fornidos callejeros.

Entre los negros que vivían extramuros existía la creencia que los abuelos de sus abuelos habían colaborado en la construcción de las murallas y de las cisternas de Calataid y que habían vivido en los obradores de camposanto por muchas generaciones. Para hacer las cosas más difíciles entre los negros y también entre los ciudadanos del centro, el doctor Uriburu, que para entonces había confundido la práctica de la medicina con el estudio de la arqueología y de las creencias sociales, decía haber probado esta creencia silenciosa decodificando el orden de las grandes piedras. Pero esta teoría de los albañiles africanos era la teoría de un aficionado a la arqueología y no la revelación de algún libro sagrado. La famosa *Historia* del padre Juan II, escrita en el siglo XIX, mencionaba la existencia de los *nigros* intramuros de Compasión, como refugiados de la violencia y del hambre de Agadez, en Níger, pero no los relacionaba con la construcción o reconstrucción de alguna muralla (y la historia se basa en documentos o no es historia). Se sabía que los africanos, sobre todo los del sur, eran incapaces de trabajar la piedra y mucho menos de concebir algo más perdurable que el sonido de un tambor o los colores hechos en base de adobe. Todo lo cual se evidenciaba en las casas arruinadas de Compasión y en la arena que había invadido sus puertas de entrada.

PERO EL BASILISCO, QUE HABÍA REFLEXIONADO sin éxito sobre las implicaciones de su arte y de su trompeta, decía que en Calataid odiaban más a los negros que a los americanos en general, ya que éstos apenas si eran seres imaginarios. No sólo porque de Europa central había llegado el mito del blanco ario, o blanco a secas, no sólo porque Calataid era un oasis de cristianos blancos en el desierto, definitivamente solos desde la independencia de Argel, sino porque estaban rodeados de mauros salvajes, que para un blanco sin bello en la cara era la misma cosa. Lo que no evitaba que cada una de las variaciones sobre el blanco implicara odios inimaginables en un viajero desprevenido. A su vez, estos odios secretos no impedían que los habitantes de Calataid se considerasen la reserva moral del mundo, por lo cual cada uno de ellos adolecía de un patriotismo crónico que se expresaba en la idolatría de los símbolos del pueblo. Los unía el orgullo, un orgullo ciego e incontestable, frío como el hielo, impenetrable como la muralla que protege el templo donde habita Dios. Un orgullo —confesó, en los fondos de la cisterna donde fue recluido en 1979— que me dejó sin palabras tantas veces, triste tantas veces, preocupado tantas veces, temeroso a veces, definitivamente desesperanzado. La bandera de Santa Inmaculada de Calataid, un triángulo rojo con una cruz dorada en el baricentro, era capaz de emocionar hasta las lágrimas a cualquiera. Sobre todo cuando se repetía por miles en las calles y en los comercios, los días de fiesta. Entonces, no importaba si era blanco o negro, rico o pobre, hombre o mujer, jinete o alazán. La altura de las cinco torres ciegas y el espesor inhumano de sus antiguas murallas eran, ante los ojos de sus habitantes, pruebas irrefutables de un espíritu excepcional, moldeado sin duda por la gracia de Dios.

¿De dónde procedía este admirable orgullo? Tampoco los habitantes de Calataid lo sabían, pero evitaban formularse la pregunta adelantando las respuestas, decía el padre de Ramabad. Según su teoría de arqueólogo aficionado, cualquiera podía haberse dado cuenta que un pueblo que sufre de fragmentaciones necesita una bandera que diga UNIÓN, necesita de esa mentira para sobrevivir a su propia disolución, para hacerse monstruosamente fuerte, hasta que finalmente triunfe la uniformización y la decadencia definitiva.

CON TODO, EL DOCTOR SALVADOR URIBURU era un arribado. Ni siquiera se podía decir que era un traidor sino, simplemente, una de las tantas e inevitables amenazas que durante siglos habían llegado desde el exterior. Si no preocupaba más a sus habitantes, era porque la historia decía que el espíritu de Calataid terminaba predominando, como el lenguaje más perfecto se impuso sobre el caos babélico de los antiguos inmigrantes sin idioma.

Pero sin duda el hijo más despreciable de Calataid fue su hijo, el Basilisco, el hombre bestia que llegó a poner a todo un pueblo al borde de la desaparición. No por sus ideas, ya que era incapaz de concebir una, a pesar del tamaño desproporcionado de su cabeza, sino por su conducta. Su madre lo había engendrado defectuoso y su padre lo había terminado de deformar, hasta lograr un perfecto monstruo, baboso y criminal. Para pocos, Ramabad había sido un tipo más bien tímido y sólo tenía cabeza para la música. Según él mismo, todas las cosas que acontecían en su vida tenían significado si las podía traducir a negras y blancas. Incluso vivía como si fuese uno de esos músicos famosos que había visto en las enciclopedias de su casa: locos y mal vestidos, indiferentes a las burlas del pueblo, aquellos seres mitológicos tarde o temprano terminaban rechazando ese reconocimiento ajeno que sólo llega cuando la víctima ya no lo necesita. En el otoño imaginario de Calataid, caminaba por Empedrada como si caminase por Viena, auxiliado por esa prodigiosa imaginación que sólo poseen los artistas adolescentes y que luego deben perder para tener algún tipo de reconocimiento o simplemente para no perecer de hambre. Poco antes del atardecer, se iba con su trompeta a la muralla de Lázaro, y se quedaba mirando por donde se ponía el sol y llegaba el tren. Su soledad también era importante para nosotros: no sólo porque él no gustaba de la gente, sino, sobre todo, porque distraían élo. Ningún problema era importante cuando volvía mi mente a una melodía que estaba naciendo dentro de mi cabeza. Y si eran malos tiempos y no se me ocurría nada, bastaba con recordar a Shubert, aquel niño feo y ridículo pero gran músico, para olvidar por completo que estaba solo en una insignificante aldea del desierto, mientras el mundo se extendía por todo el planeta dando un largo rodeo para evitar pasar por allí. O murmuraba *Aire* de Bach, para no pensar en el empleo que tenía en la alcaldía, en sus compañeros de trabajo que cada día soportaba menos. En el pueblo le decían «el loco de la corneta», porque tampoco a ellos les caía bien. Es cierto que tampoco su aspecto ayudaba mucho: su frente, saltona y deformada, me daba un perfil de bisonte prehistórico, y sólo servía para asustar críos y molestar la vista de los adultos, que decían que esa frente crecía año tras año debido al esfuerzo inhumano de soplar la trompeta. Para algunos, su frente era el resultado de un mal nacimiento, ya que para salir del vientre de mi madre tuvieron que emplear pinzas que me dejaron marcas en el cráneo hasta los cinco años. Para otros no: la dificultad de su nacimiento sólo se debió al tamaño exagerado de su cabeza en el momento de la gestación, lo que significaba un accidente genético, la consecuencia de la adicción de alguno de sus padres o, lisa y llanamente, un castigo de Dios. Una explicación memoriosa habría relacionado el tamaño excesivo de su cabeza y la falta de piernas de su hermana con la caída de uno de los aviones que explotó en 1949 sobre el desierto de Argelia, cuando procuraban reabastecerse de combustible en el aire. Entonces, habíamos enviado toneladas de material persuasivo que debía precipitarse en otro lado. El mundo nunca se enteró, por supuesto, y no tenía por qué hacerlo. Sólo algunos habitantes de Calataid vieron el avión arrastrando humo primero y después una bola de fuego blanco que no lo dejó llegar al suelo. El resto se lo tragó el desierto. Pero Calataid quedaba afuera del mundo y sabíamos que no estaba interesada en recordar el incidente que rápidamente atribuyó a un espejismo del desierto. Claro que esta teoría de la radiación también comprometería al resto de la población, lo que, a juzgar por el excesivo número de minusválidos, homosexuales, ateos y muertes imprevistas, no se iba a imponer al olvido popular con mucha facilidad. Sin embargo, el pueblo siempre prefirió buscar las razones dentro de la casa del afectado y evitar reclamos más comprometedores. Los habitantes de Calataid sólo veían individuos, buenos o malos, virtuosos o pecadores; nunca creyeron en el pecado colectivo ni en la injusticia social. A lo sumo, un defecto en uno de sus hijos era responsabilidad de sus padres, pero nunca del resto del pueblo. En el caso del Basilisco, siempre hubo discrepancias y grupos de partidarios que apoyaron una teoría o la otra, pero es probable que aquella frente, luego acentuada por la falta de cabello, sólo haya servido para recordarme, desde que tuve uso de razón, que era diferente al resto de los críos. Hecho que quiso atenuar en su adolescencia envolviéndose fuertemente la cabeza con una venda ajustada que se ponía por las noches y que nunca resultó en una disminución de su perímetro, sino que, más bien, sólo sirvió para despertarme cada mañana con terribles dolores de cabeza.

LOS PAÑOS APRETADOS APENAS ERAN PARTE de la locura de un adolescente torturado por un defecto físico, que comparado con la suerte que le tocó a su hermana debería haber dado gracias al cielo. Cada mañana, al levantarse, medía con una cinta métrica el contorno del cráneo y, con decepción, sólo verificaba que las vendas no servían para reducir sus dimensiones, sino todo lo contrario: las aumentaba, resaltándolas todavía más con el color rojo-morado de una piel castigada por la presión inútil del paño. Cuando esto ocurría, me tiraba de espaldas en la cama y me quedaba así por horas. Pensaba que si hubiese nacido sin una oreja hubiese podido disimularlo con un pelo más largo; si hubiese tenido un lunar o una cicatriz en el mentón, se hubiese dejado la barba desde mucho antes de abandonarse en la puerta de la Luna. Pero no, justo él tenía que nacer con esa cabezota que no se disimulaba con nada. Si se dejaba el pelo abundante, aumentaba su tamaño aparente, y si se rasuraba hasta la piel dejaba el defecto al desnudo. Nada que hacer. Para peor, fracasar en este arte de reducir la cabeza lo ponía fácilmente irritable. Lo que de paso servía para que su madre le comentase a todo el mundo que el crecimiento de su frente no le aumentaba la inteligencia sino que la reducía, o por lo menos no la dejaba ver. Esto se lo había escuchado un par de veces, no en tono de burla, pensaba, sino con tristeza, una de aquellas largas tardes en que Ramabad se pasaba con la oreja pegada a la puerta de su alcoba, marcando aquel perfil grasoso en la madera, día tras día, tratando de escuchar las conversaciones de las visitas que acudíamos al refugio oscuro de su madre y que él prefería evitar siempre que podía. No quería ver las visitas porque las despreciaba y porque verlas significaba exponerse a que lo vieran. A ninguna de aquellas viejas le interesaba el arte de los dioses y habrían salido corriendo detrás de sus enormes tetas, envueltas en sus disfraces de viudas decentes, de haberlo visto a cinco metros de distancia, soplando *Adiós Nonino* o algún otro tango mal nacido que introdujo ilegalmente su padre en la ciudad santa. Hasta cierto punto, le convenía tener un aspecto tan repulsivo: la gente se apresuraba a huir o siempre encontrábamos una excusa para retirarnos, para dejarlo solo, en paz. Pero tampoco podía decir que se quedaba solo, completamente sólo, porque su padre le había dicho que uno nunca está sólo, y con el tiempo fue descubriendo que tenía razón: nosotros siempre estamos ahí, vivos o muertos, estamos ahí.

—*Eso es el espíritu, papá?*

—*Tal vez sí, pero no lo repitas.*

—*¿Por qué?*

—*No sé por qué, chiquito mío. Porque tal vez no es verdad. Y si es verdad no importa. Y si importa no conviene. Y si no conviene no sirve.*

Recuerdo esa época con agrado, cuando mi padre vivía, cuando sufría por quién sabe qué cosas y yo pensaba que era feliz, que era un hombre poderoso y que conocía la verdad de los *por qué* y yo admiraba sus *cómo*, cuando todos tenían la misma edad como si hubiesen nacido con ella un día cualquiera, y seguirían teniéndola siempre; cuando el futuro era un marco inalcanzable que protegía la eternidad de mi niñez, cuando mi padre tenía treinta y tres años y esa cantidad era una enormidad de tiempo hasta que cumplí veinte y después veinticinco y me di cuenta que no era nada, apenas un momento que podía desaparecer como una noche de fiesta, cuando descubrí que en realidad mi padre era un hombre débil, lleno de temores y de dudas, luchando por esquivar la tristeza, como luchaba yo cuando no lo tuve más conmigo. En el fondo de la última cisterna, reflexioné mucho sobre esto. Y aunque había alcanzado los treinta y tres años, bajo tierra, comprendí que uno madura definitivamente cuando alcanza la edad de nuestros padres en alguno de nuestros recuerdos. Porque entonces uno siente —si no entiende— que el principio y el final están al alcance de la mano, que nacimos ayer y que mañana o pasado mañana tenderemos que irnos.

Ahora, si vamos a ser justos, habrá que decir que para su pobre madre no debió ser más fácil tener dos hijos como él y su hermana, que Dios la tenga en la Gloria, si el Diablo no le ganó de mano. Al fin de cuentas, yo tenía élos concebido e sobre mí caían todos los defectos de estas dos pobres criaturas, que Dios proteja. E que Dios perdone, mas el fecho de ser la madre no mí impide ver la realidad. Mas, aún así, yo quería élos, porque eran mis fijos.

Todos reconocían que los hermanos no eran culpables de sus defectos, pero no se podía negar ni disimular el desagrado que provocaban con su sola presencia. Habían salido así porque su padre estaba enamorado de una calavera, y pensaba en ella cuando hacía el amor, había dicho la partera. E no era yo errada, porque a mí llamaba Bella Durmiente e yo sabía que ese era el nombre de la otra. E los sanos e los normales tampoco teníamos la culpa ni estaban obligados a acompañar ellos en su irremediable destino. Porque para eso Dios fizo personas diferentes, para que cada uno se ocupe de cuidar de sus propias almas.

Él había aprendido a evitar las discusiones. Le llevó tiempo, pero finalmente entendió que en ciertos momentos, en ciertos lugares, el silencio era la única respuesta posible a la virtuosa unanimidad de una sociedad perfecta. Los fines de semana había encontrado el consuelo y un escape en la construcción de metáforas. Hasta que un día, decepcionado o simplemente deprimido, pocos días antes de marcharse al infierno, hizo con todas ellas una fogata indiscreta en el patio de su casa. Algunos vecinos que vieron el humo vieron la imagen del demonio, escapando en una ráfaga de arena que descendió del otro lado de la muralla de Santiago. Un perfil conocido en los atardeceres tormentosos del desierto, la figura del hombre alto y delgado, se había estirado por el cielo evitando el aura del Convento de las Teresitas con un ronquido amenazante, hasta convertirse en un arco iris negro.

El doctor se había quedado pensando en su consultorio, en silencio y mirando la calavera que colgaba en un rincón, entre triste y muerta de risa.

No era verdad que me gustaba Bella Durmiente, como decía mi esposa y repetían sus amigas y los esposos de sus amigas. Yo sólo sufría por ella porque cada día me revelaba algo nuevo de su vida. ¿En qué estás pensando?, le preguntaba la calavera con su mirada hueca. Había sido una mujer hermosa, estaba seguro, la piel rosada y el pelo negro, una sonrisa saludable; algunas marcas de los músculos principales en los usos más largos demostraban un trabajo rudo y agotador. Una campesina o, más probable-mente, la empleada de algún rico comerciante, de quién sabe qué ciudad, esclava asalariada o criada sin sueldo y muerta en la creencia candorosa de una felicidad inalcanzable. Joven, no más de veinticinco años, con un hijo y tal vez con un aborto, había sido donada al hospital de Omán y más tarde vendida al médico argentino. Pero, por alguna razón que no se podía detectar en sus huesos, había sido infeliz, tal vez soñadora. Tal vez hoy cumpliría años. Ninguna enfermedad, ninguna dolencia física. Se la había comprado a un médico árabe, en Oran, el que a su vez la había comprado, todavía entera, a un joven aristócrata de la ciudad. Alguien inventó que había sido bailarina en sus comienzos, pero él sabía que había trabajado cargando agua o sacos de harina. Tenía un nombre difícil y lo olvidó llamándola Bella Durmiente. El médico de Oran había fracasado en su intento de perpetuación egipcia y la había puesto con el resto de los cadáveres que usaban sus estudiantes, hasta que la redujeron cinco o seis años antes de venderla, con el cuidado de que no le faltara ni una sola falange. Mohmmed, el médico de Oran, se había interesado por la curiosidad espiritual del americano y lo había invitado con un té, en un bazar frente al Mediterráneo.

Fue entonces cuando Salvador Uriburu supo por primera vez de la existencia de Calataid, la ciudad espiritual. Mohmmed la describió con lujo de detalles y, ahora lo sabía, con exageración. Nunca había estado allí, pero en la universidad se escondía su nombre como un mito pagano. Recordaron Roma, Cartago y la pirámide de Chitchen-Itzá. Pero Calataid estaba viva, ese mismo día de mayo de 1958, había dicho Mohmmed, fumando, con un codo apoyado sobre la cajita azul que contenía a Bella Durmiente, protegiéndola como el pequeño tesoro que sería dentro de mil años más. La versión oral más conocida sobre Calataid exageraba tanto sus costumbres y su arquitectura que pocos creían seriamente en su existencia. Como él, hablaban español y probablemente pertenecían a alguna secta cristiana, de las tantas sectas que dieron al mundo los seguidores del profeta crucificado. Poco después de recibirse de médico en Córdoba, el joven Uriburu había recorrido medio mundo buscando la iluminación, un signo que le revelara la salvación de una vida mecanizada, sin sentido. Fue hasta Argel en busca del doctor Frantz Fanon, y de su encuentro con el filósofo negro guardó una colección de apuntes y la fascinación por África. Se dijo, años después, que Fanon lo había visitado en Calataid a principios de la revolución y que se había marchado sin que nadie lo hubiese visto subir al tren.

Cuando el médico argentino llegó a la ciudad en 1958 y armó a Bella Durmiente en su consultorio, llamó alarma de sus pacientes que no comprendieron que eso tan horrible podía tener algo en común con ellos y con su sanación. Más tarde fue tolerada por la costumbre y por el entusiasmo científico del médico. Hasta que en 1967 los rumores de la relación perversa que mantenían los dos acabó con la profesión de él. Los rumores se prolongaron después de su muerte, afirmando que ella lo había llamado para unirse definitivamente en las cisternas profundas de Garama.

Bella Durmiente murió de angustia, pensó el doctor y miró por la ventana. Se había dejado crecer la barba, aunque todavía era escasa. Su frente se había vuelto más pálida, sus ojos más profundos. Tendría treinta y dos o treinta y tres. Era demasiado joven para casi todo, aunque Ramabad no podía tener conciencia de la escasez de tan pocos años. La viuda del cine había dicho alguna vez que Salvador era un hombre tan profundo que cuando se asomaba a su interior le daba vértigo. Pero la gente dejó de admirarlo y de agradecerle la vida, sospechando que por ella habían perdido sus almas. Como si no le importara, o como si le importara demasiado, se hundía en el silencio de su consultorio y miraba por la ventana, miraba siempre por la misma ventana que daba a un pedazo de cielo y al callejón del izquierdo. Así lo recordaba Ramabad, progresivamente triste, repentinamente melancólico, como si antes hubiese sido feliz, o como si antes hubiese tenido una esperanza que ya había perdido, definitivamente. Entonces, entraba en su consultorio y él se daba vuelta y hacía un conocido esfuerzo por sonreír. "No está más triste" pensaba

Ramabad; pero igual sentía su tristeza, su decepción en forma de alegría.

LAS POCAS VIRTUDES QUE CADA HERMANO tenía sólo podían ser mérito de ellos mismos, en su penoso transcurso por la vida, porque cada uno hizo lo posible por compensar su monstruosa mala suerte. A un hombre defectuoso como Ramabad sólo le quedaba la oportunidad de ser genial, y tal vez por eso se había dedicado a la música. Pero ni siquiera era genial. En una aldea como la suya al menos podía simularlo, aunque de este engaño no obtenía más admiración que desprecio. Más bien era un músico mediocre y lo peor de todo era que él mismo lo sabía. Su madre también, y por eso despreciaba aún más la afición de mi fijo, desprecio que materializaba todo en la pobre trompeta.

Su hermana en cambio era bonita, sí, casi un galán de cine, pero le faltaban las piernas y prefería a las mujeres; aunque nunca besó a ninguna, aunque nunca nadie quiso saberlo. O preferían pensar que era un muchacho; o ignoraban deliberadamente que las jóvenes soñaban con verla asomada a la ventana de su alcoba o se escondían para leer sus obscenos versos. Cuando su padre vio su sexo sin piernas, la llamó Soledad. Poco después de su primera menstruación su madre resolvió ingresarla al Convento de las Teresitas, pero no fue suficiente la influencia que tenía la vieja familia Arenas en Calataid para lograr que la aceptaran. La niña Soledad supo de la solicitud y luego supo del rechazo, pero no supo cuál de los dos momentos le había dolido más. Como de costumbre, corrieron todo tipo de teorías y rumores sobre la nueva vergüenza de la familia Arenas. La excusa más elaborada y menos verosímil para la comentada decisión vino del mismo convento, y declaraba que las monjas habían logrado tal grado de liberación y perfección espiritual que habían ingresado al último claustro central, olvidando el uso del lenguaje humano, tan necesario para la educación de alguien que había crecido contaminada por la impiedad.

Por su parte, el hijo mayor, el Basilisco, si bien no tenía un cuerpo de atleta, tampoco tenía problemas de los hombros para abajo, pero le sobraba cabeza por donde mirases vos. Por un tiempo hizo algún esfuerzo por ensanchar los hombros, para disimular un poco su desproporción. Estaba lejos de un séptimo griego. Hizo ejercicios y pesas en el sótano de la casa vieja, pero la música siempre pudo más y después de una o dos semanas de rigurosa disciplina física, empecé a invertir esas horas, quemadas inútilmente, en soplar la trompeta.

Si bien no era un gran músico, por lo menos la trompeta lo ayudaba a olvidar lo demás. El hecho de que su perfil empeorase con la edad dejaba de importarle, por lo menos en una medida razonable, cada vez que se concentraba en lo sublime. En la misma proporción que amaba la trompeta odiaba los espejos. Y más odiaba tomarse fotografías, porque si bien los espejos le reflejaban su propia fealdad (especialmente cuando estaba desnudo), las fotos se empeñaban en exponerlo ante la curiosidad ajena, sin el asco o sin el miedo que lo protegían cuando se encontraba presente. En las fotos, su hermana, a la que llamaban «el pájaro», llevaba siempre las de ganar. Me llamaban así para molestarme, pero ella estaba orgullosa de su apodo. Estaba convencida, como Frida Kahlo, que una persona no necesita piernas si puede volar. Cualquiera podía darse cuenta de cuánto dolor había detrás de esta afirmación orgullosa. Y cuánto esfuerzo inútil por volar, también. Además, el apodo masculino sólo molestaba a su madre, no a ella, que dedicaba todos sus versos a mujeres desconocidas, probablemente ideales o disfrazadas por nombres inventados. Sólo su hermano la llamaba «el pájaro» con cariño. Probablemente él la quería, aunque es más probable que sólo sintiera solidaridad por ella, tanta lástima como debía sentir por sí mismo cada vez que se enfrentaba a un espejo o se recordaba de perfil mientras hacía otra cosa. Decía que nunca había sentido celos de ella ni nada por el estilo, aunque fuese más bonita como hombre, aunque haya descubierto que la única mujer que se le había acercado por voluntad propia en toda su vida lo había hecho porque estaba enamorada de ella.

NUNCA TUVE CELOS NI ENVIDIA DE MI HERMANA —dijo—; aunque nunca hubiese cambiado mi vida por la suya. Es cierto que yo la maté, sí, pero dicho así nomás es una cosa, y la verdad en toda su dimensión es otra bien distinta. No necesito dar explicaciones de algo que todos saben mejor que yo, aunque el pueblo siempre olvida rápido. Yo nunca pude olvidar y ese fue mi castigo. Recordar, recordar eternamente cada detalle, cada palabra, cada grano de arena en el desierto. Recordar, recordar de vivo y recordar aún después de muerto. Así me castigó Dios, por pensar que mis defectos de nacimiento eran una prueba de Su indiferencia, de Su olvido.

En las fotos de familia era el pájaro el que siempre se lucía. Era bonito de verdad, había que reconocerlo. Era bien proporcionado y tenía cierto aire de actor de cine. A los fotógrafos siempre les interesaban las partes altas del cuerpo humano; tomaban sólo la cabeza, o la cabeza y los hombros, o la cabeza, los hombros y la cintura. Era muy raro que a alguien le interesaran sólo los pies o sólo la cintura. Se entiende: la vida social se representa, casi exclusivamente, en el hemisferio superior del cuerpo humano, aunque los guiones se escriben en el sur. Incluso la pornografía no puede abstenerse de los rostros, según había visto en una revista francesa. El amor y el odio, los instintos bajos y el amor a Dios se concentran allí. Una persona puede vivir sin pies, pero nunca sin cabeza. Es allí donde uno tiene todos los sentidos, hijo, y casi toda la vida psíquica, incluida el sexo.

—¿Por qué fablas de esas cosas a mi fijo? ¿Quieres llevar élo al infierno?

Entonces, no era raro que un defecto en la cabeza tuviese más implicaciones sociales que un defecto en el culo o la ausencia de los pies. Cuando yo era el fotógrafo del alcalde, tomé a los hermanos una foto de cuerpo completo e puse éllas en el Salón de la alcaldía como l'arte que eran. Las no-piernas del pájaro no llamaron alarma. A nadie molestó la vista de esa ausencia. En todo caso, sentían compasión por la renguita; era más probable que quisieran acercarse a ella y pasar la mano por su cabeza, repitiendo el clásico "pobrecito". Sobre todo aquellos que lo veían por primera vez y no sabían que era una niña o una joven con el pelo corto. Claro, no podían tener asco de tocar algo que no existía. Cuando el pájaro se miraba al espejo, no tenía nada de su cuerpo que despreciar. En cambio, yo no sabía qué hacer con algo que no lo sentía propio sino agregado, unido a mí como un castigo. Había que ver esa cabeza posando junto al resto de la gente, al lado de su hermana: era como un manotazo sobre el piano en medio de una pieza de Chopin, como tres segundos de jazz en medio de un vals de Strauss. No sé si esas fotos sobrevivirán aún, papá, pero si existen en algún rincón de este universo, ya no podrán hacer daño a nadie, porque antes de que cayeran en manos enemigas yo mismo me encargué de borrarles lo que tenían de feo, es decir, a todas las que pudo les raspó lo que había sobre sus hombros. En todo caso, cuando la historia ajena desentierre a Calataid y las intimidades de la familia Uriburu, registrará una especie de fantasma con la cabeza blanca, como un fósforo encendido, al lado del pájaro o de su madre.

DE CHICO, RAMABAD PENSABA QUE DE ELLOS DOS se hubiese podido hacer una persona normal. Y no eran sólo ideas suyas: una noche escuchó a su propia madre, hablando en la oscuridad con alguien: "de dos podía tenido fecho uno bien" habría dicho esta mujer viciosa. Primero me dolió; después leí el Zaratustra de Nietzsche, escondido en una alacena, en la biblioteca de mi padre, dentro de las cubiertas arrancadas al Mio Cid, y dejaron de importarme las viejas del pueblo. Referirse a las viejas del pueblo era sólo una forma de referirse a todo el pueblo con un desprecio consolador. En realidad, no importaba la edad ni la experiencia; aquel defecto suyo era suficiente para provocar en la gente un terrible disgusto, cada vez que me veían por la calle. Y no era para menos. Algunas mujeres cruzaban a la otra acera o nos persignábamos si estábamos embarazadas, porque era bien sabido que la fealdad y la mala suerte son contagiosas, aunque el doctor, que había engendrado semejantes hijos, dijera lo contrario. Y como no podían culparlo de algo que ya traía de nacimiento, lo culpaban de lo que había adquirido después: la costumbre anormal de tocar la trompeta, su incomprensible capacidad para sentir la música en lugar de la religión de Calataid, su atrevimiento de ser escasamente feliz soplando aquel instrumento de babosos. ¿Podría alguien imaginarse a Jesu Christo tocando la trompeta? Jesu Christo nunca hubiese tenido un discípulo trompetista, había dicho el pastor Ruth Guerrero. Algunos decían que fingía felicidad cuando tocaba; que fingía, como su padre, sobriedad cuando en realidad estaba ebrio, genialidad cuando en realidad era un mediocre, superioridad cuando en realidad era un miserable monstruo defectuoso.

Se sabía que Ramabad había perfeccionado el arte de ignorarlos. Se iba con la trompeta a la muralla de Lázaro, a tocar jazz y a esperar el tren de la capital. Ese tren que cambió su vida, digámoslo de paso.

La tentación de Ramabad nació en la misma estación. El tren de Argel llegaba el último jueves de cada mes, se detenía en el pueblo media hora, giraba sobre el disco, descargaba el petróleo refinado que alimentaba la usina eléctrica y se volvía hacia Adrar, sin que mucha gente llegara siquiera a enterarse. O no querían enterarse. Desde chico, Ramabad supo que el tren era algo peligroso. Su madre hizo que terminase tomándole pánico, repitiéndole, siempre que podía, que no me acercara a menos de cien metros de las vías. Sobre todo cuando la bestia estaba por pasar, porque las ruedas chupaban a la gente y las destrozaba entre sus rayos de acero, porque así se alimentaba de aldea en aldea. En eso se parecía a la gitana, una comehombres. Ramabad le tenía un miedo terrible (al tren y a la gitana) pero después, a medida que iba cumpliendo años y en su cara iban saliendo granos con pus primero y barba más limpia después, comprendió que estas advertencias no sólo pretendían ponerlo a salvo de algún terrible accidente sino, sobre todo, formaban parte de una obsesión colectiva. Para el pueblo, el tren traía el mal. Era negro y poderoso como un rinoceronte —como el rinoceronte que tenía el alcuazil en un cuadro colgado en una pared de su despacho—, portador de todo lo peor que caracterizaba al resto del mundo: ideas comunistas, desorden anarquista, violentas películas del Oeste Salvaje, asesinatos y pornografía de Los Ángeles, mercancía inútil de la China, armas de Brasil y de Paraguay, libros de Francia con oraciones a la Nada, máscaras y ritos vudúes de África negra, mujeres demasiado vestidas de Persia, mujeres demasiado desnudas del Congo, whisky de Inglaterra, violencia y fanatismo de Argel, de donde llegaría un día la muerte con su Ley. Apenas supieran que en su país existía un pueblo de europeos blancos y afeitados, los moros enviarían en esos mismos vagones decenas de degolladores para borrar lo que las arenas del desierto no habían logrado borrar en quinientos años. Eso sin contar la evidente contaminación del aire a causa de los gases tóxicos que despedía la máquina. ¿Qué quedaría de Calataid si se permitiera el avance de todas esas plagas sobre sus higiénicas calles de piedra? Tampoco los maquinistas tenían buena fama; siempre llevábamos una barba de tres días, lo que para Europa es mucha barba y para Argelia es demasiado poca. Y lo primero que hacían al llegar a la estación era emborracharse o seguir bebiendo para confirmar la borrachera que traían de Sidi-bel-Siwa. Todo a pesar de que había una estricta prohibición al respecto; sin embargo, a la gente le gustaba decir que la soledad del tren era propicia para todo tipo de alucinaciones ilegales. En la soledad profunda, los hombres solían ver mujeres desnudas, corriendo al lado del tren, y para muchos era preferible ahogar la locura bebiendo alcohol, a riesgo de ser ahorcados por los moros, a morir deseando calmar una lujuria imposible.

Por su parte, el cantinero de la estación y su sobrino eran, de alguna forma, un mal necesario, una especie de contrabandistas de todo tipo de mercaderías y de malas costumbres que a la larga terminaban circulando en Calataid. Sin que nada de esto les pesara, cada año la asamblea de ediles votaba, por unanimidad, la suspensión de los servicios ferroviarios. Pero las peticiones en tal sentido nunca llegaron al gobierno central, ya que se perdían, no se sabe dónde, si en el mismo viaje que las cartas hacían en tren o en las propias oficinas de la Junta. Año tras año, la votación en contra del tren sólo servía para confirmar de qué lado estaba cada edil, si a favor o en contra de la extrangerización. De antemano, todos sabían que en el gobierno nadie tomaría en serio la resolución de una aldea que ni siquiera aparecía en los registros cartográficos o presupuestales. Tampoco se insistía demasiado en el envío, o de hecho se lo perdía a propósito, ya que sólo Dios sabe qué hubiera pasado si hubiesen revuelto un poco más el avispero.

Pero cuando uno tiene veinte o veintitrés años y no ha perdido aún la salud, no puede otra cosa que intentar revelarse. Nunca me preocupó que me asociaran con el tren, sino todo lo contrario. Si le habían prohibido algo, desde que había tenido uso de razón, con más razón para desearlo. El tren, la trompeta, la gitana... Siempre se sintió distinto al resto. Desde chico, esa diferencia la veía hacia arriba, pero después de leer en secreto a Nietzsche la misma resultó ser hacia abajo; y de sentirse una basura humana ascendió, por resolución propia, al status de hombre. Zaratustra contemplaba el pueblo y la llegada del tren desde su montaña, la muralla de Lázaro. Que pensara diferente no era una sorpresa para nadie, ni para él mismo; pero, como suele sucederle a cualquier adolescente, la rebeldía no le dejaba ver los peligros que corría.

EL BASILISCO ESPERABA EL TREN SENTADO sobre una piedra de la muralla para sentir, con todas las tripas, aquel estruendo que comenzaba como un rumor, a veces engañoso, y después iba creciendo hasta mover las raíces de las piedras. Entonces aprovechaba ese momento para soplar con fuerza la trompeta, para probar las notas que, con timidez, había ensayado la noche anterior en el silencio oscuro de su alcoba. Como si fuera un arma, apretaba aquella trompeta con fuerza y soplaba algo parecido a *Mad Man Blues*. De alguna forma, sentía que tocaba para el Gran Público, para diez mil personas que gritaban excitadas en la Ópera de París primero y en

Broadway después. Soplaba *Mad Man Blues* a todo pulmón y sin ningún pudor, como si la gente del pueblo no pudiese oírle en ese momento estrepitoso, como si no se diera cuenta del peligro que corrían todos por su culpa. Pero, por suerte, el maquinista era tan infiel como el whisky que me llevaba y me traía de Kahina, y a veces de Argel. La aldea iba a durar mientras yo estuviese en ese puesto y no me descubrieran borracho. Ellos no me denunciarían nunca, y yo tampoco a ellos. Lo más que hacía, cuando lo veía al loco soplando la trompeta, era tocar el pito con fuerza, más veces de las necesarias, las suficientes como para molestarlo y divertirme un poco.

Esto acontecía el último jueves de cada mes; Ramabad tocaba la trompeta y el maquinista le daba con el chirrido agudo del silbato. Se detenía en la estación de 4: 30 a cinco de la tarde, de modo que los fierros oscuros de la máquina nunca llegaban a enfriarse del todo, y luego entraba en el disco y volvía a Kahina. Para el gobierno, aquella ciudad perdida en el desierto no era más que el disco de maniobras que le permitía al tren girar sobre sí mismo. Y nada más. Probablemente nadie en el resto del país sabía de su existencia y pocos en el pueblo sabían ubicarse a sí mismos en un mapa. Porque a nadie le interesaba. Allí se estaba tan cerca y tan lejos del mundo, como decía el padre de Ramabad, con su léxico científico, más separados por el tiempo que por el espacio. Las arenas del desierto borraban y confundían los límites naturales que se miden en los almanaques y hasta en los relojes; y por eso uno podía ir del año 1960 al 1340 en apenas mil kilómetros, si las poderosas tormentas de arena no lo tragaban antes. Para ser más exactos, 999 interminables kilómetros. El número era la inversión del número de la bestia, del Heterodoxo, y se componía de "tres veces tres, tres veces". Pero no se podía ir más allá de Calataid, como habían pensado los colonos que extendieron las vías del ferrocarril. De hecho, se decía que debajo de las arenas había por lo menos treinta kilómetros más de rieles, los que debieron ser abandonados luego de una larga lucha contra el viento del desierto. Las arenas de la nada vencieron a los hombres que no tuvieron tiempo para recuperar lo que habían invertido, salvo los veinte rieles que más tarde sirvieron de columnas para iluminar la Empedrada, desde la iglesia Matriz hasta la esquina del turco. Por esa razón, se decidió colocar el disco de maniobras en Calataid, a pesar de que no había nada que explotar a esa altura. El disco bien pudo haberse construido en estación Kahina, lo que le habría ahorrado al gobierno central una suma considerable en combustible. La misma Asamblea de Notables de Calataid lo propuso alguna vez: invertir dineros municipales en el traslado de semejante armatoste, con pozo y todo, a la ciudad más próxima. De esa forma se librarían de la inevitable, incómoda y siempre peligrosa presencia del ferrocarril, que un día traería al ejército islámico. Desde cualquier punto de vista, eran preferibles las discretas huellas de los camellos que venían de Malí o de Libia. Porque un camello en el desierto era como un barco en el mar: nunca se sabía de dónde venía ni adónde podía llegar. Lo cual no dejaba de ser una paradoja, ya que los jorobados representaban tanto al Islam como el ferrocarril al mundo cristiano de Calataid.

Siempre que podía, Ramabad se acercaba para oler el tren, lo cual era otro de mis pequeños secretos. Sabía que en el pueblo no le hubiésemos perdonado nunca esta muestra de lujuria, pues bien es sabido que los olores son importantes sólo para los perros y para las mujeres. Pero este gallo feo y rebelde no podía resistir ciertas tentaciones y se recostaba a la máquina y a los vagones para darse el gusto, sin que ninguno de nosotros pudiésemos adivinar sus placeres más secretos. Esto también debía atormentarlo, de vez en cuando, porque se parecía a los gustos ambiguos de su hermana. Con el olor del tren llegaba algo que me hacía sentir por un segundo en otro lugar, en una ciudad en la que nunca había estado de verdad, pero que era como si la recordase en ese momento de una vida pasada. Olía el vagón vacío de pasajeros y delante de mí cruzaba una señorita con un sombrero, de esos que se usaban antes, de grandes alas rosadas y con plumas azules y violetas en el copete. Un fantasma francés de la colonia, una mujer inglesa en la Patagonia argentina.

El Basilisco tenía una imaginación especial, pero distinguía perfectamente lo real de lo imaginario. La imaginación siempre ha sido más poderosa que la realidad —decía su padre— pero la realidad también existe. Aunque nuestro hijo eligió la imaginación. Claro, ¿quién, que viva en un mundo tan desagradable, se quedaría con lo real?

En principio no había nada extraordinario en la llegada de aquel tren. Todos los vagones iban repletos de piedras, menos el primero que era un vagón de pasajeros. Ramabad se acercó y miró por una de las ventanitas con cortinas de mujer.

No había nadie adentro. Entonces pensó en subir. Miró hacia la estación y vio, por una de las ventanas abiertas, el perfil desconocido de una mujer que en ese momento me desanudaba trabajosamente el pañuelo. Sin pensarlo, recostó la bicicleta en una pared, entró al bar y le pidió al cantinero un vaso de agua. Aprovechó para observarme. Sentí algo, la verdad. Por eso viajaba tanto a lugares desconocidos. Se podía ver en su ropa y en la forma de sentarse, con la espalda recta y en los dedos entrecruzados sobre la mesa, que era extranjera. La mujer lo miré, un poco incómoda, y simuló arreglar algo en su cartera, para luego estudiar en detalle un papelito que podía ser el ticket del tren. Esa mujer no conoce de esta aldea amurallada más que lo que sus ojos pueden abarcar. Para ella, no existe la plaza del centro ni la alcaldía ni el camino de las locas. Seguramente confundirá a Calataid con alguna de las tantas ruinas moras que están desparramadas por el desierto, porque desde las vías nadie diría que detrás de ese estilo africano se esconde una ciudad santa. Y pronto, en una hora y media, seguiré camino de regreso a Argel y se olvidará que estuvo media hora en aquí.

Pensó acercarse de alguna forma a la viajera. Iba a mentirle que tenía una tía en Puerto Argel y tal vez le pediría que le hiciera el favor de dejarle una carta en el correo, al llegar. Improvisaría unas palabras sobre un papel de envolver dulces, mientras hablaba con ella. Algo le decía que tenía que hablarle, que ése era el último viajero que pasaba por el pueblo.

—Anda a sonar tu corneta afuera —dijo el cantinero, avergonzado, mirándolo con odio. Ramabad se dio cuenta que le había hablado como le hablaba a su sobrino.

Los curiosos no eran bienvenidos a Calataid, pero si ocurría lo inevitable y alguno aparecía perdido por allí, tampoco debían llevarse una mala imagen. Ni buena ni mala, porque lo ideal era pasar desapercibidos.

Una de las fortalezas del Basilisco era su odio, alto y espeso como las murallas de Calataid. Un odio casi indiscriminado, que le fluía del rencor y le iba creciendo como su cabeza, como un cáncer con los años. Dijo que en ese momento sintió odio por el cantinero, por su barriga que le subía hasta la nuca y, sin pensarlo, comenzó a sentir lo mismo por todos los gordos que en ese momento pisaban la faz de la tierra. Comenzaba a parecerle un exceso inútil de la existencia, tanta grasa colgando del mentón, tanto peso inútil. Ese montón de grasa autocomplaciente lo había tratado como a un mendigo, ese mismo hombre que hasta ayer le lamía el cuero de los zapatos cuando él entraba con su padre a tomar un refresco.

Fue en ese instante, confesó mucho después, que sintió verdaderas ganas de matarlo. Se acercó a la mesa de la mujer, casi tambaleándose, presintiendo lo peor. Sentí algo, nuevamente, sentí que se iba a abalanzar sobre mí y me tocaría los pechos. No debí mirarlo así. Una nunca conoce a la gente, por más países que haya recorrido. Muchas veces se enredaba imaginándose largas peleas con algún conocido del pueblo, donde él siempre salía vencedor y el ofensivo contrincante terminaba por pedirme perdón ante una multitud de curiosos que debían aprender que todo tiene un límite en esta vida y que mejor era que lo dejasen en-paz. Tenía los pezones erizados, los pechos me iban estallar. Luego despertaba tan agitado como si se hubiese peleado de verdad y sólo podía descargar tanta rabia tocando la trompeta.

"¿De qué año es esa maravilla, muchacho?", creyó que le decía la mujer, cuando pudo volver en sí. Le hizo una señal para que se sentara a su lado y otra como si quisiera invitarlo con su cerveza.

Ramabad se acercó casi tambaleándose y se sentó en el borde de una silla. Su olor era de muy lejos, pensó más tarde. No era olor a perfume, sino ese olor variable pero característico que los viajeros van tomando de las estaciones, de los barcos y de todos los trenes. Ella hablaba y él no podía entender lo que decía, como si hablara un idioma desconocido. Hasta que dijo:

—Toca algo.

Al principio, dudó; había pensado decirle que no sabía tocar o que no tocaba bien, y por eso prefería dejarlo descansando allí, sobre las piernas. Pero era posible que yo lo hubiese visto desde el tren, soplando como un loco. Había algo en su fealdad que me atraía, que me asustaba. Esta posibilidad y la idea de que el cantinero lo fuese a escuchar tocando allí adentro, lo llenó de vergüenza —aunque no podía ser vergüenza sino miedo, desesperación, claustrofobia—, hasta que finalmente venció su desprecio por el cantinero y sacó un poco de *Balada para un loco*. Mientras tocaba, adivinaba su cara inundada de color y quiso atribuírselo al esfuerzo que le insumía el viejo instrumento, todavía plateado en los costados de la bocina y más gastado pero igual de fuerte en los botones. Sus labios de mujer eran perfectos, sonreían o soplaban un imperceptible hilo de aire. Había visto antes esa estrategia de seducción en una no muy vieja revista de modas, aunque nunca supo que era una estrategia o la imitación de una estrategia. ¿Pero dónde, exactamente, había visto esa sonrisa antes?, se preguntó días después, repitiendo su recuerdo en el secreto de la noche. ¿En una revista? Luego la encontró en la publicidad de un perfume, en una *Paris-Match*.

Intenté alcanzar una melodía mínima. Con todo, casi no soplaba y se diría que apenas movía los dedos, de forma que se oían tanto las notas que salían de la bocina como su respiración agitada. Estaba totalmente desconcentrado. Había descubierto que su desprecio por la gente no llegaba a protegerlo com-pletamente del miedo que le tenía a las mujeres como aquella. Podía verse desde sus ojos: un rapaz provinciano, exageradamente delgado, pelirrojo como yo y rapado por orden de su madre, tal vez, con una frente saltona, tocando la trompeta con unos dedos largos y nerviosos, como si en ese momento estuviese en juego un contrato millonario, oliendo a desierto, a jabón de lavar ropa, a sudor fresco mezclado con el polvo de África. Y, sin embargo, había algo repugnante en él que me atraía. Hasta que acabó.

Ella dijo algo sobre la naturaleza del estaño, las minas agotadas de Uganda y Bolivia. Era belga o francesa, pero pronunciaba "muchacho" como sólo podía hacerlo su padre, como se pronuncia en el Río de la Plata o en las Islas Canarias; había estado en Viena, en Roma, y el olor a viajero lo había pescado precisamente allí. Hablaba suahili. Bueno, en realidad lo aprendí en Mozambique, por lo que no puedo decir que sea un suahili muy pulcro. En Roma y en Viena. La ópera, *Carmina Burana*, Chicago.

Agachó la cabeza. Allí abajo descubrió a su amigo de bronce, temblando, inclinado sobre sus rodillas como si quisiera esconderse debajo de la mesa. Se avergonzó de él, como un padre se puede avergonzar de un hijo mal vestido. Como su padre se avergonzó una vez de él, sabiendo que no tenía razones para avergonzarse porque el enfermo no era su hijo sino su sociedad, había dicho. Pero igual se había avergonzado.

—Eres autodidacta.

—Sí, eso —dijo, apenas adivinando el significado de la palabra.

—¿Dónde lo conseguiste, eh, muchacho, dónde?

—Compró élo mi padre en Río de Janeiro, antes de venir a la Argelia. Era médico e sólo sabía curar europeos, así que continuó viaje fasta Calataid e por eso estyo aquí.

—Es norteamericano —confirmó, devolviéndole el instrumento—. Deberías ir un día a Nueva York... o a Chicago. Hoy en día los jóvenes talentosos como tú se van todos a Nueva York. No porque allá tengan una mejor concepción del arte que en Madagascar, sino porque tienen dinero y no saben cómo gastarlo. En América hasta lo espiritual está en función del dinero. Y la música es sólo uno de los caminos que conducen a él. Pero ¿qué más da? Dudo que en este pueblo aprecien mucho más tu arte...

—Mmh, esa cara me dice que no ando lejos, eh, muchacho? ¿Es por eso que tocas como loco cuando pasa el tren, eh, muchacho? Vamos, muchacho, no me vas a decir que te vas lejos, a ese lugar tan horrible, porque a la gente de aquí le interesa lo que haces...

Entonces, debió reírse de una forma que terminó por desconcertar a la mujer.

—Un día voy a tocar en Nueva York —dijo, de repente, casi afónico, como un impulso ajeno a su voluntad— ¿Usted ha estado allá?

—Claro que sí —dijo ella, mirando el reloj—; no hace mucho.

—Allá saben cómo hacer las cosas.

—Nunca subestimes la ignorancia de un imperio. Sufrirás inútilmente.

Revisó su maleta de viajera y, después de sacar y poner papeles doblados en varias partes, dijo: —Eso es. Aquí está: Nueva York— desplegando la ciudad sobre la mesita. Desde lo alto se veía como un dibujo lleno de cuadraditos amarillos, con líneas rojas que corrían paralelas y se interrumpían en un rectángulo verde, mucho más grande que los otros, todo rodeado de un azul intenso que Ramabad identificó con el mar. Probablemente este azul lo conmovió más que el resto de los colores, tal vez mucho más que si hubiese visto el mar por primera vez. Entonces imaginé los edificios altos como columnas, como los que veía en las enciclopedias, y recordé enseguida un sueño que tuve repetidas veces: alguien le hacía señales con la mano desde la ventana de un edificio muy alto. Luego descubría que era su padre y despertaba agitado, como si hubiese tenido que regresar corriendo a su cama, en una noche insoportable de verano.

El Basilisco miró inquieto el reloj de la estación: las 4: 35 de la tarde; a las cinco nos vamos. Veinticinco minutos no eran nada para estudiar ese plano.

—Oye, chico, mira aquí —seguía diciendo la mujer, mientras ponía sus dos manos transparentes sobre el mapa y luego señalaba con un dedo—: Ésta que ves aquí, es la Quinta Avenida. ¿Nunca oíste hablar de la Quinta Avenida?

Negó con un gesto distraído. Tenía los ojos clavados en esa especie de lengua rallada de arriba abajo. Enseguida pensó que debía tener ese mapa y me lo imaginé arrancándomelo de un tirón y saliendo a toda carrera por el costado de las vías. Siempre se imaginaba las cosas que sería incapaz hacer. Voy a conseguir uno igual, se dijo, pero era evidente que no lo conseguiría en ninguna de las tiendas del pueblo, ni en la baja ni en la feria de San Bernardo. Tampoco podría comprárselo, porque no llevaba dinero en los bolsillos. Ella comentó algo, un poco nerviosa porque había visto esa mirada que piensa más de lo que ve, y traté de doblar el mapa para irme al tren. Pero Ramabad no podía escuchar. Sólo pensaba en cómo haría para quedarse con el mapa. Entonces, nervioso, volvía a mirar el reloj en la pared: las 16: 43. Nos vamos en quince minutos. Otra vez se imaginaba robándole el mapa al viajero, y otra vez lo veía rasgado en dos. ¿Cómo haría para no romperlo y que la mujer no lo persiguiera? No era una mujer joven, pero tampoco una vieja que no pudiese alcanzarle —hasta le haría el amor a cambio del mapa, si tuviese la oportunidad; al fin y al cabo, lo compré para ubicar el hotel donde vi por última vez a un hombre desnudo, y un buen recuerdo se paga con otro— mientras él trataba de escapar con el mapa desplegado en una mano y la trompeta en la otra. Tal vez la mujer terminaría por renunciar a su mapa, pero el cantinero correría la voz en todo el pueblo: el hijo del doctor es un vulgar ratero.

—¿Cómo puedo hacer para tener uno igual? —preguntó.

—Realmente, no lo sé, muchacho. Tal vez si lo encargas a Argel... Mira, no quisiera desprenderme de este plano. Tiene un valor afectivo para mí, como comprenderás, no? En cambio, te podría regalar... —dijo, mirando hacia su valija—. Te podría regalar uno de Madrid. Creo que tengo dos de Madrid.

Las 16: 57 en el reloj de bronce. Bah!, Madrid... Madrid no tiene mar y además allá sólo les interesa el flamenco. La mujer corre detrás de él, gritando "pelirrojo hijo del demonio". Tropieza con un durmiente y cae sobre los rieles. Se detiene, levanta la cabeza y el tren le pasa por encima.

—¿Qué le parece un cajón de cerveza? —se animó a proponer, casi en secreto.

—No creo que...

—Son novecientos noventa e nueve kilómetros fasta Argel.   Novecientos-noventa-y-nueve-calurosos-kilómetros. Ni en toda Argel ni en toda Libia encontrará un cajón de cerveza. Ésta viene de Malí, de contrabando. A medida que vaya tomando, puede ir tirando los envases por la ventana. Se tragará élos el desierto.

Deslizó un pie y su rodilla lo encontró temblando. Apoyé mi rodilla sobre la suya, un instante. Definitivamente no quería nada con ese muchacho, era demasiado tonto y no tenía más atractivos que sus ojos. Pero adoraba sentir que los hombres le temían, que aún podía atraerlos como antes. No le interesaba la conquista sino conquistar. Era una forma irresistible de sentir que aún tenía poder, aunque fuese para destruir, para vengarse de cientos, de miles de generaciones de mujeres estúpidas. Volvió a sentir un breve temblor en su rodilla, pero no sabía interpretar qué significaba el hecho de que aún la mantuviese en la misma posición. Ni aumentaba la presión sobre la suya ni la retiraba.

—Además, piense, lo comprometedor que es andar recorriendo el país con todo ese material. No sé cómo entró, pero apenas quiera salir del país comenzarán a facer preguntas. Usted sabe mejor que yo.

—¿Qué? ¿Me estás chantajeando, pequeño demonio?

La viajera dudó. Al principio no le interesó su oferta; yo debía comenzar a parecerle imprudente y molesto, como un mendigo que pide una cifra determinada en lugar de conformarse con lo que le dan. Finalmente, miró hacia la máquina que ya había encendido los motores; debió pensar en el tramo más largo y solitario del viaje hacia el mar, en la aduana, en los agentes de migración. Sonó el pito del tren; ya estaba en posición de regreso y, al parecer, no había ningún otro viajante para subir. No había tenido muchos amantes en su vida. Pocos. Casi ninguno. Pero se había especializado en hacer el amor a distancia, en jugar con el peligro, en provocar erecciones que luego abandonaba una probable masturbación. Sobre todo si eran jóvenes como ese, provincianos.

—Nos vamos! —gritó el maquinista, como si se dirigiese a una multitud.

Nadie había subido al tren. Un viaje inútil que sólo se podría mitigar con un poco de alcohol. Horas de soledad, si no lograba abrir la puerta del maquinista.

—No necesitas amenazarme para hacerme cambiar de idea. Con las cervezas es suficiente. Trae esas botellas —dijo y se levantó para acomodar sus valijas—. De otra forma sentiré remordimiento por el resto de mi vida.

Nunca había sido habilidoso para los negocios ni había tenido mucho trato con el cantinero. No bebía en su bar y sabía que esto lo molestaba secretamente. Le molestaba que todas las tardes pasara por la puerta de la estación, mirando las vías del tren, soñando como una mujer en vez de emborracharme con sus dos o tres clientes más consecuentes. Pero esa vez logró convencerlo como el mejor de los vendedores. Como el cantinero no quiso aceptar la bicicleta como prenda, vieja y común como cualquier otra, le ofreció la trompeta. Le habló de su valor histórico, de su origen americano y de su buen estado. En cierta forma, el instrumento tenía su fama: había pertenecido a su padre, el doctor más prestigioso que tuvo el pueblo, y ahora era el símbolo de su hijo y de su locura. Lo tendría consigo por más de un día y se lo mostraría a sus clientes. Toda una novedad. Incluso alguno le limpiaría el pico con un trapo húmedo y se lo llevaría a la boca, para infestarlo con su saliva alcohólica. Esta sola idea me repugnaba: dejar mi trompeta en manos de extraños. Pero el sacrificio valía la pena, y en unos pocos días, apenas consiguiera el dinero para pagar las cervezas, tendría las dos cosas: la trompeta y el mapa de Nueva York.

La mujer hizo un gesto de cansancio, tal vez pensando que el joven deforme había cambiado la trompeta por las cervezas. Se inclinó sobre una de las valijas y sacó el plano. Ramabad lo tomó como si recibiera un pasaje de barco que decía, con unas perfectas letras azules:

NEW YORK CITY
MAP

—Escríbame cuando esté lejos... —dijo, repentinamente.

—Te mandaré una postal.

—¿Cuándo?

—No lo sé. Cuando encuentre un puesto de diarios, un correo.

—¿A dónde se va?

—A Bagdad. Tengo cosas que hacer allí, luego Dios dirá.

—¿Qué cosas?

—Oye, pequeño demonio, que eres entrometido. Cosas, hombres, mujeres, negocios, la guerra.

—¿Cuál guerra?

—La que se viene, hijo, siempre estamos esperando una guerra.

Detrás de la mujer subió el cantinero con el cajón de cervezas y sus ciento veinte quilos de más. Ella se sentó contra una ventana y lo miró como si lo besara. Le respondí con la mano. Lo miré una vez más y me vi en el reflejo del vidrio, un poco cansada, un poco aliviada y sentí placer de esa innombrada soledad. No era tan malo volver sola. ¿Esa sonrisa significaba que iba a escribirme? Me di cuenta de que era una mujer bonita, parecía un cuadro en la ventanilla, inalcanzable. Ella le sonrió y le sopló un beso con la mano.

Esperó de pie en el andén, hasta que el tren comenzó a moverse; hasta que desapareció y se hundió en el silencio blanco de la tarde. Nunca más pudo olvidar esa boca y esos ojos que asoció a un sexo húmedo de mujer, como el de una revista francesa que guardaba el hijo del lechero, como un tesoro.

Por la noche, se acodó en la ventana y miró hacia San Patricio, justo cuando se ahogaba un gemido entre las piedras y el violín de los grillos. Luego el ladrido de un perro. Una región más oscura se extendía por la antigua medina, el antiguo centro de Calataid, ahora el barrio de los marginados. Algunas luces muy pálidas indicaban las pocas mesas que esa noche tenían cena, mientras los pasajes oscuros, los callejones profundos, recibían a sus mujeres y a los paseantes del centro. Prestó atención, pero no escuchó más que el violín de los grillos y los ecos de unos zapatos elegantes. Sabía que en cualquier momento, hoy mismo, una noche cualquiera, bajaría al barrio de las jineteras y de las violadas. Sabía que ese día se acercaba, que era inevitable. En el momento que menos lo pensase se encontraría caminando hacia allí. Sólo tenía que esperar este instante de decisión. Todos asumían que ya lo había hecho con la nana, pero era mentira. Más valía así, aunque eso no aliviaba su deuda. Pensó un instante: era más fácil ir con las gitanas o con las rusas de Sinderella, le habían dicho, aunque el hijo del lechero se había iniciado por la fuerza. Tuvo suerte, porque así salen más varones y las preñadas paren mejor, sin miedo, curadas de espanto. "Suerte" o, mejor dicho *coraje*, lo que a él le faltaba, porque de seguro que no por casualidad se le cruzó la Dorita d'Ángelo en San Patricio, ni por casualidad se lo hizo por atrás, para que no se embarazara ni perdiera el virgo. Pero ¿cómo saber si realmente se trataba de una apretada o ella fue a la pesca? Las mujeres acuden a esos callejones como si fuesen de una casa a la otra, por alguna urgencia o por algún olvido doméstico, pero en realidad todas van en busca de lo mismo. El callejón tiene mala fama y por eso nadie vive allí, excepto los moribundos. Seguirá abandonado por otros cien años hasta que llegue un alcalde imbécil y ponga la iluminación tantas veces votada en asamblea de ediles. Se dice que hay apretadas, tumbadas. Es natural. Si las niñas no se resistieran los lingudos las abandonarían. Las tumban o las aprietan bajo los arcos ciegos; luchan en silencio y luego tampoco dicen nada. Si salen con crío se casan, porque casi siempre las que se juegan ya tienen novio. Apenas pierden el miedo a la linga, apenas se les calma el corazón y el estómago se les tranquiliza, pasan por callejón Agustín. O por callecita del Medio, a pagar su deuda.

Ramabad sabía que no le quedaba mucho tiempo; lo sospechaba desde antes y lo supo la tarde que se despidió de la extranjera. Pero tumbar a una mujer le parecía algo difícil. Lo había imaginado mil veces, todas las noches, pero sentía que no podría hacerlo. Tal vez por eso mismo, por imaginar demasiado. Dicen que los gallos se ponen tontos y cobardes, incapaces de levantar una copa entre la gente sin que les tiemblen las manos. Por imaginar, por vivir imaginando que se tumban una jineta y cuando tienen una delante se mueren de miedo. Y al otro día se despiertan soñando hombres. Eso le había pasado a Darío, el hijo del enterrador. Y a Carmencita. Carmencita decía que la amapola tenía sus desventajas, que el hachís facilitaba las cosas la primera vez pero luego atrapaba a los más débiles en la Medina, donde abundaba. Y de ahí bajaban derecho al infierno de la Cisterna Marta. Eso le había pasado al que la inició a ella. Nunca supo quién fue, porque como una sombra desapareció por una escalera que no encontró al otro día, con la luz del día. Ni ella supo, dijo después, si esa noche había estado en el infierno o en el paraíso.

Palpó sus brazos: ni siquiera había desarrollado los músculos de Juanito, el de la zapatería, aunque Juanito era dos años menor. La culpa era suya, por perder el tiempo soplando una corneta, porque iba a necesitar más que músculos y más que nervios para tumbarse una cualquiera, la más niña de todas, la más débil, la más bonita. Gritaría y no tendría fuerzas para evitarlo, para apretarle la boca y abrirle las piernas. Se volvería tan torpe que la terminaría matando. La ahogaría o algo por el estilo, dicen que haría. Tampoco podría mantener una erección en medio de una pelea, estaba seguro. Ni siquiera (pensaba, mirando San Patricio) podría mantener una erección si alguien lo estaba mirando. Vestido daba miedo, asco; desnudo, lo había comprobado, era aún más desproporcionado. Un monstruo. Aunque la viajera, ese beso; claro, le había regalado ese beso porque ya se iba, era imposible que la alcanzara. En este momento estaba debajo del maquinista, con el tren a toda marcha, gritando sin que nadie la escuche, sin acordarse de él.

Escuchó otra vez el mismo gemido. Esta vez había sido definitivo. Se dio vuelta, dirigió su atención al interior de la casa. Un profundo silencio le confirmó que había sido el gemido de la viajera, rebotando en su cabeza, entre las piedras de Calataid.

EL HIJO BASILISCO DEL DOCTOR URIBURU (se había quejado el cantinero a Ismael, su último cliente) tiene la costumbre de exhibirse con su corneta justo a la entrada della ciudad. ¿Por qué no se va al desierto a fregarse la linga, ya que le tiene miedo a las jinetas? Ese rapaz ridículo vino hoy a la estación, vergüenza de Calataid e de su madre, tal vez con la creencia de que esos ruidos tumba murallas podrían gustarle a alguien. No se daba cuenta que ni siquiera seres tan desviados de la naturaleza como el ayudante del mecánico y todos los demás de su misma condición podían llegar a disfrutar de su babeante algazara. Nadie atendería jamás a su música, por inspirado que estuviese, teniéndolo al alcance de la vista. Al menos que el resto del mundo hubiese alcanzado definitivamente la corrupción tan anunciada. Y como si exponerse a la entrada del pueblo fuese poco, Ramabad había tenido la infeliz idea de presentarse allí mismo, en la cantina, para que la hermosa extranjera pudiese verme de cerca sin poder huir, con una reciente cicatriz en la frente, producto de alguna de las tantas caídas de la bicicleta, o de algún golpe en la sala oscura de su casa, en ese alcázar tan grande que se compró el doctor curando todo tipo de enfermos. Pero qué clase de doctor, al fin y al cabo, que curó a todos los enfermos de Calataid menos a sus hijos y a su mujer, que salvó tantas vidas y terminó pegándose un tiro en la boca. Agora todo el mundo fabla bien dél porque estél muerto e desparramado por el desierto, gracias al padre D'Ángelo que, conforme con las leyes sacramentales, no quiso enterrarlo en camposanto y, para evitar más polémicas de las que había causado el susodicho en vida, dijo que en su caso estaba bien hacer su voluntad cremándolo y espaciándolo fuera de Calataid, donde no quedaría tumba que tentara a sus seguidores con alguna nueva secta y para que el viento le hiciese las cosas más fáciles al olvido. El padre le recordó a sus fieles y al resto de la ciudad que uno de los pilares que sostenían a Calataid era su propia memoria, y que tan trágico para su destino era el olvido como el recuerdo de sus heridas. Mal hacían los revisionistas, como el mismo doctor, escarbando en la arena, descifrando signos inútiles en las entrañas oscuras de la ciudad. Claro, el olvido no fue tan fácil para su entrometido hijo, que siguió a las hermanas de la caridad y después a los funcionarios de la alcaldía que llevaron a su padre al patio de una casa antigua de San Patricio y lo cremaron allí, a la intemperie, con una pila de leña como se usa en el Ganges, a falta de infraestructura para algo tan desacostumbrado en Calataid. Crea mí, doña, que su fijo vio la cremación, los brazos del difunto e la cara retorciéndose en las llamas como ha de ser agora en el infierno por sus pecados. E que su cabeza mudó ese día, no tanto por sus defectos de nacimiento ne por la mala educación que dieron elle sus padres, mas por tener presenciado la verdad misma, mucho antes de la muerte. Mas diga mí, señora, ¿qué clase de docto...?

IBA Y VENÍA POR LAS VÍAS DEL TREN, con el mapa doblado debajo del brazo. Cada vez que recordaba su beso, su mirada, no podía evitar una erección. Entonces estudiaba el mapa. Partía de Ahaggar y subía por el desierto hasta Argel; o por la frontera con Marruecos hasta Casablanca, o directamente saltaba al río Mississippi, al Danubio o al río Tajo. Otras veces, abrumado por las distancias azules, bajaba por Malí hasta Ciudad del Cabo. Siempre llegaba a algún puerto donde aparecía ella, sonriéndole con los ojos. ¿Hay órganos más sensuales que los ojos? ¿Hay gesto más erótico que la mirada? Hasta que no quedó más que la lumbre pálida del crepúsculo.

Cada día oscurecía un puñado de arena antes. Evita no dejaba de crecer o de moverse y con ella su sombra; movimiento y variación horaria que era confundido con los comunes cambios de estaciones. Pero su hermana, que siempre estaba atenta a la luz que proyectaba el atardecer sobre las paredes de su jaula, no podía dejar de advertir el peligro que amenazaba a Calataid, mientras todos dormían o mataban el tiempo inventando historias heroicas sobre la gran ciudad.

Ramabad dio un largo rodeo por plaza Matriz y regresó a su casa, seguro que no pasaría por San Patricio. Estuvo en la cocina comiendo los restos que la nana había dejado de su madre o de su hermana y se deslizó como una sombra hasta su alcoba. En la soledad, que era el estado ideal de los miembros de aquella familia —y dicen que de Calataid—, repasó los recuerdos que tenía de la viajera y las posibilidades de bajar a San Patricio esa noche. Hasta que la voz de su madre lo devolvió a la realidad.

—Hijo, hijo... —dijo su madre, ahora en voz alta, como si estuviese sufriendo las últimas horas de una grave enfermedad. Seguramente había visto el resplandor de la lámpara. Miró hacia la puerta: efectivamente, la había dejado abierta.

Era una casa demasiado grande para cualquier familia e insoportable para tres personas solas. Culpa de un malentendido, como todo lo que sucede en esta vida. Cuando mi padre llegó al Sahara, desde Italia, todavía era un médico joven; entusiasta en busca de enfermos, decía su madre. Y, como no había otro en toda la zona, no tardó mucho tiempo en taparse de clientes. Allí conoció a María Arenas, la madre de Ramabad, probablemente con algún atractivo físico que fue perdiendo rápidamente con los años y que no llegó a reemplazar con otros más propios de su edad. Ella le vaticinó un futuro próspero y una familia de por lo menos siete hijos, todo lo que iba a requerir no sólo tiempo y atención de su parte, sino también una casa grande, de varias habitaciones, amor mío, con una sala de espera importante, de acuerdo a la categoría que la gente del pueblo atribuye a un profesional, con un consultorio blanco y espacioso a la entrada y con tu placa dorada de docto al costado de la puerta. Por eso compramos una de las casas más grandes del pueblo y tu padre agregó éle un otro nivel, con un balcón abierto hacia el horizonte difuso y circular del desierto, y otros dos que miraban al centro del pueblo. En la entrada principal colgaron por muchos años dos aldabas con dos caras de alpaca; una lloraba y la otra reía. Tu padre gustaba del teatro. Pero con el tiempo la nana vino con la historia de que la máscara llorona tenía remachado su bronce mucho más veces que la otra, e decidí arrancar élla después que él se enfermó. Tenía muchos sueños. Demasiados. No hay nada tan heroico ni tan peligroso como tener demasiados sueños.

Pero como el hombre propone y el diablo dispone, como decía la abuela en el funeral de su esposo, y antes que Dios o el Diablo se la llevaran para que explicara la frase, el doctor se murió joven, no de alguna enfermedad conocida por la zona, sino de tristeza, decían, de una tristeza inexplicable que no pudo curar ni siquiera el alcohol ni el padre d'Ángelo. Ni la trompeta, esa misma que terminó cambiando por la bebida, porque una conduce a la otra. Las ventanas y el mirador sólo sirvieron para empeorar su incurable nostalgia. Miraba el horizonte lleno de espejismos, como si desde allí se pudiera ver el mar Mediterráneo y el Río de la Plata. A nuestro hijo lo concebimos así, una noche, para atenuar esos pesares sin saber que iba a heredar los males de la lejanía. Cuando él se enfermó e yo arranqué la aldaba que lloraba, nadie volvió para tocar la otra e revertir la desgracia. Demasiadas veces tenía llamado la tristeza a nuestra casa, decía la nana, e llevaba razón. Cuando él murió quedamos solos; su fantasma, tu hermana, vos e yo, solos en esta casa, grande como alcázar.

Lo único que se hubiese podido hacer era transformarla en una pensión, en un *bed and breakfast*, como había dicho una vez la nana —leyendo una revista que anunciaba el último disco de los Beatles— para mejorar un poco el exiguo ingreso de la familia, ya que de nada servía tener una casa tan regia si no se podían comer los ladrillos ni las tejas del techo. Al principio, al Basilisco le encantó la idea: me imaginaba sirviéndole café a gente que hablaba otros idiomas, hombres de traje y mujeres con sombreros de pluma que habían estado en París y en Marruecos —como los personajes de aquella película ¿te acordás vos nanita? que habíamos visto cuando yo era chico. Arregló tres mesas, enceró las sillas y compuso cinco grandes llaveros con los pedazos de cinco aldabas viejas. Pero al tiempo comprendió que era un sueño imposible, que un negocio de ese tipo, allí, no sería rentable, porque al pueblo no llegaba nadie y nadie acudiría por el solo hecho de que se abriera de un día para el otro el Gran Hotel Royal, con ese nombre grande que se le ponen a los negocios pequeños. Nadie llegaba al pueblo, ni desde el Atlántico ni desde el África negra, y los pocos extranjeros, de los que se había tenido noticias en los últimos diez años, apenas sí pasaban por la estación, se bajaban media hora para estirar las piernas y luego seguían viaje hacia Argel. Sí, de vez en cuando, algún hermano de la viuda del Cine Metro City, o el cuñado del director de la escuela se acercaban desde la capital para saludar a la familia. Pero si se quedaban una semana era mucho, y casi siempre lo hacían en la casa de sus respectivos parientes. Quedaban los camelleros que posaban en San Patricio este o en la casa de curación de la gitanera, casi inadvertidos, cada tres semanas. Pero estos traficantes de hachís y de resinas de sándalo que venían en busca de carne blanca, nunca serían bienvenidos por su madre. A la nana no le importaba, mientras dejaran sus shekels y sus dinas. Ni todos eran negros ni todos iban sucios, decía, y se comenta que Calataid vive de estos viajeros. Blasfemia, había gritado su madre. Por lo menos eso aseguraba el señor, que Dios lo tenga en la gloria, se defendió la nana. Lo cual dudo, por tantos disparates que sembró en las mentes inocentes de este pueblo, había dicho su madre.

—¡Hijo! —GRITÓ OTRA VEZ su madre, ahora con rabia.

El Basilisco la odiaba cuando lo sacaba de sus cavilaciones solitarias. Siempre pasaba lo mismo: ella controlaba sus movimientos en la casa, su respiración cuando dormía; y cuando pensaba que estaba haciendo algo que ella no podía imaginar, lo llamaba. Él se acercaba a la puerta entornada y decía:

—Aquí estoy, má.

Adentro siempre estaba oscuro, de día y de noche, y salía un tufillo característico, mezcla de encierro y de vapores de jarabes mal tapados o derramados en la alfombra. Todo lo conseguía en exceso por la complicidad y adulación del nuevo médico del pueblo, un suizo de nariz quemada, totalmente convertido al desprecio de su propia ciencia.

—¿Dónde fuistes metido toda la tarde, hijo?

—Revisando cuentas, má. Se aprueba la alcabala que cobrará el alcalde.

—¿Alcabala? Mas si estamos a veinte de octubre. ¿Desde cuándo tratan alcabalas en octubre?

Estaba en lo cierto. Apretó los labios y se quedó inmóvil en la misma posición, con la mirada puesta en el resplandor que venía de su habitación y el oído dirigido hacia esa parte de la puerta que se separa del marco, apenas diez centímetros para no perturbar la intimidad obsesiva de su madre.

—¿Por qué no decís nada, hijo? ¿Es porque descubrí vos mintiendo otra vez, no? ¿Qué necesidad tenés de chanchulla a tu madre, eh? ¿Qué necesidad...?

—Pero si no es chanchulla, má. De verdad, tuve que quedarme revisando las cuentas.

La nana había quemado sándalo. Un lujo innecesario, pensó Ramabad.

—Sí, fijo sí —escuchó que había dicho ella, incrédula, un momento antes de que su mente volviera a esa zona oscura.

—Es la pura verdad, má. Hubo error en la facturación y tuve que revisar todas las compras de los meses anteriores. Eso pasa a veces. Vos sabes cómo es el alcalde con las cuentas menores. Es una forma de distraer alarma.

—Oh, sí, crío mío, sí.

—¿Qué? ¿Acaso no me crees?

—No importa, fijo. De cualquiera forma terminaré por saber élo, tarde o temprano.

—Claro, má. Así es siempre. También debes saber que nuestro querido alcalde desvía dinero de Obras al bolsillo del ingeniero.

—Una linda historia de los ociosos funcionarios. ¿No tuvimos vos ensinado que la desobediencia es el peor pecado, inspiración del Soberbio?

—No es historia ni es soberbia. Tengo élo verificado en el último balance de cuentas.

—Claro, el señor maneja *todo* el dinero que entra e sale en la Administración...

La nana había conseguido el sándalo con los camelleros. Vio sus uñas largas, como cuchillos, tomando los pedacitos de la valiosa resina y llevándoselos a la nariz. ¿Conocería la nana a algún camellero?

—*Todo* no, porque no sería conveniente para más de uno. En la oficina cada uno sabe un poco de los suyo y nada de los demás; es una forma de seguro que tiene el alcalde, que es el único que conoce todo el proceso. Pero no soy tonto y tengo formas de probar eso.

—¡Vos no tenés que probar nada! —dijo, girando la cabeza hacia la puerta y levantando la voz—. Ni siquiera tenés necesidad de probar qué tonto sos. Faz tu trabajo e no vuelvas a fablar mal de gente con más educación que vos. Deberías aprender dellos, ya que tenés la oportunidad de respirar el mismo aire que gente noble respira.

No sólo había conseguido el sándalo con los camelleros. Les había sacado sus buenas dinas a cambio de esos enormes pechos blancos que tiene. La odió, creyó que la insultaba. Para eso quería la casa, para comerciar con sus cavernas húmedas, sus labios rojos. Su madre lo sabía, como todo, pero nunca se daría por enterada.

—Oh, sí, gente muy noble y educada a la cual debemos el pan de cada día. Si no fuese por ellos, ¿qué sería de nosotros, pobres e indignos servidores?

—Si no fuese por ellos, no tendríamos qué comer.

Si no fuese por ella no tendríamos que comer. ¿O te piensas que tu miserable sueldo alcanza para los cuatro? ¿Vos, que llevás las cuentas grandes de la ciudad, nunca hiciste las cuentas chicas de la casa?

—Conozco el argumento. Me lo enseñaron antes de rezar.

—No fables complicado, como tu padre. Además, suena a señorito delicado que está por romper sus primeros zapatos. "Me lo enseñaron". No sirve de nada e la gente termina por no entender. ¿Olvidastes cómo terminó tu padre, con tantas cuestiones? Basura de argentinos e de franceses. Él todo cuestionaba, fasta que terminó por cuestionar su propia vida. Muchas preguntas e ninguna respuesta sensata. Así castigó Dios éle e el Diablo a nós. E vos procura fablar como todo el mundo, que no sos intelectual ni venís de fuera, porque te parí aquí mesmo.

Se quedó en esa posición de estatua ciega, mirando hacia el vacío que se abría sobre la sala de estar, a punto de estallar en uno de sus conocidos ataques. Las paredes, que de día eran de un color amarillo denso, de noche se teñían de un rojo oscuro. Había mirado muchas veces con fuerza y no alcanzaba a percibir completamente el rojo. No sabía si era una idea o una ilusión óptica.

Su madre comenzó a toser, al principio por costumbre y para no hablar. Después como si las flemas, que nunca le faltaban, hubiesen acudido al llamado, terminando por salir convertidas en un escupitajo sobre la tinaja que mantenía debajo de la cama, a su alcance.

Se había imaginado muchas veces saltando por esa oscuridad. Miró de nuevo por la puerta entornada. Su madre lo había parido allí mismo, es cierto. Pero eso no le decía nada.

EL PUEBLO ESTABA CASI TOTALMENTE a oscuras, como siempre, a excepción de la plaza y de la casa del farmacéutico, que aún tenía una ventanita iluminada. Sus dos hijas debían estar de sobremesa, leyendo revistas y tirándose pedos. Más allá, sobresalía la gran mole del Convento de las Teresitas, recortándose contra el cielo nocturno como un cubo negro con sus vértices y aristas gastados por el trabajo centenario del viento y las habubs. Abajo, en la Empedrada, unos muchachos todavía no identificados se deslizaban murmurando algo gracioso, y los perros respondían con ladridos esporádicos, desganados.

No hagas preguntas difíciles, hijito. Sobre todo si no son necesarias. Sobre todo si soy tan chico. ¿De dónde sacaste eso del espíritu? Lo leí en el libro que estabas escribiendo. ¿Por qué revisas mis cosas? ¿Quemaste el libro porque yo lo leí, papá? No hijito, no. Cómo se te ocurre... No fue por eso. ¿Entonces? Entonces, qué? ¿Por qué lo quemaste? Estaba mal escrito, tenía faltas ortográficas. Pero yo quería saber qué era el espíritu, papá. Seguro que no entendiste lo que estaba escrito. No, no pude entender. ¿Por qué lees esas cosas, hijito? Hay mejores libros en la biblioteca. Ya los leí todos. Además, quiero volver a leer los libros que no entiendo. ¿Por qué quemaste esos cuadernos, papá? Ya te lo dije, no insistas. Pero, me vas a explicar qué es el espíritu? Tal vez, chiquito, tal vez un día. Apenas yo lo sepa. ¿Cómo puedes escribir un libro sobre algo que no sabes? Por eso lo quemé. Me habías dicho que fue por las faltas de ortografía. También, chiquito, también fue por eso.

Pero, ahora que lo pensaba... Esa idea tan peligrosa que tenía el doctor, sazonada siempre con frases provocativas como aquella que le espetó al pastor con una sonrisa indescifrable: "Es preferible tener una pobre conciencia propia que una gran conciencia ajena". El pastor le había observado repetidas veces su ausencia en los domingos y ante semejante observación se había quedado sin punto de apoyo. El prestigio del doctorcito comenzó a declinar dos años antes de su muerte. Decían que estaba en la magia negra, en las ciencias ocultas. "La humanidad avanza a una conciencia universal —se lo había escuchado decir, de repente, en alguna de esas reuniones que los letrados del pueblo organizaban para discutir sobre teología—, donde no existirán los poderosos. Los ministros, los cardenales y los presidentes serán un decorado del pasado y la sociedad planetaria decidirá cada día la diferencia entre el bien y el mal". Y cuando alguien le pedía aclaraciones, como forma de atraparlo en alguna herejía, el doctor comenzaba a hablar más difícil, en clave. En arameo, decían lo más exagerados, los que nunca participaron de esas discusiones pero estaban interesados en verlo caer, por el simple placer de ver caer a un hombre admirado en otro tiempo, identificándolo con Lucifer y no sé qué otras tonterías. Aquellos mismos charlatanes que el doctor había operado de peritonitis, que se deshicieron en alabanzas y agradecimientos pero no soportaron la idea de que el doctor les fuera infiel, salvando a otros del mismo mal, con los mismos bisturís y la misma dedicación. Con el tiempo, la insidia de una parte del pueblo se extendió como la plaga y no hubo salvado en vida que no le reprochara haberlo perdido para la muerte, es decir, para el más allá. ¿Cómo podían acceder al Paraíso aquellos que habían sido curados por Lucifer? Pronto comenzaron a aparecer mensajes anónimos por debajo de la puerta, frases de doble sentido en pasillos públicos, en el campo santo...

Por eso, las tapas de los libros nunca se correspondían con el texto principal. No me di cuenta de esta rareza hasta que leí muchos de esos libros y sólo después de cruzar el umbral de las primeras veinte páginas. Y más tiempo tardó en darse cuenta por qué su padre había cambiado las tapas de los libros. La mayoría, peligrosamente, hablaban de hombres y de mujeres. No era mi padre el que estaba enfermo; era la ciudad. Pero el orgullo democrático de Calataid no podía asumirlo. Era más lógico localizar tumores y extirparlos; o combatirlos con mercurio.

UN MOMENTO DESPUÉS los reconoció por las voces, aunque las caras no podían verse aún con claridad: eran el hijo del doctor y los hermanos repartidores de leche. Le molestó la sola idea de que ya no quedase nadie en el pueblo que él no conociera. Sin poder evitarlo, sabía sus nombres, la edad de cada uno, la hora que se levantaban o se iban a la cama, los respectivos pecadillos —como que al hijo del doctor le gustaban los muchachos, casi tanto como dormirse desnudo a la intemperie, en las noches de verano—, y las falsas virtudes que cada uno se atribuía. El mayor de los lecheros, que en la escuela le decían «el viejo» por su voz de fumador, podía cargar cuarenta litros de leche en cada mano y tenía el pene tan largo como la cola del gato de Albita, la hija rubia del alcalde. Esta apuesta había sido verificada una noche de navidad, cuando el hijo del doctor y el hermano menor del penelargo secuestraron al gato del alcalde, gracias a un deliberado descuido de su hija, y se lo llevaron al consultorio del doctor. Allí habían acudido algunos testigos neutrales, aparte de los implicados: el diariero, el monaguillo —cuando aún no se le había metido lo de la religión tan en serio—, un tercero que no quiso ser identificado pero que todos saben era el mismo cura, y la nana, la mujer que cuidaba de la madre de Ramabad. La apuesta fue verificada a medias, porque el gato, también poseedor de una cola larga y peluda como había pocas en la ciudad, le ganó por dos centímetros al retador, lo que no dejó conforme a éste, que alegó que si al gato lo medían desde el culo, el mismo criterio debía aplicársele a él. Y aunque quedó claro —secretamente para todo el pueblo— que el hijo mayor del lechero estaba excesivamente dotado por la naturaleza, producto quizás de haber tomado mucha leche de chico, había sido derrotado por el gato de la rubia pelilarga, que luego pasó a ocupar un lugar visible en la ventana de la doncella que solía peinar la peluda cola de su mascota con el mismo peine que usaba para acomodar su luminosa melena de casi un metro.

¿Podría haber una novela sin personajes? Creo que no, papá. Entonces, ¿cómo podríamos tener un espíritu si los otros no existiesen? Por la misma razón, ¿cómo podríamos curar a una persona si su sociedad está enferma? ¿Por qué las calaveras se ríen, papá? ¿Por qué a veces pienso que todos son calaveras, papá, y se ríen de mí? Entonces me despierto y sigo corriendo. ¿Por qué Dios nos hizo así, papá, metidos siempre adentro de uno solo? ¿Cómo sé yo que los otros existen de verdad, papá, y no están fingiendo el mundo para que no me sienta tan solo? ¿De dónde sacas esas cosas? Tal vez yo pierda un día mi espíritu, como ella, y no consiga

morirme nunca del todo. No digas eso. Mira lo que tengo para vos. ¿Qué es, papá? Adivina, vino conmigo desde Río, hace muchos años. ¡La trompeta!

Este tipo de gente me irritaba hasta la desesperación, y más lo irritó cuando supo de la apuesta ganada por el gato de la princesita Alba. No porque alguna vez hubiese malinterpretado una mirada cariñosa por parte de la hija del alcalde —al fin y al cabo, ese era su juego y él lo sabía— y a partir del rapto del gato se hubiese sentido traicionado, sino porque todos ellos tenían la costumbre de insultarse de día y de juntarse de noche, como si el deseo clandestino tuviese que ver más con el odio que con el amor o la amistad. Por un lado, el hijo del nuevo doctor y la hija del alcalde se paseaban todas las tardes por la plaza, tomados del brazo, para lucir las mejores ropas que por arte de magia llegaban a Calataid desde El Cairo. Los que no pertenecían a su clase social, como los hijos del lechero, o los que no vestían con tanto lujo, como Ramabad, se debían conformar con admirarlos de lejos. Pero bastaba que se pusiera el sol y la luna para que aquel mozo de los pantalones blancos corriera a los brazos del penelago, el que cambiaba una noche con el príncipe, entre las datileras, por un beso de la princesa a través de las rejas de su ventana.

Más disgusto sintió cuando se dio cuenta de que esas mismas risitas se apagaban al pasar por la puerta de su casa. Sabía que el repentino silencio se debía a algún comentario sobre "el loco de la corneta" como me llamaban algunos que creían que nombrando así al instrumento me estaban humillando. Uno de ellos hizo sonar la aldaba para gracia de los demás. El golpe metálico sobre la puerta sonó como un disparo en medio del silencio de la noche. Aunque previsible, Ramabad nunca se acostumbraba a este sonido. O, por el contrario, se había acostumbrado a temerle, a identificar gente detrás del mismo golpe seco y frío que a veces se repetía, monstruosamente, dependiendo de la desesperación de quien llamase. Visitas indeseadas, pacientes agonizantes, notificaciones de alcabales atrasados, mendigos desahuciados, despreciables bromistas, adver-tencias amenazantes, alguien pidiendo ayuda, nadie aparentemente...

—*Merdes* —dijo Ramabad, mirando aún las figuras divertidas que se iban perdiendo en la oscuridad del callejón, haciendo tronar sus culos como si fueran verdaderas trompetas militares, y festejando cada hallazgo musical con un coro de carcajadas.

En Nova York es diferente, pensó. La gente no se conoce y cada uno vive su vida. Uno puede caminar todo el día por la Quinta, desde el Central Park hasta el Greenwich Village, cruzándose con miles de hombres con barbas o sin barba, con mujeres de minifalda o con patines, con prostitutas o con señores de negocios, cargando paquetes de comida, sin importarles de cómo van vestidos, de dónde vienen o hacia dónde van. En New York uno puede morirse y nadie se entera. Casi no hay forma de llamar la atención si uno no es una estrella de cine...

Escuchó el tren. Pero, como el fugaz tinte rojizo de las paredes, supo que era sólo una ilusión del desierto. Apenas se asomaba por la ventana, desaparecía. Apenas aclaraba el horizonte, las paredes de la casa volvían a teñirse de amarillo. Hizo una lista mental de las cosas reales que ocurrían en ese momento, igual que todos los otros días del año, igual, probablemente, que todos los años de este siglo y del otro: Un poco antes de las seis cantaban los gallos de San Patricio, repitiendo la competencia diaria por apoderarse de la ciudad hasta que salía el sol. El silencio todavía profundo de las seis le permitía escuchar a la nana hirviendo agua y preparando café. Se había acostado tarde; la había escuchado bañarse a las dos. Su madre comenzaba a toser de nuevo y su hermana abría y cerraba puertas hasta que desaparecía en el mirador. El lechero hacía sonar su campana y acomodaba su caballo frente a la casa. Unos minutos después, lo mismo hacía el carretón del panadero con su olor a amanecer. Dos pájaros cantaban con fuerza no muy lejos de su ventana. Más allá, don Ferrando acomodaba los cajones de frutas secas y, enfrente, el gallego de la zapatería *Nostra* luchaba con un candado viejo que, como todas las mañanas, se resistía a abrir. Alguien pronunciaba un nombre, otro saludaba con una broma. De a poco, el aire fresco del amanecer se iba descomponiendo con el humo de las cocinas y de las hojas secas en las calles. De a poco el calor iba invadiendo la ciudad y el proceso de degradación se repetía: el sol comenzaba a castigar a los vendedores ambulantes y éstos volvían a repetir, como un castigo, el nombre de su pesada carga. El milagroso ciclo del renacer se convertía otra vez en la agobiante rutina de la tarde y en la repetida tristeza fúnebre al atardecer que sólo aliviaba el vino y la lectura.

CAMINO A LA ALCALDÍA, EL DIARIERO le salió al cruce con la noticia de que habían matado al cantinero. No lo había dicho en voz alta, sino como si fuese un preciado rumor, una de esas novedades que todos quieren ser los primeros en comunicar y quien no tiene la misma suerte se conforma con exagerar toda su sorpresa e incredulidad al escucharla.

El loco no lo decía porque lo hubiese leído en el diario. El diariero no sabía leer ni su nombre y los diarios que vendía, impresos en los mismos sótanos de la alcaldía, eran de la semana anterior y rara vez incluían alguna noticia reciente. Por lo general, los diarios sólo eran leídos para confirmar un rumor, como una forma de legitimación. Lo importante no era saber si la confirmación era verdadera o no. En el fondo nadie leía para enterarse de algo, sino para saber qué estaban leyendo los demás en ese momento, para saber qué era lo que se suponía verdadero o importante, aunque todos supieran, por su cuenta propia, que rara vez lo publicado era importante o verdadero. Por lo general, las ocho páginas de *La Aldaba*, impresas en blanco y negro sobre papel amarillo, siempre hacían referencia a los escasos logros del gobierno comunal, como ser el empedrado de treinta metros Santa Helena, la reposición de los treinta y cinco faroles que alumbran la plaza principal de la ciudad, el llamado a una misa especial en memoria del anterior cura párroco o de la señora del alcuazil; o algo referido a la magnífica fiesta realizada en los amplios salones del club Libertad, con motivo de la presentación en sociedad de la hija de Don Vico Matamoros, el dueño de casi todas las islas fértiles que rodeaban la aldea amurallada, con la excepción inevitable de las vías del tren y una franja de diez metros a cada lado, donde los pobres aprovechábamos para soltar nuestras cabras, chiquitas, casi tan flacas como la muerte, acosadas por los finos machos de raza que balaban desde el otro lado del cerco de piedra.

En el momento en que Ramabad bajaba distraído por la Empedrada para dar vuelta en la esquina de la iglesia, el ruso Rodinov lo detuvo de un brazo. Tan cerca puso su cara de la mía, que pude sentir su respiración y su aliento de pan recién masticado.

El loco fijó sus ojos grises y fríos sobre los suyos.

—Al menos alguien tuvo el valor, Cabeza.

El Basilisco se separó un poco de su aliento a pan masticado y se quedó mirándolo un instante. Sus ojos fríos contrastaban con una piel quemada por el sol y cruzada por finísimas arrugas.

—El valor de qué?

—De matar a esa víbora, baba.

—¿Víbora? ¿Qué víbora?

El loco se alejó un poco, como si recién se diera cuenta de que Ramabad no estaba enterado de nada, y dije:

—¿Qué? ¿No vas a decir que no sabes qué pasó ayer?

Se apocó de hombros, así, como facía él. Todavía después de entrar en la alcaldía, desagradaba éle entrar en confianza con la gente. Cuando eso ocurría, según él, siempre tenía alguien que era juzgado en ausencia. Gustaba éle fablar así, como su padre, para se distinguir del resto.

—...Que mataron al cantinero? —repetí.

Mihalil Rodinov esbozó una sonrisa cómplice sobre sus dientes amarillos. No creí que fuese broma, pero hice como si lo hubiese entendido así y seguí camino a mi trabajo. Pero ya no pudo sacudirse una sensación extraña, que era como si un ejército de hormigas asesinas lo estuviera persiguiendo, muy de lejos, en silencio, esperando una distracción o el sueño para saltarle encima. No era solo la muerte de aquel hombre que él había visto pocos días atrás, y al que todavía debía seis botellas de cerveza, sino algo más: el loco parecía atribuirle el hecho, incluso como si quisiera felicitarme por una obra tan monstruosa.

El diariero había ido al velorio, más por curiosidad, por cuidar las apariencias que por la pena que le había provocado la muerte de don Luzardo. Quería saber quién y cómo pudo haberlo matado. Malgastó toda la noche imaginándolo en diferentes posiciones, gritando desesperadamente, ahogándose en su propia sangre. Todo el mundo murmuraba. Cada uno tenía su teoría sobre el crimen, sobre la vida y la muerte del cantinero. Cada tanto, Rodinov miraba el rostro indefenso del muerto y sonreía. Nunca tuvo muchos amigos, pensó, y ahora todos encontraban virtudes en el muerto. No estaba seguro si él mismo hubiese corrido con la misma suerte.

Muchos murmuraron su rara actitud hacia el cadáver, pero viniendo de él no era de extrañar. Pocos sospecharon del loco de los diarios. Si bien había abandonado la bebida cuando llegó al desierto, a los quince años, más por la casi inexistencia de alcohol en Argelia que por su propia voluntad, se dejó crecer la barba encima de una piel roja, quemada por un sol desconocido por sus genes, y se dedicó al descuido de su ropa y de su casucha. Seguramente fue la abstinencia y no su adolescente afición al vodka lo que le quemó el cerebro.

No había aprendido a leer árabe ni francés ni español, por lo que repetía titulares que no existían en sus diarios viejos. Le daba lo mismo gritar todo el día "cayó el muro de Berlín, ya no existe el comunismo" que "la gripe de las ratas arrasa vastas regiones de China". Nada de esto preocupaba demasiado a Calataid porque, en el fondo, era un loco inocente. Cuarenta años repitiendo con rigor su locura, día a día como el reloj de la iglesia, lo hacían confiable y previsible, poseedor de cierta constancia y equilibrio que se confundía con el ritmo natural de la ciudad.

Es cierto que molestaba al alcalde y al alcuazil cuando algún buen hijo de vecino, como Eugenito, llegaban hasta mi despacho para preguntar si aquello que gritaba el diariero era cierto o no. Sólo una vez vieron mí perdiendo la calma, saliendo de la comisaría y cruzando Helena, para no oír gritar más zonzeras, para acortar el fastidio a los vecinos a la hora de la siesta.

De María lo miraba de lejos. Sabía que en cualquier momento Rodinov diría algo inapropiado que lo condenaría. Lo recordó pocos años atrás, anunciando que Rusia se había aliado con la OTAN y que ya no había comunistas de cuidar, y parecía dispuesto a que todos lo supieran. De María sabía que alguien más debía estar detrás de loco, y durante años lo vigiló sin descubrir quién podía ser. Un día se le acercó y le puso un dedo en el pecho; algo grave debió advertirle esa tarde, porque el loco no volvió a delirar por un año entero. El alcuazil había justifica-do su enérgica actitud, no para revindicar la censura sino, precisamente, para defender la libertad, ya que es bien sabido que una mentira repetida mil veces, como hacían los alemanes y los feticeiros macúas de Mozambique, termina por convertirse en realidad. ¿Para qué está la jefatura, si no? Hasta que, al término de un año, el loco se olvidó de la amenaza del alcuazil y volvió a delirar. Entonces se le ocurrió que un día cualquiera un hombre montado a caballo había atacado Babilonia. "Las altas torres de plata se derrumban como dos castillos de arena" gritaba mirando al cielo, y en sus ojos azules se reflejaba el terror, como si estuviese viendo al quinto jinete del Apocalipsis bajando del cenit al horizonte, como si nunca hubiese ocurrido algo mucho peor antes. Hecho que, por supuesto, disgustó profundamente al alcuazil, que había alabado el silencio saludable del diariero y ahora comprobaba cómo cualquier esperanza puesta en un loco o en un borracho está destinada inevitablemente al fracaso.

Estuvo dos o tres minutos en el velorio, sin acercarse al muerto. Sabía que en cualquier momento diría algo inconveniente. Pero, ¿qué exactamente? No lo sabía, pero bastaba con imaginárselo, bastaba con descubrir alguna mentira verosímil y la diría a viva voz, sólo para condenarse. O no diría nada y saltaría sobre el muerto con un candelabro para golpearlo por donde el asesino no lo había golpeado aún. Y todo eso se notaba en cierta tensión de su rostro, de sus movimientos torpes entre la gente, por su forma de no saludar a nadie. Dos monstruos distintos luchaban dentro de él, por el control de sus actos públicos. Comenzó a dudar de sí mismo. Ya estaba hecho. En realidad él había matado al cantinero y no podía recordarlo. O lo recordaba mal, a través de símbolos oscuros, como ese mismo temor que sentía en ese momento, rodeado de gente vestida de negro, a cinco metros del alcuazil y a dos de la esposa del difunto. *Ese miedo inexplicable tenía una explicación*, pensó.

Sin embargo, y tal vez debido a su mal nacimiento, Ramabad sabía que hay muchos grados de locura. Todo depende de la dificultad que una persona tenga para liberarse de las condiciones que impone cada alucinación, había escrito su padre en aquel libro que quemó en el patio. Por eso, la ficción nos ayuda a no perder contacto con la realidad, seguía el texto. Su hermana, que tal vez había leído aquellos mismos cuadernos antes de que los secuestrara el fuego, había lanzado una flecha de papel con un verso que los marginados de la Trova repitieron en secreto:

Llamamos realidad a la locura
que permanece y locura a la realidad
que se desvanece.

Pero Ramabad no fue capaz de un pensamiento más claro y lo venció el miedo. Salió del velorio deprisa, empujando a dos mujeres que entraban en ese momento.

Sin duda, Rodinov había hecho un mejor papel ante los ojos del juez Caballero. Y ante los ojos del resto también. Sus compañeros de escuela ya sabían que el cabeza de bisonte seguiría los pasos del diariero, porque cuando muriese el loco sería él quien se encargaría de su trabajo, ya que no había en toda Calataid y sus alrededores alguien que reuniese sus mismas características, alguien que dijese las mismas idioteces, desvaríos de enfermos que están a punto de morir y ven cosas que no son reales. Y a medida que fue creciendo y se fue poniendo cada vez más feo y arisco, fue confirmando todos los pronósticos. Las madres preferían mantener sus hijos lejos de él, para que no les ensañara los dibujos de órganos reproductivos que tenía su padre en el consultorio y en los libros, colgados sin ninguna discreción, como si no se hubiese enterado que allí también debían entrar mujeres solteras. Por su parte, los padres mantenían a sus hijas lejos del músico, usando el desprestigio de su propio sexo para mantenerlas alejadas del peligro.

"Es en la naturaleza del hombre —decían— el dominio y la destrucción del sexo débil. Cuánto más si consideramos un hombre que no se ve en la iglesia tan seguido como sería necesario para su condición"

Era un secreto y era alarido que en Calataid se habían multiplicado los casos de hijos defectuosos, y muchos de ellos no alcanzaban a darse cuenta, no podían reconocer sus propias deficiencias y pecaban de soberbia demoníaca. O hacían cosas que luego no recordaban, como matar a un pobre tipo, sin piedad, a golpes de fierrazos. Como matar a su propio padre para acostarse con su madre.

—Si comparamos pelo a pelo, Mihalil Rodinov corre con ventaja. ¿No credes vos?

—Evidencia que no necesita demostración.

El Basilisco había nacido rico, con todos los privilegios, las comodidades y la educación que pudo dejarle su padre, el doctor más querido en la década de los cincuenta (aunque cuestionado diez años después). Más querido sobre todo después de su muerte, ya que es bien sabido que la muerte engrandece e incluso puede llegar a hacer santo al más vil de los hombres. La muerte ainocencia.

El puesto que Ramabad tenía en la alcaldía había sido un invento del arráez comunal, seguramente a pedido de su propia madre y en atención a todos los servicios prestados por su padre, que si bien no había sido un político en el sentido profesional y honorable de la palabra, ni le había gustado nunca el ambiente dinámico de los comités y de las comisiones, había tenido el desliz de dejarse fotografiar con el que luego sería alcalde repetidas veces desde 1963, por entonces el gordo Josef María de Rodrigo, dueño de la tienda *Libertad* y de la empresa de servicios fúnebres del mismo nombre. Aquella famosa foto en la que el doctor Uriburu se inclinaba para discrepar con el futuro alcalde, en una de esas discusiones profundamente inútiles, con una idea demasiado compleja entre las manos y que le había dejado ese gesto de quien se inclina para rezarle o rogarle algo a un jefe espiritual, fue usada como caballito de batalla durante los diez meses que duró el carnaval electoral, ante la mirada pasiva del médico, es cierto. El alcalde, que tenía buen olfato para los negocios y mejor ojo para la política, siempre agradeció este regalo de la casualidad y entendió el silencio del doctor no como decepción o apatía sino como reconocimiento al destino manifiesto de su personificación del deseo divino, de su indiscutible encarnación de los verdaderos valores morales de Calataid.

De alguna forma, al alcalde pagó su deuda con el doctor ayudando a uno de sus hijos, pero todos lamentaron cuando lo designó como secretario de contaduría. Los compañeros de oficina de Ramabad hubiesen pagado para no verlo más, abriendo aquella puerta verde picado que decía con letras torpes GOLPEE ANTES DE ENTRAR y, más abajo, FAVOR CERRAR LA PUERTA, cada mañana, murmurando apenas un "buen día" sin recibir respuesta la mayoría de las veces. Pero la memoria y la autoridad intelectual de Salvador Uriburu, que no pudo destruir del todo ni el pastor Ruth Guerrero, con sus dominicales ataques a la teoría de la evolución, les pesaba demasiado; por lo visto mucho más que el desagradable aspecto de mi hijo, y mucho más que la irritante relación que él mismo había cultivado para no mezclarse con toda aquella sarta de imbéciles a sueldo. Para colmo de males, ese, ¿cómo llamar éle?, joven, no disimulaba su disgusto por los demás. Tenía heredado el desprecio e la arrogancia de su padre, mas no sus virtudes de sosegado charlatán.

"Sé muy bien que me detestan y por qué. No necesito escucharlos. Sé lo que piensan de mí tanto como lo que yo pienso de ellos. Siempre pude escucharlos a quinientos metros de distancia, en la soledad de la muralla, en la soledad de la oficina llena de gente. Siempre los escucho, cuando hablan y cuando callan. Pero no me quejo, porque siempre fui recíproco".

El mismo día del velorio de don Luzardo, entró uno nuevo que enseguida bautizaron con el apodo de «el Muertito.» Esa misma tarde no perdí oportunidad de afilar mi guadaña. Como preví desde el primer día, nadie quiso juntarse con él para no contagiarse de las creencias de su gente, cultivadas quién sabe cómo del otro lado de la vieja muralla. El Muertito estaba recién convertido a la religión de Calataid pero aún inspiraba desconfianza. Los empleados pasaban cerca de él y olían para reconocer sus hábitos domésticos, como si llevase una herejía secreta prendida en la ropa, oliendo a humo. La nueva nominación sorprendió a todos, que se preguntaron qué favor podía deberle el alcalde a la viuda. Lo trajo la misma Carmen, lo dejó en la puerta como a un crío el primer día de clases, y anunció, desganada, tal como era su costumbre:

—El nuevo empleado de la alcaldía.

El gallo tenía una cara de miedo que mataba, ese miedo congelante y eternamente injustificado que los adolescentes tienen ante las otras personas, como si se sintieran una minúscula basura ante la realeza, ante seres perfectos y maravillosos que en realidad son la Mierda Real. Tal vez su madre se había dado cuenta que si yo había entrado de contador su hijo podía hacer lo mismo o mejor. De hecho había estudiado con la misma locura con la que yo tocaba la trompeta en la muralla, con la diferencia de que a mí la trompeta nunca me defraudó.

—No pienses que somos indiferentes —dijo Ramabad, sacando la mirada del horóscopo y fijándose en su saco azul, desteñido en los hombros pero esmeradamente planchado—. Lo que ocurre es que normalmente estamos ocupados con algo que no son los demás.

Un silencio con olor a pólvora y muerte se instaló en la oficina y duró hasta que llegó la hora de la salida.

De don Luzardo y de su horrible muerte nadie habló. O yo no me enteré. Quizás había un silencio más profundo que el resto de los días, pero eso podía deberse a la gravedad del momento, ya que no a la tristeza.

Por la noche, vieron al Basilisco caminando rumbo a San Patricio. Pasada las once, atravesó la Medina, de sombrero, como si quisiera no ser reconocido por nadie. A esa hora, pocos caminaban por esas calles, porque era costumbre que el barrio recibiera la visita de los señores del centro. Señores y señoras, se sabía, que también usaban sombrero y se animaban a recorrer esas distancias a pié, como si quisieran evitar el ruidoso ajetreo de los alazanes y de sus carruajes. Las estrechas calles de San Patricio solían delatar a los intrusos, a la mañana siguiente, por el barro pegado en sus bicicletas o en los cascos de los caballos. O simplemente por el polvo depositado en sus finos zapatos. Y era por ello, se sospechaba o se sabía, que los habitantes del centro se esmeraban tanto en lustrarlos cada mañana, hubiesen estado o no en San Patricio. Otros lo vieron cruzando la pequeña placita triangular del barrio, entrando por la estrechísima Gitanera, que separa la alta muralla de Lázaro de las apretadas casas de los gitanos. Poco antes de la muralla de San Basilio, Gitanera se aprieta y gira hacia la esquina donde está uno de los sanatorios de viudas y solteras, la Casa de Santa Teresa. Como siempre, había gente en el piso de arriba. Las discretas luces de la entrada habían desparecido, pero no fue necesario reemplazarlas con faroles de aceite porque todos conocían el lugar y el sistema de las viudas. Además, como se decía que no sólo practicaban la medicina natural sino también la brujería, la ausencia de luz beneficiaba sus propósitos. Rara vez, incluso, la luna alcanzaba a sobrepasar la muralla para alumbrar la entrada, por lo que la gente se sentía cómoda recurriendo, en discreción, a los servicios curativos de las hechiceras de San Patricio. Si por algo se distinguían era por su mal arropada belleza, por la apurada juventud que descaraban con violencia en sus clientes, los que, muchas veces, debían recurrir a los golpes para controlar sus desbordadas energías. Característica que era propia de la raza que habitaba ese cuarto de San Patricio, y de donde surgían las curanderas de todas las casas de tolerancias que atendían propios y ajenos, señores del centro y camelleros ricos del desierto. Y como generalmente estas jóvenes no eran suficientes en número, muchas otras, hijas de familias antiguas, participaban en la costumbre de pasearse por los callejones oscuros de San Patricio, a veces con la excusa de ir de una casa a la otra para ser abordadas a mitad de camino, donde eran conducidas a los callejones a alguna de las varias casas abandonadas que había, fingiendo resistencia, miedo a la noche y a una práctica tan antigua como sagrada para las hechiceras de San Patricio (que se decía curaba males propios y ajenos, como el temblor de las manos y el excesivo rubor en público) aunque era condenada por la iglesia y las leyes de la alcaldía. Pero Ramabad, que alguna vez había sentido la curiosidad y la tentación de encontrarse en alguna de estas situaciones, nunca había logrado superar su timidez, por lo cual muchas jóvenes lo veían ya no sólo con asco o con temor sino también con displicencia por su cobardía.

Tampoco esa noche fue con las curanderas, aunque quiso hacer creer que también él participaba de esas costumbres. Lo vieron pasar por allí sin detener el paso. Atravesó el centro de San Patricio, la antigua medina, por la que solía andar en bicicleta su padre, buscando huellas del pasado en los indescifrables arabescos de las puertas y los balcones. El doctor Uriburu había llegado a la firme conclusión de que la medina de San Patricio había sido el centro original de Calataid, antes que se desplazara hacia el oeste, a la plaza Matriz. No por casualidad, debajo de la romería principal se extendían los niveles de cisternas más antiguos. San Patricio se habría llamado Quram, Kahina, Shahada y, finalmente, San Patricio.

Se detuvo pocas veces; una, para reconocer una antigua fachada de seis ventanas verticales con tres balcones, que creía haber visitado en un sueño de la infancia. Había sido convertida en un taller de bicicletas. Se detuvo otra vez para evitar pasar por encima de un gallo nocturno, de esos gallos viejos que no cantan ni duermen pero ponen huevos de basiliscos. La razón de todo ese rodeo era, como siempre, pasar desapercibido. Su propósito era alcanzar el camposanto sin que nadie lo supiera. Como una sombra lo vieron cruzar la puerta de San Basilio y luego lo vieron deslizándose hacia el panteón de los Paz. La pequeña puerta de rejas estaba atada con un alambre que amaneció en el suelo. De un lado estaban las urnas de la familia y del otro el ataúd de Luzardo. Encendió una de las velas que habían sido usadas en el funeral, sacó las flores del cajón y lo abrió.

Dicen que midió el cráneo del muerto y que esta medida fue 55 centímetros. Lo que sorprendió al Basilisco fue que su cabeza medía 56, apenas un centímetro más que la de un hombre normal. En principio el descubrimiento le resultó revelador, pero luego comenzó a considerar otros datos que ponían las cosas en su lugar. Primero, pensó, el cantinero había sido ultimado de un fierrazo en la cabeza. Esto y el hecho de estar muerto pudieron provocar una inflamación anormal en el cráneo. Segundo, según sus cálculos, cualquier pequeño incremento en la circunferencia altera notablemente el radio de la misma, es decir, el volumen en cuestión.

La historia de la gran aldea fue una historia de resistencia heroica. Hasta el último momento. No fue posible evitar la llegada del tren o de las invisibles ondas de la BBC, borradas, no por casualidad, por las descargas eléctricas del desierto. Maldición de ruidos endemoniados que sólo nos sirvió como argumento teológico en favor de la existencia dello invisible e dello non corpóreo. Pero cuando el hombre era puesto en tentación, no en vano y para prueba del Señor, y no podía evitar la presencia del Mal ni destruirlo a fuerza de cañones o de látigos, sí que podía ignorarlo. Recurso que siempre debimos tener en cuenta en nuestra lucha sin tregua contra el Heterodoxo. E ignorar el Mal suponía castigar a quienes lo promovieron haciendo uso de la tentación ajena.

Ejemplos hubo de sobra. Como cuando apareció en el muro de la antigua puerta de entrada, la puerta del sagrado naciente, un enorme bloque de piedra negra con el nombre maldito de SATAN. Según la opinión que prevaleció entonces, manos anónimas habían grabado aquella ofensa y la habían dejado a los pies de la puerta, para anunciar a la verdadera SANTA, a la Santa subterránea. Y quién sabe por cuánto tiempo estuvo allí, ya que nadie usaba esa puerta a no ser para ir o volver del camposanto en pena. El incidente no tuvo el suficiente silencio que debió tener. Hubiese bastado con borrar el maldito nombre de la piedra, con el mismo anonimato que gozó quién lo había escrito. Pero no, enseguida se le dio una publicidad inmerecida y no faltaron los críticos y teóricos, como los amigos del doctor Uriburu que, sentados en tumbas centenarias y leyendo una y otra vez la inscripción del Heterodoxo, de adelante para atrás y de atrás para delante (como el nombre de la pecadora EVA tiene su reverso en el de la virgen AVE María), habían especulado interminablemente sobre los símbolos y sus significados, sobre los asumidos y las revelaciones, sobre un orden y el otro, sobre una lectura y la otra como si hubiesen dos en una mente sana. Aunque no tuvieron el coraje de confirmarlo en público, hicieron circular la idea de que la piedra no había sido el arte de los nuevos alumbrados, la secta oculta en los sótanos y las cisternas olvidadas de Calataid, sino el mensaje que antiguas manos habían grabado en tiempos de la reconstrucción de la muralla noreste. Consecuente con su teoría de Sancta y Garama, el doctor Uriburu fechó la inscripción tardía en el año 830 y atribuyó la idea a los esclavos que agrandaron los muros en tiempos de los salvajes rustamidas. El estilo correspondía con otras minúsculas inscripciones que se habían encontrado muchos años antes, en las piedras más profundas de las murallas, en los techos de las cisternas y en la aldaba con cabeza de carnero que anunciaba un arco ciego. El autor, un esclavo probablemente culto de Níger, se llamaba Saifi-mais, quien habría huido de las reformas islámicas de su país en el siglo IX.

La repentina aparición de la blasfemia habría sido provocada por los vientos que, movidos por el aliento del Heterodoxo, removieron las dunas ardientes del desierto.

—Por eso, fijos míos, recuerdo a todos vos que Calataid no podrá salvar al mundo si se contamina con él, si se deja engañar con su decadencia. Su voluntad á de ser como los nobles muros que a nos protegen. Cuando uno de sus fijos olvida esto, traiciona a todo el pueblo e face inútil el esfuerzo acumulado en quinientos años. No permitiremos élo. No permitiremos élo. No permitiremos élo. No permitiremos élo. No permitiremos élo. No permitiremos élo. ¡Siete veces, no permitiremos élo! Porque no es en juego sólo nostro destino, mas la salvación del mundo, la liberación del mal, la verdadera fe.

AL DÍA SIGUIENTE FUERON A SU CASA y le hicieron varias preguntas. "Preguntas de rutina," dijo el cabo Ramiro, lo que no evitó que me pusiera un poco nervioso. Siempre me costó más representar la verdad que una mentira cualquiera. Como resultado de tantas preguntas divagantes y respuestas un poco confusas, se llevaron el plano de Nueva York y un cuaderno de notas. Pusieron las dos cosas junto con la trompeta en un gabinete de la comisaría, bajo llave, como unas de las pruebas más comprometedoras en su contra. ¿Por qué dicho instrumento musical estaba en manos del cantinero el día de su muerte? ¿Qué relación mantenía con una mujer que llegaba cada mes a Calataid sin que nadie se enterase de su presencia? ¿Luzardo estaba al tanto de las visitas que le hacía esta mujer en los andenes vacíos de la estación? Dijo que la había visto una sola vez, la vez que le dio el mapa este, pero quién puede creer que una mujer desconocida le regale un mapa ansí porque sí? ¿Un mapa? Qué mapa? Éste, señor. ¿Y para qué un mapa, de qué? Vaya el demonio a saberlo, señor. Luego se contradijo y dijo que no había sido un regalo sino un negociado. Un negociado con la víctima, mi señor; Unas botellas de té por el mapa. Difícil de creer, señor. Además estaba muy nervioso. ¿No decían que se creía el Rey de Calataid? Más bien parecía un perro asustado.

El diablo sabría para qué querría el cantinero ese instrumento. Nunca tuvo oído para nada, lo que quedó demostrado en la última fiesta de clausura de la escuela, cuando se emborrachó y quiso cantar La Santísima, frente a los ciento cincuenta críos de blanco, con sus respectivos padres. El resultado fue que tuvieron que escucharlo hasta que se olvidó la letra. Por su parte, en el pueblo todos sabían que Ramabad no hubiera podido separarse de la trompeta a no ser por una razón de mucho peso. Como dejarlo olvidado en su huida, después de haber ultimado al cantinero con un cornetazo en la cabeza. Para peor, alguien leyó en un cuaderno que había dejado el cantinero junto con las demás cuentas, que el hijo del doctor le debía un cajón de *botellas*, sin aclarar lo de la trompeta, por lo que su situación ante los ojos del pueblo y de la inteligencia no era del todo buena.

Pero si bien Ramabad era desagradable, sería incapaz de matar una mosca, dijo su madre cuando la interrogaron en la oscuridad de su alcoba. María Arenas nunca creyó que alguno de sus hijos hubiese sido capaz de matar a alguien, aunque nadie está a salvo de esa desgracia. Las medidas anatómicas que encontraron en su alcoba eran especulaciones propias del hijo de un médico.

—No las preocupaciones de un músico —observó el alférez Ramiro.

—La obsesión científica de cuantificar aquello que Dios tiene fecho puede ser un pecado, mas no es suficiente para implicar élo en actividades nocturnas contra la ley de Calataid.

El alférez le mostró algunos cálculos anatómicos que habían encontrado en la alcoba de su hijo.

—No entiendo qué de malo significa todo eso —dijo ella—. Su padre era médico.

—Son las medidas craneales de don Luzardo e quellas de su fijo.

—¿Dónde est que á las medidas del difunto?

—Comprobamos que el muerto tenía 55 centímetros de perímetro en cráneo.

—Tal vez vos tenéis la misma e tu arráez dos pulgadas menos.

—Sólo cumplimos con órdenes —se justificó el alférez, tratando de distinguir el bulto de María Arenas en la oscuridad— e queremos comprobar que su fijo era en su casa ayer por la noche. Vinimos seguros que la señora colaboraría e se complacería de nos recibir.

—Alcahuetes. ¿No tenés nada mejor para facer que molestar a mí?

Por desgracia, muchas veces tuvo que defender a alguno de sus hijos. Eva no tenía piernas y nunca salía de su mirador. Y Ramabad, que jamás alcanzaría el brillo de su padre, tampoco alcanzaba a perderse del todo. Su mayor problema era la trompeta, y su madre tenía fundadas razones para odiar ese instrumento que había acabado con la vida de su esposo y terminaría por destruir la de su hijo, llevándolo por el mal camino del alcohol y las mujerzuelas de Gitanera. Eso en el mejor de los casos, porque, aunque no lo decía con todas las palabras, también ella pensaba que ese instrumento terminaría por llamar la alarma de los fundamentalistas de Argelia. Entonces no quedaría piedra sobre piedra ni hombre blanco con cabeza ni mujer joven con honor.

Para una creciente y silenciosa mayoría, Ramabad había ido más allá de la muralla de su cordura y había saltado a la estación para matar al cantinero. Al rumor de la tumba abierta de don Luzardo se le sumó el que alguien lo había visto la noche anterior, rumbo a camposanto. El gallo siempre tuvo una fijación extraña con el tren. Sólo un ciego no lo podría ver. Incluso yo mismo pensé, más de una vez, que má tenía razón, sobre todo cuando en días de profunda tristeza o de arrebatos de locura alegre, comenzaba a tocar la trompeta y ya no podía dejarla, tal como si fuera una verdadera droga, o una mujerzuela de las afueras. Hasta que caía sin aliento y me quedaba así, tirado, a veces dormido sobre las vías. Despertaba mareado, como si despertara de una borrachera. Como digo, no debían estar muy errados los que decían que yo estaba loco, o por lo menos enfermo. Pero si me sacaban la trompeta yo me moría.

La gente le echaba la culpa al instrumento de que el hijo del doctor hubiese perdido la razón y el roce social que todos necesitan. La mayor parte del tiempo la pasaba pensando, o caminando, que es casi lo mismo. De tanto pensar su padre se había pegado un tiro, dicen que para acallar tantas voces de tantos fantasmas que se le habían metido adentro. De tanto pensar, y con menos habilidades para hacerlo, su hijo no podía mejorar los resultados. Por lo que no era pura casualidad que la gente le tuviese miedo, terror, sobre todo cuando lo enfrentaban en una calle oscura y desolada, un sábado a la medianoche. ¿Qué puede hacer un hombre solo en una calle sola, sino pensar en maldades?

LA NOCHE SIGUIENTE RAMABAD fue a la jefatura a reclamar su trompeta, pero el miedo lo hizo desistir apenas dobló la esquina del edificio de pilares dóricos. Pasó por delante de la entrada principal, donde los Pedritos dormían de pié la guardia, y continuó dando un largo rodeo hasta San Gabriel y de ahí tomó por Tadeo. En Tadeo ya no había alumbrado nocturno por la reconstrucción de la muralla Sur. Tampoco la gente salía con la oscuridad, pese a que la luna pegaba fuerte esa noche y los gemidos de Calataid eran más frecuentes y más nítidos que de costumbre. Una madre con un enorme paño negro en la cabeza caminaba con su hijo de la mano, en silencio y a paso de emergencia. Una cuadra más abajo, una rapaza era arrastrada de un brazo. Alguien le decía que entrara, que no tuviera miedo, pero la joven se negaba como si quisiera gritar y no pudiese. Pero dicen que así hacían siempre las mozuelas antes de entrar por donde no quieren. Una puerta con arco de piedra. Vio la mano de ella aferrándose a una piedra de la pared y la de él tomándola de los cabellos. Aunque el pelo largo y la oscuridad le cubrían el rostro, Ramabad adivinaba, por la delgadez de la cintura y la escasez de sus pechos, que debía ser una rapaza joven. Finalmente, al verse observados entraron, aunque ella parecía seguir oponiendo resistencia, o disgusto, o quién sabe qué. La puerta se cerró con un chirrido y después se escuchó el pasador de fierro. Se escuchó un quejido y una risa breve. Vio o creyó ver algunas sombras que lo espiaban desde sus ventanas sin velas y decidió volver a su casa.

Una cuadra antes encontró el almacén de Ferrando abierto, alumbrado con dos farolitos antiguos, como los que se usaban en Calataid en la época de la colonia, antes que la ciudad comprara la vieja usina al gobierno francés. Entre las bolsas de cereales vio el enorme trasero del verdulero y poco después su cara ancha y sonriente que le daba los buenos días, como si nada hubiese pasado en Calataid, como si estuviera por amanecer.

Don Ferrando lo fastidió con sus bromas, como de costumbre, como si no se hubiese dado cuenta que ya no era un crío, hasta que entró de lleno en lo que le interesaba.

—Tengo algo que contar vós, gallo —dijo, y Ramabad tembló.

Dio vuelta a su mostrador lleno de insectos de luz y le dijo, con una risita cómplice, que él tenía una admiradora.

—¿A que no adivinas quién es? —dijo, sosteniendo su enorme cuchilla, pronta para partir en dos un queso de rueda.

Tenía una risita ambigua, debajo de un bigote espeso, los ojos divertidos y la calva eternamente inexpresiva, con una breve pero sospechosa cicatriz en forma de medialuna sobre la frente. Cada vez que hablaba con don Ferrando no podía evitar mirar esa cicatriz, como uno no puede evitar mirar el ojo equivocado de una persona bizca. Se imaginaba una barra de hierro chocando de punta con su cabeza, un accidente doméstico o un cuerno de buey amputado por un serrucho. Sabía que no era feliz.

Pensó que le hablaría de su mujer. No contestó, no dijo nada, pero cuando los nervios comenzaron a demoler su postura de hombre y su imagen de inocente, se escabulló dejando las zanahorias y las berenjenas en una bolsa junto a la balanza. El pelado era idiota pero no tanto —pensó, se dijo—, y tarde o temprano terminaría por darse cuenta de los excesos de su mujer. Él sabía de sus casi erecciones escondidas detrás del bolso, de sus frecuentes encuentros con su mujer en un campo de trigo que sólo existía en Europa y en sus sueños —y tal vez en los sueños de ella.

Pensó que nunca más podría volver a lo de Ferrando, sobre todo después de esa reveladora huída. Había fracasado en su intento de rescatar su trompeta y también había huido de un marido celoso, como si fuese realmente responsable. El doble fracaso lo llenaba de rabia y humillación. Por otra parte, sabía que pronto comenzarían las preguntas, el acoso de siempre. Así que a la noche siguiente se hizo de valor y volvió a la tienda por unos dátiles secos, como si nada hubiese pasado, a la hora en que supuso a don Ferrando dentro del negocio, haciendo el balance del día. Las cosas no salieron como las imaginó. Apenas el almacenero lo vio estudiando la madurez de unos limones, y antes que saliera su mujer, volvió a la carga sobre el mismo tema, esta vez sin el cuchillo:

—Oye, gallo —dijo, con su risita habitual—, ¿cómo es que fujístes vos ayer? ¿Tengo que pensar que tenés miedo a las mujeres e que por eso no querés escuchar qué tengo para vós decir?

—Qué ve, que ve. No tengo hoy para misterios.

—Vamos, muchacho, que no soy un ganso. ¿Piensas que nací ayer, eh?

Su mujer daba vueltas por allí, más bien nerviosa, ordenando unas latas de aceite sobre un estante, con un visible mal humor.

—No es que quiera meter mi gancho donde no debo —insistió el pelado, acercándose un poco—, mas sé cosas por palabras della que no niegan, como las de vos. E por quello que tengo percibido, ella espera que yo faga élla el favor de avisarte, a ver si despiertas de buena vez por todas, hombre, que ya tienes veintidós e fasta afeitas vós día por medio.

Lo de "afeitarse día por medio" era una provocación, como decir que uno es medio hombre o que todavía no llega a serlo. Definitivamente, el viejo había perdido el honor —pensaba Ramabad— y pretendía entregarme a su mujer. Lo hacía por despecho o porque los celos le habían quitado la razón, y entonces quería vernos a los dos en la cama, para poder presenciar lo que siempre había sospechado y nunca había podido confirmar, para vengarse luego con su cuchilla sobre nuestros cuerpos desnudos, para satisfacer de una buena vez a una mujer insaciable, para sacársela de encima porque él era impotente o estaba cansado de intentar satisfacerla, o porque, tal vez, detrás de esa imagen de macho imbécil se escondía un híbrido que prefería un triángulo de común acuerdo a un deshonroso engaño.

—¿Será posible que ni quieras saber de quién se trata?

—Bueno, hombre —dijo Ramabad— quién es?

—¿Quién más va a ser? ¡La niña de Paz! —dijo don Ferrando, chasqueando fuertemente los dedos en sus oídos—. La Lucerito de los Paz. No digas que nunca tenías dado vós cuenta.

Miré vós por detrás de mi marido, con odeio, con todo el odeio que merecías después de dos años de mirar a mí sin nada, e tendrás oído que solté un almud de aceite sobre la mesa, con tanta fuerza que fasta el mismo pelado se dio vuelta para ver qué tenía acontecido. Pero cuando vio a su mujer, yéndose por la puerta del fondo, no le dio ninguna importancia y volvió hacia Ramabad, con cara de idiota que se cree listo.

—¿Sí que es bonita la rapaza, no? ¿La tienes vista bien?

El veterano me empujaba a levantarme a la florista, y en ese gesto iba todo su deseo frustrado de hacerlo él mismo. Sin duda, era un imbécil, pero incluso un imbécil puede ver más que un músico distraído, pensó en la soledad de la noche.

DESPUÉS DEL PRIMER FASTIDIO POR LA NOTICIA y por la forma de recibirla, le sorprendió la sola idea de que pudiera haber en todo el pueblo alguien que no lo despreciara y que, para colmo, fuera una mujer joven y no otro artista loco. Tal vez porque era una niña demasiado ingenua y todavía no habían llegado hasta sus oídos las historias que se tejían sobre su extraño galán, o porque sencillamente le importaba un corno tener un enamorado poco apreciado en la ciudad.

Se asomó a la ventana para ver la ciudad de noche. Cada vez se encendían menos luces en Helena y casi ninguna por San Jorge. Por culpa de la reconstrucción de la muralla sur y por culpa de los ricos del centro que cada vez encendían menos luces en sus casas, no para ahorrar sino para demostrar que estaban de acuerdo con la nueva muralla o para convencer a los indecisos. Quedaban sí las luminarias de la Plaza Matriz y casi todas las de la plazuela de los carros.

Pero, de repente, Ramabad veía otras cosas a través de ese paisaje oscurecido. Sin quererlo, comenzó a pensar en la florista y ésta comenzó a llenar todos sus los espacios vacíos, que no eran pocos. Su puesto estaba cruzando en diagonal, más bien tapado por los árboles; no necesitaba hacerse ver, ya que todos sabían dónde encontrarla cuando necesitaban flores para las bodas o para los entierros, para vestir una mesa con rosas o disimular los olores de los retretes con ramos de lavanda.

Lo cierto es que a mi gallo la daba miedo la florista, si bien era una niña del todo bonita. En primer lugar, porque sabía, desde muy temprano, que un artista no debe comprometerse nunca; segundo, porque a él le gustaban las mujeres mayores, digamos alguna que otra señora de cuarenta años, aunque tampoco hubiese sido capaz de tener algo con alguna de ellas. También le atraía la fealdad, porque se había imaginado la voluptuosidad del sexo en la gitana y en la mujer del alcalde, por algunos rumores. Pero el resto de las mujeres de cuarenta años estaban casadas. Si bien la mujer del verdulero le echaba miradas, estaba seguro que jamás hubiese podido irse a la cama con ella, aunque lo hubiese arrastrado de un brazo. Le tenía miedo, sí, ese incomprensible miedo a una mujer desnuda que sólo un adolescente conoce y que los viejos (al menos los viejos prostibularios como yo) ya no pueden ni siquiera imaginar. De muchacho, se me agitaba la respiración con solo darme cuenta que la nana comenzaba a preparar sus *shawarmas* de carne, porque siempre incluían pepinos o zanahorias y ningún otro, aparte de él, era candidato para ir a la verdulería de la ninfómana, en busca de alcachofas y raíces con forma de pene de perro. La verdulera tenía su forma de agarrar las zanahorias y de limpiarlas con una mano antes de ponerlas en su bolso —sobre todo cuando mi marido estaba adentro, faciendo cuentas. Sabía que aquel gallo luchaba por evitar una espada entre piernas, que terminaría por avergonzarlo ante ella y, además, ante las otras viejas de turno.

Tal vez en eso consistía el juego erótico de la gitana: en atormentar a un gallo ingenuo, para pro-bar sus atractivos de mujer que ha perdido la juventud pero no las ganas. Aún recordaba con nitidez sus ojos negros, deslizándose sobre los suyos, como se deslizan por el aire las manos de una bailarina flamenca, sus senos blancos y voluminosos amenazando con escaparse de su terrible encierro, cada vez que se inclinaban sobre un saco de dátiles. Contrastaban por su blancura con el resto de su piel oliva. Piel de gitana, según decía la nana, con un dejo de desprecio. Ten cuidado con esa gente, le decía la nana, refiriéndose al cambio. A un jovencito como vos, una gitana podría sacar las medias con los zapatos puestos. Sin embargo, no sabía por qué, esta posibilidad le parecía más excitante que de cuidado; el peligro le resultaba más erótico, y por eso el gallo deseaba tanto más a la gitana cuanto más miedo le provocaban sus excursiones a lo de Ferrando. En cierta forma, él iba en busca de material para sus fantasías; o iba porque, oscuramente, no podía evitarlo, como un correcto cristiano que es hechizado por una bruja que lo amenaza con el fuego nocturno de su piel.

Al poco tiempo descubrió que cualquier verdura podía ser tomada en nombre de los genitales. Hubo una época en que ya no sólo las zanahorias eran su mayor problema, sino que llegaba incluso a soñar con todo tipo de raíces y tubérculos, hasta que al final siempre aparecía la mujer del verdulero, con poca ropa o desnuda, caminando en un campo de mandioca, directo hacia él. O esperándolo con una sonrisa en la boca y sin bellos cubriéndole la hendidura abierta del bajovientre, casi como una de esas pinturas renacentistas que su padre guardaba en la biblioteca pero definitivamente sin pudor. Él introducía la trompeta por la caverna húmeda de la gitana y su alarido salía por la bocina del instrumento, entre el placer y el dolor. Después ella le tomaba con fuerza los testículos hasta que despertaba con el calzoncillo mojado, abochornado en medio de una noche sorda y calurosa.

Siempre sospechó de la infidelidad de su madre, aunque esa sospecha era más amarilla, más débil que la antigua idea del parricidio: en realidad —pensaba, soñaba en pesadillas—, él había descubierto a su madre en la cama con un hombre que no conocía, pero que con el tiempo fue confundiendo con el alcuazil de María. Sospechando del intruso, había ido hasta el escritorio para ver si estaba su verdadero padre. Pero no estaba, o se había escondido al verlo entrar, o se había arrepentido de tomar el arma y había dejado el cajón abierto, de forma que su hijo pudo abrirlo y sacar el revólver. Estuvo sopesándolo, tal vez algo atónito por el descubrimiento. Recuerdo el fuerte olor a pólvora que me siguió toda la vida. Tiempo después, razonó que el odio de su madre no provenía de una falta de él sino de ella misma. Ella quería tener un hijo sano, o quería olvidarse de los enfermos que había hecho con su padre. Y si su padre era el culpable, porque el alcohol, la melancolía o su portentosa inteligencia habían deformado su sangre, porque si sus ideas y sus estudios habían ofendido a Dios, entonces nada mejor que reemplazarlo, en la empresa de redimirse ante Calataid, con un tercero más idiota pero más sano a los ojos de los otros idiotas. Tal vez la infidelidad no hubiese sido, para aquella mujer, tan vergonzosa como la imposibilidad de parir un hijo sano, como si para la gente de aquel pueblo las virtudes morales más importantes proviniesen de una especie de karma prenatal y no del esfuerzo humano por dominar su propia conducta en beneficio de los demás.

Al terminar el día, Ramabad tuvo una sensación no del todo desconocida. Recordó, por un instante, la cara de don Luzardo. Pero no aquella cara que había puesto cuando le propuso fiarle un cajón de cervezas, sino otra, portadora de un gesto de horror, un gesto que no se ajustaba con ninguna otra situación que Ramabad pudiese recordar. ¿De dónde recordaba esa cara, esa expresión de miedo y de...?

La florista era lo opuesto a la gitana, si de mujeres se habla. ¿Cómo explicar? La florista era la única hija del cantinero muerto. Se decía en el pueblo que la pequeña había nacido sin corazón, ya que si hubo una ausencia que brilló en el funeral de su padre esa fue, precisamente, la suya. Sólo después que pasó todo y los meses en la cárcel se transformaron en años y los años en siglos, Ramabad pudo comprender y justificar esa actitud aparentemente (y sólo aparentemente) indiferente. Pero, como suele ocurrir, nadie fue capaz de comprender a la florista a tiempo, que es cuando la comprensión ajena puede tener alguna importancia. Su puesto de flores pasó a ser una actividad más simbólica que rentable, ya que nadie volvió a comprarle ni una margarita, hecho que de todas formas, y para sorpresa y malestar de los vecinos, no desalentó a la rapaza ni quitó de sus labios la misma sonrisa angelical que la caracterizaba, interpretada tiempo después como uno de los engañosos atributos del Heterodoxo. Se decía que su mirada hechizaba, y es lo único cierto que se decía. Pero ¿qué culpa tenía la florista de haber nacido tan bonita y con aquellos ojos que no se cuentan con palabras? Ni se resisten, porque, ¿hay órganos más eróticos que los ojos? ¿Hay gesto más sensual que la mirada? En este sentido se podría decir que aquella jovencita estaba excesivamente dotada por la naturaleza y aún no lo sabía. Lo sabían los demás, su padre. La gente del pueblo. Don Ferrando. Las hijas de Alcides, sus abuelas. Murmuraban bajo los toldos de los mercados de Medina y San Bartolomé. ¿Cómo era posible —decían las viejas vestidas de negro— que continuase seduciendo a los hombres y a las mujeres que pasaban por la plaza, cuando el cadáver de su padre aún no se había enfriado y probablemente estuviese retorciéndose en ese mismo momento en su cajón, pidiendo justicia o preguntándose por qué su única hija había faltado en el momento de la despedida? Está bien; cuando se decía que la florista seducía a los compradores no se decía que lo hiciera a propósito, que su comportamiento fuera extraño o que la niña fuese capaz de alguna provocación voluntaria. Tampoco iban a reconocerle voluntad a una niña hermosa. Hermosa e inteligente eran demasiadas virtudes y un vecino de pueblo puede tener todos los defectos pero nunca todas las virtudes. Así que si era hermosa no podía ser inteligente. El problema era, precisamente ese: la niña los seducía sin querer. Había algo demoníaco en ella: su belleza era demasiado angelical. Yo mismo debo contarme entre aquellos que la tenían por una niña sin sentimientos, una especie de actriz idiota que no sabía más que vender flores y seguir sonriendo mientras velaban a su padre.

Por entonces, debía tener dieciséis o diecisiete años. Pero su amor era más el capricho de una niña que la verdadera tentación de una adolescente a la que todavía no se le han marcado suficientemente los senos y las caderas; una de esas rapazas que todavía no sabe lo que quiere y experimenta con fuego. Sin embargo, con los años terminó por comprender que uno juzga la madurez de las otras personas como se juzga la locura: con nuestra inmadurez o con nuestra locura propia. Porque detrás de aquella apariencia de rapaz tímida y provocadora, por momentos frágil y por momentos inocente, latía un poderoso instinto de mujer, mejor que el de la nana y mejor que el de su madre. Ese mismo instinto que salvó a Calataid del fuego, de la depresión colectiva, de las guerras y de las peores tormentas de arena que tantas otras veces amenazaron con borrar a la ciudad de la historia.

La florista estuvo en su puesto de la plaza por dos o tres años, sin que Ramabad se enterase completamente de su existencia. Hasta que un día vino el verdulero para chasquearme los dedos en los oídos.

Desde entonces, cada vez que iba al trabajo miraba por entre los árboles de la plaza y la veía a ella haciendo lo mismo desde el otro lado. Al principio le molestó y trató de evitarla mientras pudo. La tarde siguiente a la revelación de don Ferrando, cuando salió de la alcaldía, no cruzó por la plaza, como era su costumbre, sino que montó su bicicleta y tomó por la Empedrada hasta la puerta del Sol. Al cruzar el callejón de Santa Teresa chocó con el carretón del panadero y fue a dar debajo de las patas de los caballos. Se levantó y se limpió las raspaduras que tenía en el brazo y en las rodillas mientras escuchaba sin responder los insultos del panadero. Volvió a montar su bicicleta y siguió dolorido hasta la estación. Poco antes de que se consumiera el crepúsculo volvió a su casa. El mismo camino hizo los días siguientes. Pero durante estos paseos ya no pensaba en Bach o en Piazzola ni en sus heridas ni en el pantalón roto sino en Lucerito Paz. Sabía que estaba traicionando algo pero no podía evitarlo.

Era inevitable. Hay cosas que un hombre no puede evitar, como el sueño de un vigilante cansado que sólo comprende lo que ha ocurrido cuando despierta con el golpe de la caída. Un día se decidió a pasar por la esquina de la florista. Era uno de esos días en que las cosas parecen trastocadas por un aire misterioso, eléctrico —recordaba, casi con melancolía de viejo, con la fantasía de un artista adolescente—, uno de esos días en que todo sale muy bien o muy mal, en que todo puede ser horrible o muy hermoso. Uno lo sabe y entonces presiente que camina sobre el filo de una gran muralla; uno de esos días en que puede caernos, de quién sabe dónde, esa inspiración luminosa que nos hace percibir el mundo sublime, como si fuera en sí mismo una obra de arte total, inquietante, como si llevásemos encima la zuruma africana. De repente, había comenzado a hacer tanto calor que hasta el alcalde había salido al patio a refrescarse en la alfaguara. Y, aunque no había una sola nube en el cielo, algo parecía indicar que se estaba preparando una tormenta de viento, una de esas tormentas que temían las viejas en otoño, cuando el calor del verano se resistía a marcharse y era empujado violentamente por los primeros temblores cósmicos del invierno.

Con decisión, cruzó la calle hacia el puesto de la florista. "La hija del muerto", pensó al acercarse. Si alguien nos ve juntos dirá que tengo un pacto con el Heterodoxo, dirán después que me dejé tentar por la hechicera, la verdadera responsable de la muerte de su padre. Yo, la prolongación de su brazo.

Al verlo, la florista puso una cara de terror que lo impresionó pero que, al mismo tiempo, no supo cómo definirla. Siempre era difícil interpretar a la gente cuando yo estaba de por medio —pensó—; hubiese sido un muy buen observador de la raza humana si no hubiese pertenecido a ella. Digamos, si hubiese sido un perro faldero o un loro parlanchín prendido a la rama de un árbol. Pero cuando yo estaba de por medio, las cosas se complicaban: nunca sabía bien si la gente era buena o era mala, si me tenían asco o sólo lástima, si podían llega a sentir aunque sea una pizca de admiración por esa música de mi pecho que nunca habían oído, o si por el contrario les daba náuseas la sola vista de la trompeta incrustada en mi cabeza de bisonte. Esta incertidumbre le provocaba dos reacciones: se volvía violento y soberbio, o sucumbía a la vergüenza y al terror de ser mirado por la gente elegante.

Pensando esto, con la presión repentinamente baja por el calor, fingió observar las flores de lavanda de la hechicera, como si fuese a comprar alguno. En su pequeño puesto abundaban las camelias, la lavanda y sobre todo las amapolas, la flor más ordinaria que se podía encontrar en Calataid. Recordó que en la escuela le decían "cabeza de amapola", y él nunca supo si era por su forma o por su poca memoria para las lecciones. Estas flores crecían extramuros, en camposanto y en los rincones descuidados de la ciudad, por lo que su precio en los mercados de Medina y San Bartolomé era ínfimo. No obstante, se decía, los camelleros y hasta el tren pagaban lo que no valía por una almud de alcachofas secas. También se decía que su efecto anestésico menguaba de año en año, pero, según su padre, ello no se debía a la calidad del producto sino al hábito de consumirla a diario, por lo cual en cada intervención quirúrgica debía emplear una dosis cada vez mayor.

Un silencio profundo se hizo más profundo con el zumbido de una abeja. Tenía una falda roja, un color impensable para una mujer de Calataid. Sin duda la había hecho ella misma. Sus zapatos estaban un poco rotos pero corregidos por un hilo grueso. Cuando Ramabad levantó los ojos, vio su rostro blanco como la leche, cruzado de una mancha rosada, casi roja, en cada mejilla. "La hija de Satanás" oía que le decía el pastor, "la mujer que no amó a su padre y lo olvidó en el momento de devolverlo a la tierra". Y luego su propia voz, o su conciencia repentinamente burlona: "Mas padre, por qué habría de amar a su padre la hija de Satanás?"

Preguntó por las flores de lavanda, con una expresión rara, incompleta, como si hablara un acento diferente, extranjero.

—Las lavandas no tienen precio.

—¿Cómo es eso? —dijo él, como si estuviera molesto por algo.

Entonces levantó los ojos y miró mí por primera vez. No sé cuánto tiempo. Un ratito, dos segundos, mas sentí que nostras miradas tenían quedado unidas por más tiempo dello necesario. Necesario para qué? No sé, más tiempo del que dura una mirada suya, por ejemplo. Mas si yo miro vos a los ojos todo el tiempo, chiquita. Sé dello, mas... Vamos, fija, cuenta mí un poco más. ¿E después, e después? Entonces él quedó mudo, como si tuviesen éle dado con un tronco en la cabeza. El pelado tenía razón: la rapaza era muy bonita. No podía haberlo notado antes porque apenas recordaba a una niña que de vez en cuando se la cruzaba en la plaza y ni siquiera la saludaba. Pero a una niña le sobran tres o cuatro años para convertirse en una mujer, como a un gusano de seda le sobra una noche para convertirse en mariposa.

—La viuda del cine regala mí esas flores —dice que dijo.

—¿La viuda de las camelias?

—Sí, ella mismo. Ansí que podés vós llevar este ramo.

No llevaba ni una dina en el bolsillo, por lo que debió aceptar el ramo de lavandas, avergonzado primero y arrepentido después. Dio las gracias y se alejó.

Al principio había fingido mucha suficiencia, y hasta un acento extranjero que seguramente había tomado de la última viajante de Argel, pero al final había demostrado todo lo tímido y vulnerable que tenía. Para peor, volvía de regreso a su trabajo con un ramo de lavandas que le había regalado una rapaza, y ni siquiera sabía qué iba a hacer con él. Por supuesto que no podía tirarlo antes de entrar a la alcaldía, porque la florista hubiese visto ese imperdonable acto de desprecio. Por otro lado, sin alejarse mucho de su esquina, el diariero lo observaba sin disimulo, con una sonrisa idiota en la cara. Aunque no sepa leer, aunque parezca que estoy loco, todavía percibo algunas cosas, más cosas de aquellas que vós imaginás, porque cuando vos ibas yo ya volvía...

Apenas entró al edificio fue derecho a un tacho de lata que siempre estaba en un rincón del patio, detrás de una columna, pero no pudo. Apretó el ramo de flores contra su cuerpo, procurando disimularlo al máximo, y continuó camino a la tesorería, en la planta alta, con la esperanza de esconderlo en un cajón de su escritorio. En la escalera se cruzó con el rata de la imprenta. Me sentí ridículo: parecía una noviecita camino al altar, la novia con la cabeza más grande que nadie jamás haya visto antes. El rata no dijo nada, pero demoró el paso y lo miró con sus ojitos negros y diminutos. Olfateó dos veces el aire que rodeaba al minotauro y continuó bajando las escaleras con una sonrisa en la cara que se le veía desde atrás. Sonreía con todo el cuerpo, como si le pesara su larga cola y quisiera apresurarse en su huída, carnosa y silenciosa.

Un paso antes de la puerta gris se detuvo. La risita del rata era apenas un anticipo de lo que seguiría detrás de esa puerta. Sabía que del otro lado lo esperaba una colección de ojos que se divertirían por un mes entero, apenas lo vieran entrar con ese ramo de lavandas. Habitualmente, todos sabían que era él quien entraba porque nunca hacía caso al cartel GOLPEE ANTES DE ENTRAR. Ése era un cartel para los clientes, para los de afuera que no podían imaginarse que allí no se trabajaba. O se lo imaginaban (porque en un pueblo no hay grandes secretos ni secretos compartidos que duren un día) y preferían evitar el espectáculo de la evidencia. La mayor parte del tiempo los funcionarios la pasaban tomando té y comiendo panecillos de membrillo o pan de pita ungüentos en jalea de dátiles, los que desaparecían en los tres segundos posteriores a que algún inocente terminase de golpear la puerta gris y se dispusiera a abrirla tímidamente. Yo no golpeaba nunca antes de entrar, porque ya conocía la historia y porque formaba parte de ella. Pero esa vez golpeó, hizo la pausa correspondiente a una timidez ajena y entró con su ramo de flores. Todos estaban en sus puestos de trabajo, leyendo y terminando de limpiarse la boca con el dorso de la mano. Luego las previsibles miradas de potenciales asesinos que disfruté tanto. Incluso el enorme retrato del alcalde, diez años más joven, parecía mirarlo con odio. Aunque en realidad no era odio; era esa misma mirada que el gordo ponía siempre para demostrar que su gobierno era un gobierno fuerte y responsable.

Al poner el ramo de lavandas en un cajón recordó que eran las flores favoritas de su padre. Siempre tenía algunos ramos en su consultorio y nunca le faltaba el perfume que él mismo hacía, sumergiendo las flores en botellas llenas de alcohol.

Se sentó en su escritorio y se quedó pensando en cada uno de los rostros de sus compañeros de trabajo. Debió recordar su propio rostro. Aunque el suyo estaba deformado de la nariz hacia arriba, aún así, era posible identificar sombras que podía compartir con alguno de aquellos otros. Como compartía con sus antepasados más normales la sonrisa discreta, como una persona cualquiera comparte la identidad con su caricatura, donde la nariz puede aparecer duplicada y la boca disminuida a la mitad y ser un fiel retrato de la misma. Miró con discreción el perfil de la rubia de Morales. Ese perfil peninsular que hacía años dominaba el mismo rincón, mucho antes de que llegara Ramabad para compartirlo. Aunque tal vez el verbo sea exagerado o precario, porque él nunca pudo dejar de sentirse un intruso en aquel lugar, por más que pasaran los años y los panecillos de pita. El primer día que la vio sentada allí, leyendo unos planos diminutos, se alegró secretamente. Con el correr de los días aprendió a odiarla. La miró otra vez. Recortaba el perfil borroso de una mujer en una revista. Una falda corta, de esas que nunca se usaron en Calataid. Unos zapatos probablemente blancos con tacos altos. Pensó que en Calataid habría cientos y miles de rostros como aquel, con padres y con abuelos dominando la ciudad treinta años atrás, cruzándose en las calles, comunicando rumores en los almacenes, en las esquinas, con historias probablemente entrelazadas por el amor secreto o por el odio evidente, historias olvidadas, terminadas o sin terminar en un gesto de desprecio inexplicable. Historias que entraban y salían de su propia familia, de su vida prenatal o de los tiempos inocentes de su infancia. Rostros que había enfrentado cuando niño, sin saber leerlos, y había olvidado. Los Álvarez, los Alvarado, los Albornoz. Rostros que lo habían mirado a cierta distancia, desde una altura adulta, con rencor, con celos o con cariño. Carlos, María, Lucio Ramón. Rostros que él no había llegado a conocer nunca pero que importaron muchísimo a sus padres. Rostros que se perdieron en el silencio deliberado que lo protegió de historias crueles, tal vez apenas indeseadas o indecorosas. Rostros que ahora se cruzaban con el suyo, lo miraban con la misma ignorancia sin poder siquiera adivinar un pasado lleno de encuentros y desencuentros, de odios y de amoríos secretos. Uno de esos rostros, el de una mujer cualquiera (Morales? Victoria? Dorotea? Melisandra? Casildea?), podía haber sido el de la hija de un amor clandestino de su madre, o de su padre, el rostro de la hija de alguno de sus peores enemigos. Y él nunca lo llegaría a saber. Probablemente —no sería raro pensar— alguno de esos mismos rostros hubiese podido terminar en su cama o en un salón de baile, amándolo o echándole insultos, o solamente mirándolo con odio por un desplante o por un nuevo agravio, sin imaginarse los anteriores.

Miró a su costado. Ángel lo estaba mirando; movió la cabeza al sentirse descubierto y fingió corregir algo en un papel. Por un momento sentí que estaba leyendo mis pensamientos. O tal vez se daba cuenta de que algo raro estaba por ocurrir. Sabía que en cualquier momento Ramabad explotaría o se tiraría encima de alguno de sus compañeros sin razón alguna. Todos sabían que en su cabeza había algo que funcionaba mal o dejó de funcionar el día que su padre se pegó un tiro. O fueron dos, como sugirió el forense. Desde entonces, algo en su cabeza comenzó a funcionar mal. También él, Ramabad, sospechaba de sí mismo. El último recuerdo que tenía de su padre era su cara dormida debajo de una sábana, que su madre y un vecino le habían puesto encima. Yo mismo lo había matado y había echado todos esos espantosos momentos de locura al olvido. No sabía de dónde había tomado esta espantosa idea que le costó mucho tiempo arrancar de su cabeza de búfalo, y que cada tanto se le volvía a aparecer como un temblor: su padre no podría haberlo hecho; si algo lo caracterizaba, era su amor por la vida. Fue un accidente, entonces? Cómo puede hacer un hombre para pegarse dos tiros? Días antes, el niño había abierto el cajón del escritorio donde el padre guardaba el arma, pese a la insistente prohibición en ese sentido, sin llave por algún misterioso descuido, y la había estado observando con cuidado, temblando por el miedo de ser descubierto en ese instante, sopesando su exagerado y misterioso peso, que era lo único diferente a las pistolas que en el cine John Wyne hacía girar como una hélice en un solo dedo. Éste era su último recuerdo del arma. Pero eso no significaba un indicio a favor de su inocencia, sino todo lo contrario: si había olvidado los posteriores contactos con el arma, *era porque necesitaba hacerlo*. Es decir, yo había matado a mi padre. Digamos, de forma accidental: él me había descubierto y, sin querer, yo había apretado el gatillo. Esa había sido la primera persona que yo mataba. Luego lo había olvidado para poder vivir. Y había aprendido a olvidar los *por qué* de cada horrible acto, el por qué la gente lo despreciaba, le tenía miedo. Lo documentaban todos los sueños y las pesadillas que me persiguieron después. Ramabad había aprendido, en los libros de su padre, que era en los sueños donde se expresaban las verdades que la mala conciencia se empeña en ocultar. Su madre sabía que Ramabad había matado a su padre y por eso lo odiaba, pero también ella había preferido el olvido de su hijo a la escandalosa verdad. Entonces inventó toda esa historia de la depresión de su esposo, lo de la trompeta y lo del alcohol. "Desprestigiar a mi padre para salvarme a mí" repetía mirando las nubes de arena, con una tristeza que se adivinaba antigua y resignada.

Ahora, por mucho que lo pensara, no sabría decir cuál de las dos versiones prefirió el pueblo para comentar en secreto. Lo cierto es que a mucha gente no le parecía del todo normal su forma de ser. Se cuidaban muy bien de que sus niños no se acercaran a él, como si el hijo-monstruo del doctor los fuese a desnudar para mirarle los genitales. O como si a su lado corriesen el inminente peligro de recibir un trompetazo en una oreja, ya que era bien sabido que el loco prefería la soledad de las vías a la compañía de la gente del pueblo, el estruendo del tren al diálogo inútil de las buenas vecinas. Lo único cierto es que había un nudo en su memoria, un nudo que cada día se estiraba y apretaba más, tal vez a causa del tiempo o por una simple razón neurológica: soplar la trompeta le inflamaba los cachetes y la frente, provocando desastres en el frágil orden de las corrientes nerviosas.

A TRAVÉS DE LUCERO PAZ CONOCIÓ A LA VIUDA Hanna. Todo esto ocurrió al mismo tiempo que su cabeza estaba ocupada en la inexplicable muerte de don Luzardo, lo que al principio le impidió tomar total conciencia de los beneficios y los inconvenientes de esta nueva relación. Porque si bien en otro momento, y después de una larga reflexión, podía haberse dejado llevar por estas dos mujeres, su intuición de artista jamás se lo hubiese permitido.

Absorto en estos pensamientos, no advirtió que volvía a repetir el camino de siempre y se sentó en uno de los bancos de la plaza, a la sombra de una palma enana. Una pequeña iguana lo miraba sin moverse, sobre una piedra ardiente. Pensó que había llegado el momento, que debía huir de Calataid, que ya no quedaba más tiempo. Evita, la gran duna, seguía creciendo y Ramabad sabía que un día, pronto, interrumpiría el servicio del tren. Esta predicción la había hecho el pájaro, que controlaba las sombras del atardecer sobre las paredes de su jaula, año tras año, segura de que moriría enterrada por Evita, una noche de tormenta. Y el propio Ramabad lo había verificado: Evita había cubierto más de la mitad de la muralla oeste y avanzaba con un movimiento de galaxia sobre las vías que dibujaban una curva como si hubiesen estado evitándola por años. También esa iguana, que miraba sin comprender, sería enterrada viva. Pero no lo sabía, como no lo sabían (o no querían saberlo) los hombres y mujeres de Calataid. Así miraban todos, inmóviles, sin comprender. Así miraban, como esa iguana que debía sentir que Ramabad era una amenaza cerca de ella, que se lanzaría a correr o lo atacaría en cualquier momento. Era él quien debía retirarse, lentamente, sin hacer ruido, sin dejar rastro. Si apretaba los dientes y dejaba de pensar de una vez por todas, era posible que me colgara de un vagón. Pero la demora del tren y el exceso de especulaciones hacían tambalear cualquier proyecto. ¿Qué pasaría si lo pescaban tratando de abandonar Calataid? Sería otro indicio, inútil para la justicia pero una nueva confirmación para la Asamblea Democrática, de que el trompetista había matado al cantinero. Como poco, le prohibirían abandonar la ciudad, porque si en Grecia el castigo de la justicia consistía en el destierro, en Calataid se castigaba a los disidentes con lo inverso o con el entierro, que es casi lo mismo. Por otro lado, si tenía éxito y no lo agarraban antes de escapar, aún debía evitar ser descubierto por los fundamentalistas que odiaban a los blancos, especialmente a los franceses de la colonia. No hablaba árabe ni francés. Podría viajar sin su trompeta, pero no podría hacerlo sin pronunciar palabra. Podría simular que era mudo, o idiota, o cualquier otro defecto que combinara con su desagradable perfil. Lo apresarían los fanáticos de Alá y le comerían el hígado. Una vez capturado, hasta Calataid llegaría no uno sino un ejército de locos con barba, con Ramabad atado de las manos y corriendo detrás de un caballo. No lo ejecutarían los capitalinos sino sus propios vecinos del pueblo, cuando viesen sus iglesias arder y la alcaldía saqueada por aquellos bárbaros tan temidos y largamente esperados.

También era cierto que podían pasar años antes de reunir la suma necesaria para pagar un pasaje hasta Argel. Así que la idea de robar el dinero se me fue acomodando en la cabeza, a falta de alternativas mejores. Pensó que si lograba llegar hasta Argel y escabullirse en la bodega de cualquier barco, ya nadie podría detenerlo. Claro, primero debía pasar Kahina y Sahara, la próxima estación, donde todavía quedaba un cristiano de tez morena, un funcionario puesto por la fuerza secreta del alcuazil, según decían, que había protegido a Calataid inventando su inexistencia a los curiosos que preguntaban por el tren que iba al sur. Esa era la única persona que, por una complicidad de fe, podría detenerlo antes de alcanzar Adrar. Debía pensar en un robo que sólo se descubriese después de pasar Sahara. O debía pensar en robarle a alguien que fuera incapaz de denunciarlo. Lo que era bastante improbable, pues no había en todo el pueblo alguien que pudiese albergar algún sentimiento positivo sobre mí y, además, tuviese dos mil doscientas dinas en un cofre. ¿Quién, en el pueblo, no me denunciaría? Hasta mi madre me hubiese denunciado, de eso podía estar seguro, y no porque me quisiera mal como me quería, sino todo lo contrario: ella hubiese hecho hasta lo imposible por retenerme a su lado.

EN MEDIO DE ESTAS ESPECULACIONES, advirtió que la florista le hacía señales con la mano. Había estado haciéndole señales rato antes, mientras él persistía en una aparente indiferencia, sentado en el banco con los pies cruzados y mirando la copa de los árboles. Como si despertase, y a pesar de un recién advertido dolor de estómago, algo parecido a una gastritis o a un ataque de hígado, se levantó y fue hasta su puesto. La iguana saltó y ensayó un movimiento ambiguo, entre el temor y la amenaza.

—Adiós... —dije, sin más, y él contestó mí igual.

Fue cuando la florista le dijo que había una señora que quería conocerlo. ¿Por qué? Porque había conocido a sus padres, había dicho. ¿Había alguien en el pueblo que aún no se había cruzado con él y, encima, quería conocerlo? Sí, él tampoco había visto nunca a la dueña del cine, con lo que le había gustado el cine de chico. Mejor dicho, no la recordaba.

—No hay problema —dijo Ramabad, advirtiendo la mirada de la florista que, como la de los demás, siempre se posaba sobre su frente en lugar de detenerse sobre sus ojos casi ocultos. Después de hurgar nerviosa en los bolsillos de su delantal, la florista le dijo que la viuda quería invitarlo a su casa, conociendo ella de su gusto por el cine. Y ya que no había ninguna otra posibilidad de ver una película...

Recordó con profunda nostalgia aquellos días de su infancia, cuando su padre lo llevaba a ver alguna de aquellas películas que traía el tren todas las semanas, antes de disminuir sus frecuencias. Por un momento dudé. No sabía qué hacer, porque si bien no quería compromisos con la florista, la oferta era por demás tentadora. Pero finalmente dijo que sí, mirando definitivamente su rostro, sin muchas fórmulas, tratando de liberarse de la florista para ir a descansar su dolor de estómago sobre la silla de su escritorio o en el retrete maloliente de la alcaldía. Así que quedaron en encontrarse al día siguiente por la tarde, a las seis, frente a la casa de la viuda, por la entrada de Zacarías.

A la salida de la alcaldía no fue a la muralla. Tampoco el retrete fue la solución. Se quedó tirado en la cama, con el estómago revuelto, haciendo caso omiso a los llamados de su madre, imaginándose que aquellas náuseas eran algo grave, una enfermedad terminal que lo atraía o no le importaba.

A las dos de la madrugada, ya en el límite de sus nervios, tomó la trompeta y se fue hasta las vías del tren. No podía dejar de pensar en su rostro, su mirada profunda. No podía dejar de pensar en ella, en sus manos arreglando los claveles. En ese fuerte olor a flores que eran su olor. No podía. Estúpidamente se le humedecían los ojos imaginándose que la abrazaba. Quiso tocar la trompeta y no pudo, hasta que los gallos comenzaron a cantar y comenzó a aclarar el horizonte a su espalda.

COMO HABÍAMOS QUEDADO EL DÍA ANTERIOR, a las seis de la tarde, la florista me estaba esperando, sentada en el muro con rejas, unas rejas inútiles a falta de ladrones, pero que le daban al conjunto un rico aire de mansión inglesa. Los ricos siempre se han protegido de los pobres y eso queda bien. Del otro lado, las lavandas inundaban casi todo el jardín de entrada. El alcázar era enorme, tal vez el más grande de la ciudad, con dos pisos principales como la mía pero más antigua y más lujosa. Yo podía verla desde mi habitación, con sus techos de tejas y sus ventanas siempre cerradas, casi invisible de noche pero predominando en el paisaje neblinoso al amanecer.

Nunca había entrado más allá de la sala principal, que fue el lugar preferido para las reuniones de la alcurnia, conformada escasamente por los dueños de casa, sus padres, la familia del antiguo juez de paz y dos o tres comerciantes exitosos que nunca llegaron a hablar correctamente ni árabe ni francés. Por entonces Ramabad era muy chico, pero nunca olvidó la araña de cien luces que colgaba del techo, la alfombra persa con dibujos rojos y negros que para aquel niño, ya deforme pero todavía sin la conciencia de su desgracia, eran misteriosos laberintos por los cuales se perdía su imaginación, así como se perdía, también misteriosamente (porque en la infancia todo es más intenso y verdadero, porque todavía no estamos recubiertos por ese caparazón impermeable de sospechosa comprensión), el ruido de los pasos al entrar en su región mágica. En cambio, no tenía ningún recuerdo vivo de la viuda, ni de su marido ni de las otras damas que otrora llenaron la enorme sala. Recordaba los vestidos largos y los zapatos brillantes, como si para la imaginación de aquel niño fueran más importantes las cosas que las personas. Sólo sabía que no vivía más nadie allí, aparte de la viuda, dicen que rodeada de sus indios apaches, de John Wayne y su adorado Roy Rogers disparando su pistola, cuando todo el pueblo dormía.

La florista empujó el portón de entrada. Ingrid Bergman y Humphrey Bogart, pensé. La mano pequeña de la florista tomó la otra mano más pequeña de la aldaba de bronce que colgaba de la puerta y la hizo sonar dos veces. Sin esperar, empujó la puerta entreabierta y entró.

Adentro estaba oscuro. Por un costado apareció la anciana de pelo blanco, apoyándose en un bastón y levantando de vez en cuando la cabeza para mirar con una sonrisa de dientes artificiales. Antes de acercarse guardó algo en un cajoncito; me pareció un pequeño revólver, un revolver de mujer, pensé.

—Buenas tardes, señora —dijo la florista, con confianza pero sin perder cierta distancia—. Él es el contador.

Le llamó la atención el título que le habían atribuido, quién sabe quién y desde cuándo.

La viuda volvió a levantar su rostro, pálido y sonriente, y lo miró con cuidado. Tenía unos ojos grises, borrosamente dibujados. No sólo las iris se diluían en el resto blanco de sus órbitas, como si sufriera de cataratas; también el contorno de sus párpados eran difusos, con tendencia a un rojo húmedo. Cuando dirigía sus ojos hacia él, me daba toda la impresión de que la anciana no veía bien. Se disculpó por algo y mencionó a don Luzardo. Hasta que no encontraran al responsable no podía estar tranquila. Por momentos parecía ciega: hablaba y atendía a una región difusa que podría estar en el mentón o en una oreja de quien estuviese en ese momento delante suyo. O evitaba mirar directamente su frente, para no poner en evidencia la curiosidad que le despertaba su defecto. Sus ojos y su forma ambigua de mirar hacían pensar que la vieja pasaba casi todo el día entre penumbras, repasando recuerdos más que observando alguno de esos objetos contundentes que adornaban su casa y que hubieran podido matarla en alguna distracción. Un cabello escaso y poco cuidado, totalmente blanco, sobre una hermosa frente, sugerían lo que habían sido: rubios y suavemente ondulados. Como las cenizas que encontramos en un campamento al día siguiente (pensó), nos hablan no sólo del fuego de la noche anterior, sino también de las voces y de las canciones de los que ya no están.

En una de las paredes del salón había un gran retrato del matrimonio. Él, un hombre más bien alto y de barba, adusto, como era la costumbre. Ella más pequeña, con una sonrisa atractiva (pensó Ramabad, pese a tener el modelo deteriorado a su lado). Como todo matrimonio, seguramente ejercitarían cada día el arte de hacer complejo y complicado lo que fácilmente podía ser sencillo.

Vaya a saber por qué, lo primero que pensé entonces fue en ese rostro intermedio, entre el retrato y el actual, que se habría deformado con el dolor, el día que descubrió a su marido muerto. Dos sonrisas; una feliz, la otra más diplomática pero devastada y melancólica a la fuerza. Las dos separadas por una mueca retorcida por el dolor, conciencia plena, lúcida y desesperada de la verdad: *lo irremediable ha sucedido al fin*, él ya no estará aquí conmigo, ya no me dirá "te quiero" ni yo tendré miedo de perderlo, sólo sus recuerdos, para peor, no para consuelo. No quedaba nada por doler.

—Eres igualito a tu padre —dijo—, igualito al doctor..., que Dios tenga él en la Gloria. Tu voz... —decía la viuda y parecía mirar algo muy lejos—. Sin embargo, tu voz...

Tienes el mismo timbre de voz que tenía tu padre, entre melancólico e resignado, mas un ritmo distinto.

—¿Un ritmo distinto?

—Así es. El tiempo de tus palabras denota menos seguridad que si salieran de la boca de tu padre. Menos confianza, menos juventud, menos entusiasmo tal vez. Es un tiempo más pausado, definitivamente melancólico; yo diría que escéptico. Disculpa que sea sincera. No puedo ser otra cosa sabiendo que voy mí a morir pronto.

—Bajo esa perspectiva, todos deberíamos ser sinceros, ¿no cree?

—Sí, igualito a tu padre. Igualito e diferente. Claro, tu padre era un científico e vos sos un artista. El acento de la voz dice mucho del pasado de una persona, pero también dice mucho de su futuro. Dice dónde estuvo pero también nos dice dónde estará algún día; qué es aquello que quiere ser. La voz también es el reflejo del alma, como el rostro, como la posición del cuerpo. Como todo. ¿Sabes, muchacho?, la voz es tan personal como las líneas de los dedos, como la mano que lee una gitana, sólo que si se pudiese tener la suficiente sabiduría para saber interpretar qué dice la voz de una persona, como su rostro, sabríamos más cosas ciertas e menos cosas engañosas. Tampoco en el cine tienen dado gran importancia. Más importaron los gestos del rostro, las lágrimas... Saber llorar era suficiente para creerse una buena actriz o un buen actor. Pero cuando un personaje fablaba, solo era importante por aquello que decía, no por *cómo* élo decía. La culpa la tienen esos letreritos que se ponían debajo, porque las películas siempre venían en un idioma que pocos entendíamos.

Se dio media vuelta, como buscado algo, y cambió de tema. Pensé que era ciega. Probablemente lo era.

—Pero tu padre... Sí, me acuerdo muy bien de la voz y del rostro de tu padre. Tu padre e yo... —hablaba con largas pausa, como si la fatigara el esfuerzo de recordar— fuimos tan amigos. Él se entendía tan bien con el finado de mi esposo...

—Muéstrele las fotos al contador —dijo la florista—. El contador sabe mucho de cine.

—Oh, qué bien. ¿Has visto mucho cine?

—Por supuesto que no —dijo Ramabad, con obviedad—En Calataid hace más de quince años que no hay cines. Lo poco que conozco se lo debo a la alacena de mi padre.

—Oh, sí. Tu padre tenía unos hermosos volúmenes de tapas duras, con ilustraciones satinadas. Recuerdo uno maravilloso con algunas fotos en colores. El cine de la época dorada... Es cierto. Ya no quedan cines en el pueblo. Ocurre que yo no mí entero de nada. E si mí cuentan algo hoy, olvido éle mañana. Es cierto... los libros. Sí, los libros... Cuando niño querías vos escribir una película, o estabas escribiendo una película, ¿no?

Cuando era chico. Sí, ahora lo recordaba. ¿Adónde carajo se había metido todo eso? Había dibujado las escenas de una película de aventuras, algo así como *La vuelta al mundo en ochenta días* o *Viaje al centro de la Tierra*. El tiempo y la arena se habrán tragado aquellos dibujitos.

La viuda fue hasta una pequeña alacena que había en un rincón de la sala y me trajo un libro de tapas azules. Tuve la ingenua esperanza que era aquel cuaderno de dibujos. Se trataba de un libro de cómo escribir un guión para Hollywood. La vieja divagaba; no había una relación lógica en sus ideas, en sus recuerdos, en sus acciones. Era una especie de fantasma que comienza a perder toda vinculación con el mundo de los vivos.

—Echa éle una mirada. Es muy interesante —dijo. Después los hizo pasar por un pasillo oscuro al fondo de la casa y después por una escalera de madera, un poco estrecha y ruidosa, hasta una cámara pequeña. Cuando encendió la lucecita, Ramabad pudo reconocer el proyector, cargado con un rollo y apuntando hacia un orificio que había en una pared.

—Mirás por aquí —dijo la florista, señalando por una ventanita al costado. Ramabad se asomó por la ventanita, pero no vio nada.

—Está todo oscuro —dijo.

—¿No ves nada? Trata de ver —insistía ella.

Hizo el esfuerzo, en esa plena oscuridad. Comenzó a ver una especie de montaña y después un mar estancado, como un senote maya. Pero cuando la viuda apagó la luz de la cabina, pude ver mejor: era un presentimiento irreal, una especie de abismo. Más abajo, las butacas del antiguo cine. Se quedó un buen tiempo en esa posición, maravillado, imaginándose a John Lee Hooker, a Muddy Watters, a Ástor Piazzola, a su propia trompeta sonando en la orquesta y luego a él mismo sosteniéndola de pie sobre el escenario que estaba debajo de la pantalla. Hasta que la florista le tocó un hombro para que le prestase atención.

—Podemos bajar para ver algo. La señora nos pondrá una película.

—¿Funciona? —preguntó Ramabad, incrédulo.

—Claro que sí, muchacho. Una vez al mes, todos los dieciséis, echo élo a andar.

—Un dieciséis se inauguró el cine, explicó la florista.

—Dieciséis de noviembre de 1944. Ese día hicimos una gran fiesta. No quedó un ánima en la calle e dimos una función gratis. Teníamos traído *Gran Hotel*, e mi marido e yo nos quedamos aquí mismo —dijo y señaló el suelo— brindando con champagne e tendidos sobre la alfombra.

Entre 1945 y 1962, algunos, como la viuda Hanna, habían tomado la costumbre europea de contar sus obscenidades para curarse de algún mal, como quien pasa por una esquina y arroja los envases de comida, creyendo que con eso se van a liberar de la indigestión. Y si el que escuchaba, además, cobraba por el servicio, mejor. En cambio, yo siempre preferí el silencio y las pocas palabras, decía Ramabad. Además, debería saberse que si las palabras curan también enferman. Y de lo primero no estoy tan seguro como de lo segundo.

El Basilisco se sintió terriblemente perturbado con la confesión. Otra vez le ocurría: su cara comenzó a arder y la sola idea de que alguien se diera cuenta empeoró la situación. Otra vez esa maldita sensación de no controlar su cuerpo, mejor dicho, otra vez su cuerpo traicionándome. ¿De qué me avergonzaba? De nada. Y, sin embargo, ahí estaba mi cuerpo estúpido, comportándose como un niño, como el niño vergonzoso que no era. ¿Y qué pasaba si le daba un puñetazo directamente en el rostro? ¿Sería capaz de hacer esa estupidez? Su cuerpo temblaba, como un animal, estaba a punto de hacerlo. Pero, ¿por qué? ¿Qué le había hecho la pobre vieja? Además se dieron cuenta, y eso lo molestaba aún más. Hanna no había perdido aquellas costumbres promiscuas que estaban de moda en París, poco después de la Guerra. Podía haber sido aquella escritora francesa que estaba una revista de 1963, una revista que un viajero dejó en la estación y que, por algún medio, fue a parar a la biblioteca de su padre. La escritora, una joven bonita y revolucionaria, había estacionado su camioneta en una calle de París para hacer el amor con cada uno de los hombres que pasara por allí. Un pueblo participó de la idea y por eso París sucumbió años después al hambre y la destrucción de 1968.

—Precisamente aquí tengo la película —dijo la viuda, tomando la lata con manos temblorosas y entregándosela a la florista—. No es casual..., saqué élla para vosotros. Abre élla, pequeña.

La florista abrió y leyó: *Gran Hotel.*

—¿No tiene miedo de los Fundamentalistas? —preguntó Ramabad, tratando de volver en sí. Se ponía un poco agresivo cuando sentía vergüenza; era una forma de cambiar de estado.

La viuda no contestó. Hizo un silencio nervioso y agregó:

—Esa mesma. Agora, ¿por qué no bajan a la sala e esperan allá?

Bajaron por una escalera de madera, todavía con su alfombra original, roja y negra. La florista lo tomó de una mano y lo arrastró hasta unas butacas justo al centro. Él dijo, confundido, que prefería volverse, que no estaba a gusto allí, como si estuviese entrando a un templo donde se adora al diablo. Ella hizo como si no lo hubiese oído y continuó caminando, tirándolo de una mano. Debajo del fino vestido podía adivinarse la ropa interior, su cintura discreta. Pensó que todo era una trampa, pero se dejó llevar, más impresionado por la enorme sala que por las dos mujeres que estaban entrando definitivamente en su vida, sin pedirle permiso.

Se apagaron las pocas luces que había y se sumergieron en un gigantesco espacio ciego, presentido apenas por la ausencia de sonidos, por el olor a edificio antiguo, por el ruido lejano de la máquina de proyectar que se parecía a un tren en miniatura. Por último, su emoción fue completa cuando la viuda logró acomodar algún inconveniente en el audio y la película se echó a andar.

Era en blanco y negro, pero para Ramabad la sensación de realidad fue tan fuerte que el resto de su vida pasó a un segundo plano. Esa calle y esos caballos *eran más reales* que la plaza del pueblo, que su casa y que el asesinato del padre de Lucerito. No podía pensar y sentir otra cosa.

Más tarde, en el silencio de su alcoba, recordó (o creyó recordar) que la florista había puesto una mano en su rodilla, pero nunca llegó a determinarlo con claridad, de modo que también pudo haber sido producto de otra de sus fantasías nocturnas. Mejor no pensar, se dijo, porque estaba apunto de creer que todo lo demás había sido un sueño o una alucinación. Se dejó caer en la cama. Entonces volvió a dormirse sin perder del todo la conciencia.

Luego de largos períodos de letargo, Calataid había sido repoblada, mayoritariamente, por una última oleada de perseguidos que habían resistido a los nazis en toda Europa, a los comunistas en Rusia y a los falangistas en España. A esta última generación de blancos tampoco les preocupaba ya el diseño y la construcción de un mundo perfecto sino la salvación de la humanidad de la catástrofe, que en los últimos tiempos podía proceder de cualquier lado: del este comunista, del oeste capitalista, o del sur islámico. Con todo, nada de esto impidió que junto a la resistencia llegaran pequeños nazis, pequeños comunistas, usureros, sodomitas, judíos de Portugal y alguno que secretamente le rezaba a Alá por las dudas, como secuela de su paso demasiado lento por el desierto.

Pero la mayoría cambió rápidamente su lengua por la lengua y la conciencia de Calataid, y experimentó el sentimiento fundador que resumía en esa bandera triangular la conciencia de ser la reserva moral del mundo. Este milagro se producía ya desde que sus habitantes hacían uso de razón, cada primero de agosto en la escuela central. En este día de fiesta, se amontonaba a todos los críos en un patio y, después de hacerlos dramatizar la mitológica fundación de Inmacvlada, todos vestidos con trajes típicos de una Europa que tal vez existió, se los hacía jurar fidelidad a la bandera.

"¿Xurais defender este símbolo inmacvlado con la sangre de vos —recitaba solemnemente el padre d'Ángelo y después repetía el alcalde María de Rodrigo—, sin importar quáles razones tuvierais para no facer élo?"

A lo que los críos contestaban gritando bien fuerte "Sí, con esta sangre, xuro!"

Acto seguido, una mujer disfrazada de Libertad infringía un profundo corte en el brazo derecho de cada crío hasta que sobre el suelo infértil de Calataid caían lágrimas y una gota de sangre patriótica, lo que era seguido por los histéricos aplausos de los padres allí presentes. De ahí hasta la muerte, los habitantes de Calataid llevarían con orgullo la cicatriz de la Jura a la Bandera, la cual no sólo era imprescindible para hacer cualquier trámite público, como ingresar al honorable cuerpo de Alamines de Cerdos y Gallinas para cobrar las tradicionales coimas, sino que también servía para practicar una vieja costumbre que consistía en medírsela cada vez que dos viejos amigos se encontraban después del invierno.

Por supuesto que este rito era muy útil para imponer un sentimiento patriótico que emocionaba a cualquiera, hasta mí mismo en mis mejores momentos, aunque no siempre impidiese el odio y la animosidad entre sus habitantes. El patriotismo de Calataid era muy útil, casi tan útil como la amenaza exterior; servía para mantener unido a sus habitantes, tan unidos que a veces resultaba difícil encontrar dos cabezas que pensaran distinto; si ello ocurría, segura-mente se trataba de un malentendido. Lo que quedó demostrado una vez, y para siempre, cuando el trovador Arturo afirmó que en Calataid no existía libertad de pensamiento, a lo cual Ramón Paz, el propio secretario del Alcalde, contestó que, si fuese así, él nunca hubiese pronunciado esa frase tan equivocada.

Por lo tanto, y desde entonces, nadie dudó que en Calataid sí había lugar para disentir, lo cual inflamó aún más el orgullo democrático de sus habitantes y condenó al trovador al destierro del olvido y la indiferencia deliberada.

"Todo desto no impide —decía el trovador—, o tal vez incluso favorece, un largo odio que corre discreto por debaxo de sus calles e de sus casas, como las aguas sucias corren por la red fecal".

"Quando me empuxaron con los otros críos en el patio de la escuela para que xurara por ese pedazo de trapo —confesó, cuando cayó en manos de la justicia—, grité bien forte *No xuro!* Pero el mío *No* se perdió entre los obedientes *xuro* de mis compañeros, que rasparon sus pequeñas gargantas e rompieron mis tímpanos. Muy mucho emocionante, mi señor, mas yo creo que las personas no deberían ser obligadas a xurar por una bandera mas por la humanidad, i en cualquier caso debería ser un acto de voluntad. Nadie debería recibir de crío aquello que no pueda luego él repudiar por su voluntad propia. E si uno puede romper un xuramento, entonces es igual que nada".

"Con criterio igual —comentó el alcuazil más tarde, cuando el juicio ya se había consumado y el trovador Arturo se dirigía caminando hacia la puerta de la ciudad, por donde pasaría para luego perderse en el desierto, en 1978— cualesquiera podría llegar a cuestionar el bautismo primero, para seguir más luego con todas las otras imposiciones que construyen una nación".

"Con esta única e triste rareza —confirmó el alcalde don María de Rodrigo, al día siguiente, desde la tarima donde se disponía a renovar el orden civil, inaugurando un nuevo feriado para que los acontecimientos de la víspera no fueran olvidados por las nuevas generaciones—, Calataid sempre tuvo un orden moral que niuno, a Dios gracias, cuestionó nunca. E es bien que ansí tuviera sido, porque no es posible construir una nación verdadera sobre la base della duda e del cuestionamento día por día. Un hombre que no lee libros filosóficos, mas que concurre religiosamente a todos los actos patrióticos, es más útil e beneficioso para su pueblo que aquellotros que tarde o temprano terminarán traicionando la consciencia de sus compatriotas, so pretexto de una moral más alta que no reconoce las nobles verdades que todos los hombres heredamos de nostros padres. Como el principio ético que sempre tenemos sostenido desde esta plaza pública: *primero la Patria, segundo la Ley i el partido, e por último los hombres!"*

FUE OTRAS VECES AL ALCÁZAR DE LA VIUDA. Después de *Gran Hotel* vieron *Cumbres borrascosas*. La viuda tenía una estantería llena de cintas, etiquetadas en inglés y con la traducción al francés escrita a mano, todas anteriores a 1962. Al principio le pareció una mujer amable y desinteresada. Los invitaba a tomar el té en una salita muy bien arreglada, con una ventana que daba al patio y una mesita redonda con mantel blanco y servilletas rojas a cuadros. Casi siempre hablaban de cine, porque ella sabía mucho y porque a él le había impresionado el descubrimiento, tanto como para olvidarse, por un momento, de su música y de Nueva York. O tal vez porque en aquellas películas encontraba mucho de lo que buscaba cada tarde en la trompeta y cada noche en el plano de la viajera. El tema favorito de la viuda eran las mujeres, sobre todo aquellas misteriosas como Greta Garbo. O simplemente las más bonitas como Marlene Dietrich, Marle Oberon, Norma Shearer y Claudette Colbert (sobre todo en aquella película que hizo de *Cleopatra*). Ramabad comenzó a admirar su gusto por una belleza que no era conocida en el pueblo, esa belleza de gente conocida de verdad. Cuando la viuda se cansaba de hablar y hacía una pausa invariablemente nostálgica, él sostenía la conversación agregando algún comentario sobre una actriz que le había gustado especialmente por su cara y que había logrado leer al final de una película: Louise Brooks, con aquellos ojos negros y el pelo cortado a la altura de las orejas. La florista no decía nada. A veces los miraba a los dos con una sonrisa tímida. Otras veces no podía disimular una mirada pensativa y una mueca de tristeza que inquietaba al Basilisco. Nunca se hablaba de su padre per él estaba siempre presente. Sobre todo cuando la viuda hablaba del miedo que sentía en aquella casa. Había aprendido a cerrar las puertas y las ventanas con tranca.

La tercer noche la viuda les puso una película de ciencia-ficción, en la que el guionista se había esmerado por imaginarlo todo diferente a su propio tiempo, pero apenas había logrado reproducir las fantasías y las supersticiones de los años cincuenta.

—El futurismo siempre imaginó mejor los cambios que las permanencias —dijo esa noche la viuda, cuando subieron a tomar el té. Después dijo que desde Julio Verne, la única hazaña de los adivinos había sido adelantar lo que sería diferente, y en el esfuerzo olvidaron quizás lo más importante: lo que continuaría siendo igual. Tal vez porque en lo diferente están siempre la esperanza y el temor, y los humanos se mueven principalmente por esos dos impulsos. Pero los nuevos hombres continuaban siendo tan insensatos como los viejos. Habían dicho que pronto llegarían a Marte, atraídos por la existencia de agua en ese planeta, como antes fueron atraídos a América por el old golden god. En la Tierra todavía quedaba mucha agua, aunque contaminada. Pronto colonizarían otro planeta, Marte tal vez, y para entonces, en el intento habrán destruido éste, el más rico y hermoso del Sistema.

—¿Existirán esos seres venidos de otras galaxias? —preguntaba la florista.

—Tal vez sí —dijo la viuda—, aunque ni siquiera los muertos podemos saber élo. En el mundo actual todo puede ser verdad e falsedad al mismo tiempo. Una piedra real e una piedra virtual golpean de igual forma; agora que ya no á realidad, Jesu Christo e la Virgen María pueden ser obra de la alucinación colectiva o de un efecto especial. ¿Cómo saber élo? Ya no quedan puntos sostenidos sobre la tierra, fijos míos, e pronto no quedará tierra tampoco. En esto estyo de acuerdo con Calataid. Aquello único que yo sé es que, si los extraterrestres existen, sin duda son seres inofensivos. Nada tienen que ver ellos con el hambre e con las guerras ocultas que son destruyendo al planeta e a la humanidad. Mas, los jefes insisten: como ya no encuentran amenazas en la Tierra, buscan éllas entre las estrellas. E ansí continúan despilfarrando esfuerzos en busca de hipotéticos enemigos, mientras la realidad pasa por encima del resto de la humanidad.

A veces, la viuda hablaba como el loco de los diarios, como si alucinara o como si tuviese acceso a una información sobre el mundo exterior que los demás en el pueblo no tenían. Sin duda escucharía la BBC en algún rincón secreto de la casa, como mi padre, porque era la única onda que podía atravesar los cielos del Sahara sin que se lo impidieran las espadas de Argelia y las espesas murallas de Calataid. Casi una tortura, pero uno podía escuchar esos ruidos misteriosos, yendo y viniendo desde el peligroso silencio, escondiéndose las más de las veces detrás de una lluvia de descargas eléctricas. A excepción de la viuda, nadie entendía inglés. Hasta los puritanos del Golden God, que leían cada día la Biblia en ese idioma, habían olvidado la correcta pronunciación de sus abuelos. Culpa de un idioma que nunca se leía como se escribía y así una *a* podía sonar como cualquier otra vocal sin una regla que la contenga, sin la menor simplicidad que la ponga a salvo de una rápida deformación, de un olvido inmediato. De forma distinta, también el ruso había sido olvidado (a propósito, cuando alguien corrió la alarma de la comunicación sin cables, a principios del siglo pasado). Leía nos, sí, mas tenía nos olvidado el acento, los sonidos de los abuelos. Leía nos la Biblia en inglés e pronunciábamos en francés, en español, en alemán hasta que Calataid tuvo una lengua propia, sin nombre, pura, la única lengua en el mundo que se entendía correctamente. Por eso la nana, que había hecho trueques con los camelleros, decía que el idioma de Calataid era el mejor de todos porque se entendía.

La viuda se detuvo de golpe, como si se hubiese arrepentido de hablar de más. Se quedó mirándolo, un largo, larguísimo tiempo al Basilisco, con una leve sonrisa en la boca y una mirada triste. Supo que había estado hablando para nadie. También él se había quedado pensando en otra cosa. Se apoyó en el respaldo de la silla, como si se quedara abrumada por sus propias palabras, por unas conclusiones que sabía inútiles para el mundo, que tanto la asustaba y avergonzaba. Entonces, apuró su taza de té y se fue con la excusa de que ya era demasiado vieja para estar fuera de la cama a esa hora.

—Mas..., por favor, no interrumpan la vuestra conversación por el cansancio de esta vieja —decía, cuando en realidad la pobre florista apenas intervenía con algún comentario, demostrando desinterés por el cine o más bien interés por otra cosa—. Pueden quedarse conversando fasta cuando quieran. Al salir cierran la puerta de entrada.

Y así se quedaban los dos muchachos, solos en medio de una penumbra que ya comenzaba a ser irremediable. En silencio, apenas sí comentando escasamente sobre el cansancio que ella no tenía aún o el calor de octubre que no había menguado con el caer de la noche, más bien temerosos de decirse algo sin la protección de un tercero. Yo, soñando con un mundo diferente y más interesante que el de Calataid; y ella, soñando quién sabe con qué.

ES CIERTO QUE LA FLORISTA terminó por gustarme —llegó a reconocer Ramabad—, aunque nunca me enamoré de ella completamente. Más de una vez, en la soledad calurosa y oscura de su alcoba, la imaginó desnuda, o sentada en una

butaca del cine y con la falda corrida, provocándolo definitivamente. Entonces él avanzaba hacia ella, como aquel tipo de
Hôtel du Nord que le besaba un pie a Arletty. O tenían un
encuentro más elegante, como aquel otro de Laurence Oli-
vier, cuando sube caminando la cumbre para ser recibido por
Marle Oberon, con los brazos abiertos. Incluso, en algún aspecto que nunca terminó por definir, la florista se le parecía
a la Louise Brooks que tanto había admirado en aquellas tar-
decitas calurosas y vacías del cine. No por el pelo corto, ni
por los ojos negros, sino por ese aire de niña adolescente que
la diferenciaba sobre todo de la mujer del verdulero. Pero
aún había algo más: en esa juventud excesiva y provocadora
había algo de ciudad y de Hollywood. En alguna región importante de su piel, la florista era una mujer madura, una actriz de cabaret, una mujer de mundo que está allí de paso.
Una de esas mujeres reencarnada en una jovencita de pueblo.

—¿Cuánto hace que vienes a la casa de la viuda? —le
preguntó él.

—No mucho. Un año, tal vez. ¿Por qué?

Un año era poco tiempo para cualquiera, pero mucho
para alguien que no ha llegado a los veinte. A esa edad, en un
año cabe toda la formación de una persona, sus futuras con-
vicciones, sus mejores sueños. Y todo ese heroico descubrimiento, toda esa romántica revolución se habría producido
(pensó Ramabad, en ese confuso instante) en la desértica sala
del viejo cine, en los comentarios aclaratorios de la experi-
mentada vieja Hanna.

—No lo sé. Se me ocurría que hacía mucho más. Diez
años, tal vez.

—¿Est vos loco? Tengo diecisiete.

No sabía cómo decirle que ella no se parecía a nadie en Calataid. No hablaba igual que los demás, sus expresiones eran distintas. Como si las hubiese tomado de aquellas mujeres del cine.

—Tu padre podía haberte traído de niña...

—Deja a mi padre así, que bien muerto est.

El Basilisco sintió frío en aquella mirada. Ella terminó su té y, sonriendo, dijo:

—Sí, es gran pena no tener conocido a Hanna mucho antes... De ser cuarenta años más joven fasta yo enamoraría mí della.

—¿De quién?

—Della. Es probable que yo guste a ella también. Digamos, un amor espiritual, solamente.

—¿Vos te enamorarías de otra mujer?— preguntó él, incrédulo.

—¿Por qué no? Si no fuera pena en ello mas amor y placer...

—Pero es una ofensa a Calataid y a la religión. ¿Hablas en serio?

En ese momento sintió que se había dejado atrapar sin darse cuenta. Era otra la mujer que estaba allí. Era aquella mujer que decían que era y que cada tanto él sentía cerca. Tan rápido como llegaba se iba, y en su lugar quedaba Lucerito, la vendedora de flores, más triste y devastada que antes. Entonces él debía hacer un esfuerzo terrible por levantarla.

Hasta que la florista sonrió y él la vio tan bonita que comprendió que había sido una broma. Cuando la veía así, toda su valentía de varón conquistador, amante y buen conversador desaparecía. Lucero se transformaba en un ser superior y lo abrumaba, como si la verdadera Lucerito hubiese sido siempre Lucero, una hechicera, bruja de los sótanos de la ilusión y del pecado. Luego, cuando estaba a punto de ser descubierta, acomodaba la falda en la dirección inversa a la de los sueños del gallo y se quedaba callada, con una mano sobre la otra, esperando que él dijera algo emocionante, como en las películas. Ella parecía una mujer mucho mayor de lo que era, segura de sí misma y sin sentimientos. Podía verla fumando un cigarrillo, como una espía rusa en algún bar del bajo Berlín.

El Basilisco pensó mucho en todas estas contradicciones, hasta que un día, sentado solo con la florista en la salita de té, se le ocurrió que la viuda lo había planeado todo. También esa tarde habían visto una de esas películas románticas en las que el beso esperado tarda paro siempre llega. Tan seguro estaba de esto, como que la viuda no estaba en su cama en esos precisos momentos, sino en algún otro lugar más próximo, quizá escuchando con una oreja pegada en la puerta o mirando por alguna cerradura. Esta certeza le imponía una indecisión doble: actuar como se espera de un verdadero hombre o retirarse sin dar explicaciones. A medida que pasaba el tiempo y la florista continuaba en su posición estática, la decisión se hacía inminente: no había otra forma de salir de aquella situación sino diciéndole a la florista que le gustaba mucho. Aunque, a decir verdad, le gustaba la otra, la joven que vendía flores en la plaza y lo llevaba de la mano a ver una película, no esta mujer, impenetrable, que esperaba sentada frente a él, o aquella otra que decía que le gustaban las mujeres para burlarse de él.

Pero cuando estuvo a punto de pronunciar por fin la frase, como si ya estuviera horneada y a punto de quemarse, descubrió un ojo espiándolo por un orificio hecho en la pared de enfrente, disimulado en una llave de luz. A pesar de la escasa luz que había allí, Ramabad pudo ver el brillo de un ojo que se corría cuando él lo miraba. Hasta podría decirse que le dio lástima la torpeza con que había sido colocada aquella tapita, torcida y mal pegada a la pared. Entonces detuvo la frase que hubiese sido crucial en su vida, no porque hubiese cambiado su futuro sino porque habría atenuado el dolor de su pasado.

También la viuda se dio cuenta del infortunado accidente. Menos la florista, que se quedó arrinconada en su silencio, con las manos cruzadas sobre la falda.

AUNQUE EL AMOR FUESE CIEGO, yo, que aún podía ver bien, no me lo creía. Nunca perdí la conciencia de mi fealdad y, por otro lado, la florista no sabía nada de música. Ergo, no había ni la más mínima razón para que yo le gustara.

Con el tiempo —como sucede siempre, cuando ya es tarde— Ramabad se fue haciendo otra idea, más sensata: la florista se había acercado a él por su hermana. La hermana del Basilisco era más bien bonita y podía haber enamorado a un hombre y a una mujer al mismo tiempo. Nadie decía que eran hermanos ni que ella era una mujer. Ella —o *él*, como prefería ser llamada, aunque sea en secreto o por equivocación— tenía rasgos delicados y, vista desde su ventana, parecía un príncipe. Sólo que no tenía piernas. Había nacido así y se movía sin ninguna dificultad, de aquí para allá, apoyándose en sus musculosas manos, balanceándose de un lado para el otro como un pato. Y si nunca salía de su alcoba no era porque no pudiese sino porque no quería que nadie la viera sin piernas. Tenía veintiséis años y debía hacer por lo menos quince que no bajaba al pueblo, de forma que algunos más jóvenes, al verlo tan atractivo en su ventana, no se creían la historia de sus piernas —historias que circulaban por el pueblo como un mito, una veces convertidas en aletas de pescado y otras en dos especies de tentáculos pegajosos. Todo aquel que alguna vez lo imaginó de cuerpo entero, luego rechazaba de plano cualquier versión contraria: "ver para creer" decían algunos. Pero no sólo ver al pájaro fuera de su jaula era por lo menos imposible, sino que ninguna de sus admiradoras hubiesen dado el brazo a torcer, reconociéndole algún defecto. Le decían «el pájaro» no porque le faltaran las piernas, sino porque sabía volar. Los versos que odiaban los viejos y repetían los trovadores de extramuros, los sábados de noche en la plaza Matriz, con injustificada pasión, se decía, eran de él. Y si esto no era verdad, por lo menos eran repetidos en su nombre.

> *Llamamos realidad a la locura*
> *que permanece y locura a la realidad*
> *que se desvanece*

Cien años de sermones y de enseñanzas destruidos por un par de versos, decían, como una fortaleza que después de resistir siglos a la embestida del Mal, al golpe de los cañones más poderosos, termina resquebrajándose por el sonido de una melodía. Un gigante derrumbado por el roce de una pluma. Y aunque más de una vez limpiaron su jaula de escritos sospechosos, nunca encontraron los versos que ciento y tanto de jóvenes infieles repetían en los sótanos de sus casas, en los rincones más oscuros de la plaza Matriz, en San Patricio, en las casas de alivio, en la puerta del camposanto, o simplemente en extramuros, cuando fueron prohibidos los instrumentos musicales en la vía pública.

Por lo tanto, y mientras tanto, cualquier rumor sobre su invalidez no hacía más que consolidar, en la mente de sus defensores, la perfección de aquel semidiós que pocos lograban ver, nunca sin la suficiente distancia y altura que lo hacía inalcanzable. Él, o ella, sabía que necesitaba tanto más las piernas para hacer volar sus versos que lo que podían servirle para caminar. Y por eso se había recluido definitivamente, para seguir volando.

El poeta mujer, la mujer hombre, había logrado algo peor que su hermano: la herejía que no había llegado por el aire o con el tren, había sido reinventada por una joven que ni siquiera podía alejarse de su casa. Y una vez que la peste salió de su jaula, encontró fértil campo en las mentes más jóvenes que aún no habían madurado su responsabilidad civil, que aún permanecían en esa etapa de rebeldía natural que sufren los adolescentes y que, cuando no es patológico, se logra controlar en siete o nueve meses, para que vuelvan a nacer, esta vez de forma definitiva.

La florista se contaba entre aquellos que negaban, por lo menos inconscientemente, su imperfección. Hablaba como si no supiera lo de sus piernas. Al tiempo que entró en confianza con Ramabad, trató de convencerlo para que éste invitase a su hermano a las reuniones del cine.

—De acuerdo, le diré —decía Ramabad—, mas no prometo nada. Él es así...

Decía esto y se daba cuenta que tampoco él quería hablar de sus piernas y de su extraño travestismo, como si de alguna forma le diera vergüenza, o como si temiese traicionar el pudor de su hermana. Sin embargo, cuando al otro día se cruzó con ella en el pasillo de su casa, le comentó el deseo de la florista, porque sabía que eso la alegraría profundamente. También sabía que, de la misma forma que él soñaba con seducir al pueblo con su trompeta, ella hacía lo mismo (pero con éxito) asomándose de vez en cuando a la ventana; u ocultándose en la oscuridad para lanzar sus versos con forma de avión o de proyectil lunático.

—¿Sabés que la florista de la Matriz te quiere conocer? —le dijo de golpe, sin pensarlo demasiado.

—¿La florista? ¿Qué florista?

—Lucero Paz, la rapaza que vende flores en la Matriz.

—Estoy muy ocupada con Evita —dijo, con ese tono cansado de los viejos de Calataid, y Ramabad respiró aliviado. Era previsible, aunque uno nunca sabe; la gente va cambiando con el tiempo hasta que el día menos esperado te sorprende.

Pero ¿por qué *aliviado*? —se preguntaba Ramabad—. Porque yo era egoísta en el fondo, y tenía vergüenza de mi hermana. Seguramente por eso. ¿Por qué más iba a ser? Y tal vez ella lo sabía. Seguramente lo sabía, como sabía que Evita se corría cada año, cada mes y cada noche de tormenta, cuando el viento del norte soplaba seco y cargado de arena. El pájaro había estudiado por años las sombras que el sol del atardecer proyectaba sobre las paredes de su alcoba y sabía, como sabía tantas otras cosas, que Calataid iba a naufragar una noche bajo la marea negra de la dorada Evita, para alcanzar definitivamente la eternidad de su perfección, como Pompeya y Herculano alcanzaron la eternidad de su vergüenza.

Entonces fue con la florista y le dijo que a su querido hermano no lo sacaba nadie de su torre de marfil, fingiendo molestia o resignación, cambiando defectos por virtudes.

—A mi hermano no le interesa este mundo. Él es un gran poeta. Pasa todo el día escribiendo versos, canciones que nadie podría escuchar sin descomponerse por el dolor de tanta belleza.

Pero ¿por qué hablaba así? ¿Porque estaba con la florista y suponía un romanticismo crónico en una jovencita como ella?

—Yo gustaría leer algo deso. ¡Cómo mí gustaría!

—Mas es imposible. Seguro que él no permitiría que alguien leyera sus poemas.

—Dicen que las canciones de la trova son dél.

—No creo. Eso dicen los trovadores para defenderse.

—¿Defenderse? ¿De quién?

—Nadie quiere a los trovadores cantando de noche en la plaza. Dicen que son canciones paganas, indecentes, y que cuentan mentiras de Calataid. Odian a Calataid porque viven extramuros. Y más de una vez los han pescado cantándole a Evita.

—Yo tengo ido a escuchar ellos algunas noches, cuando no puedo estar en casa.

—Mejor sería que no vayas más.

—No recuerdo nada malo de sus canciones. Son tristes, casi siempre, e son alegres algunas veces.

—Nada malo dicen las canciones porque se esconden detrás de las guitarras e de una idioma oscuro. Todas son metáforas, que ordenadas una tras otra insultan a Calataid. E por eso dicen que no son canciones dellos, sino canciones antiguas o canciones de Sol Uriburu Arenas. E mientras fablan mal de Calataid, recogen las monedas que algunos todavía tiran éle. Nunca falta quien tire éles monedas, mas no por agradecimiento. Dicen que Calataid se hunde cada vez que bebe agua e que no verá el final del mundo sino al revés. E dicen que esos versos son de Sol.

—De vez en cuando veo él, apoyado en su ventana, mirando mucho lejos. Entonces yo paso como si no existiera para él e miro élo un momento. Parece una estatua. Debe ser que piensa en sus versos. ¿De dónde saca ellos?, pienso. ¿En qué piensa?

—Mas sus versos no son sus versos.

Mi hermana sólo pensaba en ella. Lo sé. Alguna vez, volviendo de la alcaldía por el lado de la estación, Ramabad la sorprendió en su ventana. Su pelo corto, casi rubio y prolijamente peinado, vestida como para una fiesta, con un traje viejo de su padre, secuestrado poco después de su muerte. *La mirada en el infinito, las cejas relajadas. Miraba el sol, el sol me miraba. Mis manos quietas, mi destino conocido. Triste, imposible y tal vez inevitable. Destino de tumba abierta. Mañana cerrada.*

Mira los últimos rayos de luz. En la cara. Sus ojos un instante. Mañana no serán. Ni mis alas, ni mis sueños. Me dejarán, antes la juventud. Veré mi propio derrumbe. La muerte lenta. Y la muerte abrupta. Mi cuerpo vivo sepultado. Mi ánima a golpes condenada. No hay tiempo para la tristeza. No hay espacio para la alegría. Al verlo llegar más temprano que de costumbre, se hundió de espaldas en la oscuridad de su alcoba, como una estatua que es retirada lentamente de exposición. Entonces supo que su hermana esperaba a alguien, y de ahí en delante tuvo cuidado de no volver a interferir en sus secretos más íntimos. Pero no resistió la curiosidad de averiguar de quién se trataba. No tardó en descubrirlo: la florista. Siempre a las seis, cuando atardecía, a la hora en que él salía de la alcaldía y se dirigía a la muralla de la estación. A esa hora la florista volvía a su casa con su carrito lleno de flores, por un camino que si bien no era el más largo tampoco era el único. Lo que no sabía, lo que no podía ver sino sólo adivinar, era que la florista también llevaba en su boca muda los versos del pájaro, ausente los verbos, en ocasiones, sin adjetivos que cubrieran o desollaran su fría lucidez, en otras. Quería verlo algún día, quería saber si era real o sólo un invento de los bohemios del pueblo. Unir la emoción lejana con la boca real del hombre que los había parido. Conocerlo, simplemente.

Y claro que era real. Tan real como ella. Tan distinto y tan extraño como nosotros. Al pájaro no le hubiesen hecho falta las piernas si no se hubiese enamorado, decía siempre su hermano. Antes de morir, su padre le había conseguido una pensión por invalidez, y cuando supo de sus derechos se recluyó en su alcoba de día y en el mirador de noche. Ramabad lo quería mucho y sentía que ella lo quería igual. Sólo que compartían un pacto silencioso: nunca hablaban de su padre ni pronunciaban el nombre de su madre. Hacían todo de común acuerdo, sin necesidad alguna de hablar directamente de cada cosa. Cuando murió su padre, Ramabad se quedó con la trompeta y con sus discos de jazz; el pájaro prefirió los catalejos que usaba papá para ver los cráteres de la Luna. A ella le fascinaba ese instrumento. De chica decía que podía ver en la Luna diferentes países, como en las enciclopedias, unos predominando sobre otros, imperios cruzando mares y montañas, islas sometidas y desiertos olvidados, como el de ellos. Ya de chica había quedado fascinada con la Luna y la Aldebarán. Se pasaba horas mirando por ese tubo hasta que alguno subía al mirador y la despertaba. Ella quería hacerme creer que podía volar de noche. En realidad —decía—, sus alas se habían vuelto muy fuertes por el ejercicio de caminar y sus piernas no le pesaban como le pesaban a los demás. Ella creía todo lo que decía. Pero Ramabad se daba media vuelta y le decía que no inventara historias, que la comida se enfriaba y no lo iba a esperar toda la noche para bajar. Ella se quedaba mirando la Luna de cerca. Hasta que murió su padre y ya no tuvo quién le creyera. Así que se quedó en la Luna, espiando a los hombres y las mujeres con sus catalejos.

Esto lo sé bien, porque ella mismo me llegó a comentar ciertas cosas que ocurrían en el pueblo, como el maltrato que le daba el mecánico a su burro, obligándolo a tirar de las carcazas de las carrozas sin ruedas que tenía apiladas en su predio de San Patricio.

—Alguien debería hacer algo —le decía a su hermano, esperando que éste se decidiera a intervenir.

Y como Ramabad no podía verla sufrir, atravesaba el pueblo y se ponía a conversar con el mecánico, en el patio de enfrente, a propósito, para que ella pudiese verlos con sus catalejos.

Por entonces, el mecánico estaba obsesionado con hacer andar la última motocicleta que quedaba en la ciudad. Le había hecho varios injertos pero el motor se resistía a sostener una marcha por más de lo que canta un gallo. Amargado, el mecánico argumentaba que el repetido fracaso se debía a la mala gasolina, demasiado gruesa o demasiado sucia. Decía que la había comprado al maquinista del tren, años atrás, pero se sabía que la había robado de la usina eléctrica, al igual que varias de las piezas de las máquinas abandonadas de San Ignacio Sur.

Por ahí hablaban del tiempo o de cualquier otra cosa sin importancia, más bien en un tono amable, porque al Basilisco no le gustaba la gente pero tampoco quería llevarse mal con nadie. Pasaba por allí y se detenía a mirar los cerdos que el mecánico tenía en un rincón de su predio. Había algo que le fascinaba de estos animales y no sabía qué. Eran muy distintos a los cerdos salvajes que comían cadáveres en el desierto. Eran sucios y limpios a la vez. Había algo en sus cuerpos de peces gigantes y velludos que atraía sus manos. Sus hocicos brillantes y curiosos, su mirada sincera le provocaban cierta simpatía. Ramabad se quedaba largo rato mirándolos, conteniendo la tentación de pasarles la mano por el lomo, y ellos hacían lo mismo: se quedaban mirándolo, emitiendo de vez en cuando un gemido agudo, como si quisieran preguntarle algo, como esperando algo. Se parecían a mí, en muchos aspectos, con esa mirada que pregunta y todavía no sabe que jamás comprenderá nada. Hasta que escuchaban el ruido de los baldes que traía el mecánico, repletos de frutas podridas. Entonces salían corriendo, empujándose unos a otros, llorando en el esfuerzo de llegar primero al chorro de frutas podridas que bajaba de los baldes junto con el suero que quedó de hacer queso. Junto con las frutas y el suero también bajaban palazos que, con la mano que le quedaba libre, el mecánico administraba sin restricciones para evitar que los cerdos lo tirase al suelo con baldes y todo.

Esta carrera porcina tiene sus atenuantes, pensaba Ramabad: los cerdos se creen felices y, sobre todo, saben lo que quieren, y eso es un capital invalorable, como pensaría el pájaro. Como había escrito el pájaro, o dicen que escribió:

Dinero y Progreso cuentan los pedazos
Un hombre pierde sus brazos
La conciencia cierra sus ojos
La moral borra sus pasos

Recordó esa canción que nadie entendía y que, por lo tanto, nadie podía censurar. Pero todo el mundo sospechaba.

Con un gesto mudo, saludaba al mecánico y lo dejaba pasar. Todo transcurría en el mejor tono diplomático hasta que un día vio al burro atado a un poste, en medio del sol, y sintió lo que debió sentir el pájaro cuando lo veía tirando de las carrozas. No pudo aguantarse y terminó por reclamarle al dueño un mejor trato para su burro. Nunca imaginó que le iba a salir con lo que le salió:

—¿E a vos qué importa? ¿No parece vós que no sos en condiciones de dar consejos morales a naide?

Esa vez, la última que habló con el mecánico, terminaron discutiendo. Ramabad alegando razones humanitarias para el burro y el mecánico defendiendo sus derechos de propietario sobre la vida ajena, aludiendo a su condición de criminal sospechoso, de traidor apátrida, de confabulador. Sólo eran alusiones, porque en Calataid nada se decía directamente. La discusión terminó cuando el dueño del burro llamó a su ayudante, y el pobre idiota se acercó al intruso con su enormidad encorvada y su cara de no-entiendo.

—Diga, patrón...

—Saca mí este músico del área productiva.

El ayudante hizo lo posible por impresionar al músico con su cara de malo sin dormir, llena de granos a punto de reventar, mientras repetía:

—Salga del área... —olvidándose del resto.

Entendía que no podía seguir discutiendo. El mecánico también sabía que yo había matado a don Luzardo, y todos debían pensar lo mismo. ¿Cómo podía matar a un hombre y defender a un burro?

EL AYUDANTE DEL MECÁNICO era otro, aunque nunca nadie lo mencionó en sus especulaciones. El alcuazil habló con él dos o tres veces, sin hacer comentario alguno. Era un gallo grande y caminaba lento, algo encorvado y con la cabeza adelantada, como si quisiera disimular su enorme altura. Tenía un cabello rubio y lacio que le caía sobre los ojos, como un bellísimo casco de oro que le cubría una mirada perdida, probablemente la única mirada que tenía, la misma que un día había conservado al levantarse sin haber despertado del todo y que demostraba lo poco que comprendía del mundo que lo rodeaba, como alguien que en medio de un sueño pesado no alcanza nunca a comprender por qué los girasoles tienen ojos y los granjeros semillas ciegas en la cara. Hijo legítimo de los Pessoa, dueños de los carros de taxi y los talleres de lana sobre la Empedrada este, fue un niño rico y un adulto pobre, aunque nunca apreció la diferencia, lo cual lo hacía una especie de sabio idiota. Al igual que todos los hijos ilegítimos o adoptados por abandono, el niño de los Pessoa pensaba con la mitad del cerebro. Su padre, don Vero, lo había cambiado por un amiguito de juegos, por un crío callejero llamado el Trueque, que cuando jugaba con él siempre se quedaba con su comida o lo convencía para cambiar la ropa que llevaban puesta. El almacenero le había visto condiciones al otro y lo llamó a su lado. Hasta que terminó poniéndolo al frente del negocio para que perpetuara su nombre y su obra. Al poco tiempo, el Trueque Pessoa cumplió con las expectativas del viejo, y con creces. Como todo empresario exitoso, no despreció la política e invirtió tanto dinero en las elecciones municipales como en la compra de tintas rojas de Malí, que reemplazaron silenciosamente el antiguo azul índigo de Libia. Casi no recibió votos, pero este detalle no le impidió obtener un cargo de confianza en la administración y la amistad de don Josef María de Rodrigo, lo que, como todo lo demás, también estaba dentro de sus cálculos.

Después de la muerte de su madre, doña Carmen Pessoa, y de la repentina demencia senil de don Vero, Eugenio lo perdió todo sin darse cuenta; lo cual no dejó de ser un alivio a la injusticia. Sin rencores, continuó sonriéndole a las moscas y coleccionando escarabajos, porque tenía terror de quedarse solo. Cuando este momento llegaba —porque es inevitable, como la muerte, decía el pájaro— se sentía incómodo consigo mismo y movía la cabeza hacia delante, como alguien que está escuchando una música de baile sin bailar. Permanentemente tenía uno o dos escarabajos en alguna de sus manos. Cuando nadie miraba a mí, abría los puños e los escarabajos trepaban del dedo más bajo al dedo más alto, como si fuesen acorazados alpinistas que no alcanzaban a percibir que subían del dedo primero al segundo y del segundo al primero, sin fatigarse jamás, hasta que por allí pasaba alguien y le gritaba *tarado*. Entonces el dios de los ciclos cerraba los puños y escondía los insectos, asustado, como si supiese que hacer girar escarabajos era algo sucio, indecente. Porque también circulaba —sólo entre los varones del pueblo— la versión de que el tarado manipulaba escarabajos por consejo o por imposición del cura, que de esta forma pretendía impedir que se masturbara en las orillas de los caminos, por donde podían pasar mujeres y hasta doncellas inocentes. Y como el tarado había sido muy bien equipado por la naturaleza, podría ceder a la tentación de cometer alguna desgracia. A la tentación propia o a la de alguna de las doncellas inocentes que solían salir al atardecer a pasearse por las plazas y por los caminos que entraban al pueblo, soñando con el repentino arribo de un actor de fotonovela. Sobre los resultados había discusiones: era probable que el cura haya tenido éxito, pero en todo caso un éxito parcial, porque si para un hombre inteligente siempre fue difícil dominar su propia naturaleza, era probable que más difícil le resultara al tarado. Así que marear y aplastar escarabajos para después conseguir otros nuevos, sólo podía significar —por lo menos para un médico del siglo pasado— ceder a la tentación, rompiendo con los negros y minúsculos tabúes, para luego proteger otros en muestra de arrepentimiento. Pero ¿qué pasaría cuando ya no quedasen más escarabajos en la zona?

Eugenio Pessoa bien pudo haber sido hermano mío. Todos le tiraban alguna piedra cuando podían, como las gallinas picotean sin motivos a los pollos que caminan rengos o sufren de alguna deformación visible. Pero yo nunca fago caso, son mucho graciosos, si yo me enojo aplasto éllos, como a Romerito que se me quería volar de la mano e cacé élo en el aire e ya no se pudo mover más. Romerito, tenía la espalda roja e puntitos negros sobre quello rojo e fablaba español, decía sí, sí, era malo, pero quellos graciosos que tiran piedras e salen corriendo no, no son buenos, dice el padrecito. Para peor, nunca nadie supo de dónde sacaba los escarabajos, búsqueda que hubiese complicado a más de un genio en el pueblo; y nunca nadie supo, a ciencia cierta, qué hacía con ellos después de marearlos, lo que siempre incomodó a más de uno, ya que si bien la primera cuestión era misteriosa, la segunda era por lo menos para sospechar. Me gustaban los amarillo, con puntito rojos. Se decía que los mataba, apretándolos con los puños hasta que la cavidad de sus enormes manos quedaba anulada por la presión sobrenatural de su idiotez, lo que sin duda justificaba las piedras que le arrojaban los más chicos. E de noche cazaba la luciérnagas en camposanto, la lucecita verde, la amarilla, la roja no gustaba mí, igual las cazaba una por una fasta que no quedaban más e se facía todo oscuro. La última lucecita amarilla siempre me cuesta más, porque tiene más espacio e vuela más rápido que yo. E como es todo oscuro, mí tropiezo e catapúmbate para el suelo. Incluso se le conocían algunos gatos ahogados, con lo difícil que es ahogar gatos en el agua. Sobre esto nunca hubo pruebas, ni siquiera la falta de algún comeratones conocido, pero todos decían lo mismo y es posible que él se enorgulleciera de esas mentiras. El tarado debía percibir que la gente lo respetaba —lo poco que podían respetarlo— por lo mismo que le tiraban piedras. La gente respetaba al mecánico cuando le rompía las costillas al burro, entonces ¿por qué se molestarían con alguien aficionado a marear escarabajos? ¿O era que a la gente le molestaba que el tarado hiciera algo por decisión propia? ¿O simplemente molestaba como molesta un pollo rengo entre los pollos sanos? Vaya uno a saber. Pero también hay que decir que tuvo defensores; claro, nunca faltan los malos defensores. Algunos llegaron a decir que el tarado era más bien inocente, inofensivo la mayor parte del tiempo, aunque nadie garantizaba nada cuando estallaba en furia y, por eso, lo habían puesto con el mecánico para que gastara energías arrastrando fierros de un lado para el otro y sin ningún motivo. Más vale tarado cansado que cien imaginando cosas. Por otra parte, el mecánico necesitaba un ayudante que no fuese tan inteligente como él, dado que era un hombre casado; y el que consiguió no podía cobrar mucho, dado que era tarado.

Pero lo único cierto es que nadie podía decir que el tarado era un mal tipo. Tal vez peligroso, es cierto, pero no malo. En Calataid se sabía que la maldad estaba fuertemente asociada con la inteligencia, y era eso lo que más faltaba en el gallo de Pessoa, inteligencia, capacidad para distinguir por sí sólo el bien y el mal, todos atributos de Lucifer y de sus seguidores. La poca violencia que manifestaba de vez en cuando eran escasas devoluciones de todo el maltrato recibido desde que comenzó a sentir —ya que no entender, si es que alguien lo entiende— el mundo de la gente normal. Tenía su forma propia de razonar. Cuando quedaba exhausto, se sentaba sobre una piedra o se acostaba boca arriba sobre un tanque de combustible caído, siempre con sus escarabajos entre los dedos y repitiendo, con una semisonrisa entre los dientes: "de las rodillas para abajo estyo de pié, e de las rodillas para arriba estyo acostado" La inocencia no lo favorecía, como no lo favorecía su inteligencia, menguada por algún mal trato infantil, o por el infortunio prenatal. Como el mío o el de mi hermana, al decir del Basilisco.

En cuanto al burro, diré que con mi gestión salió perdiendo ampliamente. Como si fuese el responsable de los reclamos del Basilisco, lo olvidaron atado en el poste de luz, día y noche, con un balde de agua diez centímetros por fuera del círculo que describía la cuerda. Dos noches seguidas tuve que filtrarme por entre las chatarras para acercarle el agua, pero el burro no salía de su posición de estatua triste. Se quedaba mirándolo, reposando sobre sus patas chuecas, como si en lugar de patas estuviese apoyado sobre cuatro muletas, con sus enormes orejas caídas y sus ojeras blancas, con la barriga cayéndole, más por debilidad del espinazo que por exceso de alimentación, negándose tozudamente a probar el agua que aquel intruso bondadoso le ofrecía, como si ya no le quedase posibilidades de confiar en ser humano alguno y prefiriese seguir sufriendo de sed a morir envenenado.

La última noche Ramabad le dejó el balde contra el poste, a riesgo de que se dieran cuanta de su incursión, y al día siguiente se olvidó del asunto. Luego supo, por el comentario divertido del verdulero, que el mecánico había puesto al burro en penitencia de trabajo, ya que, como todos saben, estas pequeñas bestias son muy tercas y rezongonas, y con frecuencia se niegan a obedecer. Junto con el tarado del pueblo, lo hicieron trabajar a jornada doble, llevando y trayendo carcazas de carrozas sin ruedas, sangrando a veces por los costados, por donde se iban a incrustar los ejes y las chapas herrumbradas cuando la pequeña bestia no podía avanzar y, tras el tirón, la cuerda le respondía trayéndolo de nuevo hacia atrás con mayor violencia. El burro dividió al pueblo en dos: los menos, que veían con malos ojos el maltrato que recibía día tras día, y los más, que se divertían con sus patas chuecas, torcidas por el esfuerzo, y se morían de risa a causa de los rebuznidos que cada tanto daba cuando el General del Casco Dorado levantaba su vara como si fuese una espada. Especial éxito tuvo la idea anónima de colocarle al burro un viejo sombrero de fino paño escocés, con dos agujeros para que salieran por allí sus enormes orejas, el que fue quitado por el mecánico, apenas lo vio de lejos, furioso porque aquello que tiraba de un chasis era un burro, no un hombre. Y como el mecánico no estaba dispuesto a perder su tiempo buscando al culpable de semejante burla, descargó toda su rabia en las ya maltrechas costillas del animal, que tuvo que sufrir patada tras patada por haber prestado su imagen para semejante ofensa a la especie humana.

—No pegue a él, patrón —decía el General—. Mire cómo llora.

A lo que el patrón respondía, en alarido: No seas tarado, ¿no sabes que los burros siempre facen ansí? Cada bicho tiene un ruido e eso no quiere decir que sea llorando. Las hienas dicen ja-ja cuando pelean e eso no quiere decir que se rían por algo. Vas a ver que si doy éle con esto cada vez que rebuzna, va a perder la costumbre.

¿Por qué una persona puede odiar tanto a un animal inocente? No es posible saberlo a ciencia cierta. También los críos de Calataid tenían la afición a torturar y matar gatos, casi siempre ahogados en aquello que aparentemente más los atemoriza: el agua. Con todo, los gatos se resistían al sacrificio y solían clavar las uñas y los dientes en las manos de sus torturadores, dando de ésta forma más y mejores argumentos a estos últimos. Pero en el caso del burro no era así. Aquella pequeña bestia era incapaz de devolverle una patada a nadie. Su cara de tristeza y sus condiciones de bicho pacífico daban lástima y rabia al mismo tiempo, porque uno no se explicaba cómo era capaz de soportar día tras día, palo tras palo sin tomar medidas en el asunto, como cualquier ser humano normal.

Con el tiempo se impuso la idea de que el burro traía defectos de nacimiento y, probablemente, de raza. Muchos eran de la idea de que Lucifer montaba sobre su lomo desde al atardecer hasta el alba. Sólo así podía explicarse una inteligencia sobreanimal que no podía serle propia sino prestada. Se lo comparó con los demás animales y se notó que, a diferencia de cada uno de los perros, de los alazanes y hasta de los gatos, era él el único que se resistía a obedecer al mecánico. Por lo tanto, mal no estaba que éste quisiera imponerse, como un dueño de casa se impone a la ferocidad de su perro, al atropello de su caballo, a la rebelión de los gatos o a los caprichos de su mujer. Claro, «imponerse» no significaba estar todo el día dándole palos, sino todo lo contrario: un hombre que debe recurrir a la violencia para hacerse respetar está siendo, de alguna forma, resistido. La violencia sólo podía ser un recurso temporal. Sin embargo, lo temporal pareció en algún momento no tener fin, y esto comenzó a preocupar al pueblo, que llegó a sospechar que el burro era incapaz de comprender el mensaje y, de a poco, se pasó de las risas al mal humor. Más de un exaltado anunció en rueda de amigos que, la próxima vez que escuchara los rebuznidos del burro, él mismo iría con un palo y le molería las costillas. Tal vez ansí le faga caso a otro, ya que no a su propio dueño. Pero si bien el burro era un servidor de Lucifer, matarlo hubiese significado entregarlo en ofrenda. Lo que correspondía era exorcizarle el demonio a palos.

Después de la muerte de don Luzardo, el burro pasó días enteros moviendo toneladas de fierros, tirando y soportando los latigazos del mecánico, sin rebuznar al final. Hasta que fue visto un mediodía, a la hora de la siesta, con una soga al cuello y arrastrando un pedazo de carroza por el camino de las locas. Más de uno se levantó de la siesta, intrigado por el misterioso ruido que hacía la carcaza sobre el empedrado y vio al burro andando, despacio y sin tregua.

—Finalmente aprendió a tirar de los fierros sin rebuznar. Mas miren que dio trabajo, el fijo de puta!

Al principio, algunos se rieron y se volvieron a sus casas para comentar lo que habían visto: ese burro era como una persona, dijeron años después. Con el tiempo, no sólo se recordaban sus ocurrencias, sino que se le atribuían actos humanos, casi todos cómicos, porque pocas cosas causan más gracia a una persona que la conducta humana de un animal, así como lo inverso asusta y produce asco. El burro del mecánico prefería los bombones de chocolate a las galletas, decían algunos; el burro del mecánico se rascaba una oreja con la pezuña de su mano derecha; el burro lloraba cuando le gritaban; no, en verdad no lloraba, protestaba como tu abuelo; ¿alguna vez vieron al burro escondiéndose detrás de un árbol para orinar? Pero mientras vivía, llegó a enfurecer hasta el padre D'Ángelo cuando el General se apareció en la puerta de la iglesia montando en él.

—¿Puedes mí decir adónde vas, fijo? —fue la pregunta del cura, que le salió al cruce antes de que el tarado se metiera con bestia y todo a la casa de Dios.

—¿Io, padre?

—¿A quién más crees que estyo fablándole?

—Sí, es cierto —decía el General, mostrando sus hermosos dientes y moviendo la cabeza como si estuviese confirmando algo todo el tiempo.

—¿Entonces?

—¿Entonces qué, padre?

—Repito la pregunta, más despacio, a ver si puedes responder: ¿qué sos faciendo arriba de ese burro, con las dos patas en los escalones de mi iglesia?

—No sé, padrecito.

—¡Cómo es posible que fagas las cosas sin saber! Cuando uno no sabe qué hace, queda se quieto, ¿entiendes fijo?

—Como cuando pienso en la patrona e toco aquí abajo, padre, e no sé por qué fago eso, sí.

—Bueno, bueno, bueno, llega. Ya dije a vos que eso queda entre nos dos. ¡No tienes por qué repetir élo! Eso no es nada bueno, cuántas veces voy a decir a vos? Memoriza quello qué digo e no repitas élo. ¿Acaso quieres que todo el pueblo entere de quello que faces? ¿Sabes qué dirán?

—No sé, padrecito.

—¡Dirán que cada día semejas más al burro!

—Sí, es cierto... Siempre pasa eso mismo, padrecito. Soy el más olvidadizo...

—Por favor fijo, marcha de aquí, mas antes quita de tu cabeza esa corona de espinas, antes que vea a vos más gente.

—Sí, padre. Soy el más distraído. Eso es, distraído. Subí al burro para facer una vueltita e él solito trajo a mí fasta aquí. Si no detiene élo vos, padre, mete nos al templo conmigo e todo.

De esta anécdota, que pronto se conoció en todo el pueblo, se extrajeron muchas conclusiones. Sobre el burro, el turco de la tienda de la Estación dijo que pertenecía a la línea familiar de aquel otro que introdujo a Jesu en Jerusalén, y al día siguiente le hizo una oferta al mecánico para quedarse con la pequeña bestia. Pero se consideró sacrilegio y el negocio no se cerró. No era una suposición descabellada —repetía el viejo de la nariz grande, cristiano emigrado de algún lugar de Egipto, pero conocido amante de las historias fantásticas— ya que el primer burro había sido traído por los mercachifles bereberes, es decir, seguramente procedentes de Medio Oriente. Sin embargo, ninguna de estas conclusiones ayudó a mejorar la suerte del burro del mecánico. Por otra parte, la anécdota era del todo inconveniente: relacionar al burro queriendo entrar a la iglesia con el tarado encima, con el burro de Jesu entrando en Jerusalén, era acercar peligrosamente al Maestro con el ayudante del mecánico, lo que desde todo punto de vista resultaba ofensivo para la sensibilidad de Calataid. ¿Y quién era el culpable de esta vergonzosa anécdota?: el burro, ya que no el tarado, que no sabía lo que hacía, decía el pájaro.

Otras historias sobre el burro iban mejor adornadas con atributos humanos, que seguramente él desconocía o despreciaba. Lo cierto es que, la vez que se lo vio subiendo por el camino de las locas, iba solo y con rumbo fijo, al decir de la madre de la gitana, como si fuese para algún lado preciso donde pensaba dejar el último chasis. Solo y probablemente por su propia voluntad, arrastró ese chasis de camión hasta que murió ahorcado en el último repecho que separaba el pueblo del camposanto. Nunca se supo si aquello fue un suicidio impulsado por el Dictador, o un intento frustrado de libertad o ambas cosas, pero nadie volvió a compararlo con una persona, porque en el pueblo nunca nadie había querido quitarse la vida así porque sí. En todo caso lo que hizo lo hizo por burro.

LA ÚNICA QUE LLORÓ AL BURRO fue la mujer del mecánico. Ella y el ayudante arrastramos a la pequeña bestia e la enterramos sin discursos a la salida del pueblo. Ramabad los recordaba —entre triste y melancólico— caminado muy lejos en una calle más bien desierta, cuando la larga noche de Calataid aún no se iba y una nube oscura de polvo cubría lo más alto del cielo, dejando un crepúsculo todavía claro en el horizonte. Parecían tres bultos vivos —decía—, moviéndose en medio de una hoguera cósmica, pero uno de ellos iba muerto e yo llevaba élo de una pata. ¿Por qué es tan injusto el señor?, dicen que se lamentaba la mujer, pero nunca nadie supo a ciencia cierta si se refería a Dios o a su marido. La mujer lloraba como una Magdalena y el tarado la acompañaba, llorando más fuerte aún, como si no pudiese hacer nada sin discreción.

Al burro lo enterramos en campo no santo, pero bajo una cruz de palo, la que, tiempo después, fue quitada del lugar por el espíritu del señor mecánico. El dolor excesivo de la mujer del burro produjo la solidaridad de algunos, al principio, y todo tipo de comentarios después, cuando ella comenzó a volver periódicamente a dejar trozos de chocolate amargo esparcidos sobre el pequeño bulto de tierra. Lo que, a la larga, trajo una nueva tragedia, porque el mismo chocolate que no podía comer el espíritu del burro terminó atrayendo a los chanchos salvajes que, no satisfechos con el postre, dieron vuelta la mesa y desenterraron lo que quedaba del finado. Y se lo comieron también.

Los chanchos no sólo comían burros cuando andaban sueltos y con hambre, sino que había que cuidarlos en los cementerios, cada vez que moría un cristiano. Tenían la costumbre de desenterrar cualquier cosa que oliera mal, y un cajón de madera no era suficiente obstáculo para sus poderosos hocicos. Chancho que se escapaba a su dueño y se unía al grupo de los salvajes no volvía más. Enseguida le tomaban el gustito, si se me permite. Y como corría la creencia de que las balas no hacían daño en sus carnes insensibles de los cadáveres, se procuraba siempre tenerlos lo más alejados posible, sin intentar acercárseles nunca. Mejor era que anduviesen corriendo por las dunas más lejanas, con los hocicos manchados siempre de sangre, que tener que resolver qué hacer si alguno llegaba a morir cerca del pueblo.

EL PÁJARO NO ESTABA TAN ERRADO cuando decía que el mecánico tenía celos del burro. ¿Era Ramabad el único que no se enteraba de lo que ocurría en el pueblo? ¿Era aquella cabeza de músico distraído la que deformaba las cosas y no le permitía ver lo que para todos era evidente? ¿O era el pájaro, precisamente, eso: un ave nocturna que se metía en el lugar menos pensado y lo veía todo? A veces estaba en la sala y, creyéndose solo, se quedaba mirando los cuadros que en toda su vida colgaron de los mismos clavos, mostrando los mismos paisajes de Millet y las mismas jovencitas de Reinoir y Degas, como si estuviese por revelar un nuevo secreto detrás del viejo orden. Entonces, se daba vuelta y lo encontraba a él, mirándolo sin decir nada, en un rincón oscuro o sobre el piano inútil, como si fuese un adorno más, un jarrón chino, macizo y estático. A veces el pájaro asustaba, pero él nunca cuestionó sus costumbres. Cuando lo descubría ella abría los ojos, como si en lugar de haber estado espiándolo acabase de despertar. Entonces era el pájaro nocturno que arrastraba sus alas, esperando su propia muerte en alguna incursión clandestina, en algún verso que terminase por ofender a los dioses. Pero no me engaño: yo no soy un pájaro y, como poeta, sólo vuelo de vez en cuando; y cuando vuelo no me olvido que vuelo dentro de mi jaula.

El pájaro hacía lo posible por demostrar lo razonable que era. Quería hacerme creer que me equivocaba en mis sospechas, es decir, que ella no salía por las noches a hurgar en la intimidad ajena, como un mendigo revuelve la basura que arrojan las higiénicas amas de casa. Pero el resultado era el inverso. Luego no hizo más comentarios sobre el burro ni sobre la mujer del verdulero, quien, decía, no era mejor tratada por su marido. Me temo que mi hermana sabía más que yo de lo que ocurría en el pueblo. O, por lo menos, en las casas que estaban a su alcance, desde su ventana o desde el mirador. Y eso le costó la vida.

APENAS COBRÓ SU SUELDO de noviembre, apartó su parte y me fui a la estación para pagar la deuda. Pero el nuevo cantinero, el sobrino del muerto, no quiso saber nada de mi dinero. Pasaba y repasaba el trapo de secar sobre la mesa de mármol, donde estaba la antigua caja registradora, fingiendo estar ocupado con algo que no podía dejar de hacer para hablar con Ramabad. Vicente, el nuevo cantinero, no se parecía mucho a su tío —era más gordo y más moreno—, pero tenía sus mismos labios, en forma de V, con predominancia del borde de abajo que parecía estar siempre húmedo, a total disposición del dedo índice que usaba para contar el dinero. Mientras intentaba hablarle, Ramabad pensaba que ese pobre diablo estaba condenado a llevar toda su vida una boca tan desagradable, y que seguramente si hubiese podido elegirla antes de nacer hubiese elegido otra cosa. Como él.

Para el sobrino del muerto, Ramabad no le debía una dina partida al medio, porque nunca había hecho trato ni negocio alguno con él. Ni quería hacerlo en su marrana vida, según dijo. Todas esas palabras salieron de la hendidura en forma de V, deslizándose por el tobogán resbaloso de su labio inferior.

Sin pensarlo lo suficiente, Ramabad fue hasta la plaza en busca de la florista y después a la casa del muerto. La florista no estaba allí tampoco; lo recibió su hermano, como si recién se acabara de levantar, con una mirada de odio que calaba los huesos. No sólo no quiso recibir su dinero, sino que maldijo a toda su familia, lo que le dolió en el alma, porque desde chico se había acostumbrado al excesivo respeto que tenía la gente por su padre. Llegó a la conclusión de que la mitad del pueblo, o casi todo, estaba en su contra. Lo creían responsable de la muerte del cantinero y sólo esperaban la conclusión del juez para descargar definitivamente su ira sobre él.

¿Por qué había ido a su casa?, se preguntó mientras volvía a la plaza, pensativo. Quizás había encontrado una excusa para conocer la casa de la florista, tan hermética, sólo vulnerada por una pequeña multitud el día del funeral. Se decía que Ramabad no sólo le debía un cajón de cervezas a la víctima, sino una fortuna en alcohol y otros favores. Incluidos favores sexuales, según dijo Blanquita Castellano. Llegar a los veinticinco años en el pueblo sin una novia conocida, era por demás sospechoso. Y a la gente no le gustaba contradecir sus sospechas. Una cosa era, necesariamente, lo que parecía que era; es decir, lo que la gente quería que fuera: algo digno de ser contado y comentado. Y como en el pueblo nunca antes hubo un asesinato, ni mucho menos magnicidios ni terremotos, lo mismo servían, para ocupar el tiempo inútil, las condenables costumbres de alguno de sus habitantes. Y poco o nada importaba que fueran ciertas o no.

Tampoco faltó la versión de que Ramabad se iba a la muralla o subía hasta Evita los domingos, con la trompeta y con una botella de vino, y que cuando tocaba como un loco y caía exhausto era porque estaba totalmente borracho. Así que al no recibir más crédito del cantinero le había dado con un fierro en la cabeza hasta matarlo, olvidándose después la trompeta en la huida. Para colmo de males, el juez, según el acusado, era totalmente incapaz de conservar alguna prueba o de buscar otras que no estuviesen basadas en el rumor, por lo que la verdad quedó definitivamente en las irresponsables manos del pueblo y de la Asamblea, más propensa al calor de un estadio romano y a la dictadura de la mayoría que a la justicia.

Así que, todavía con la deuda sin cancelar y con la trompeta secuestrada por la policía, el 25 de noviembre

Ramabad se armó de valor y encaró al alcuazil. Suponía que de esa forma pondría en evidencia su inocencia. Sin embargo, también sabía que esa decisión podía convertirse en un arma de doble filo, porque si su actuación en la comisaría no era del todo buena, es decir, verosímil, sólo lograría adornar con más sospechas su persona. Y como en algunas circunstancias límites uno no sólo debe ser sino que también debe parecer, no tenía más remedio que actuar su propia verdad a riesgo de convertirla en mentira por una mala interpretación.

Entró a la comisaría a las cinco de la tarde, casi temblando, subiendo cada escalón como si en realidad tuviesen un tamaño excesivo que lo obligaba a escalar uno por uno. En el mostrador preguntó por el alcuazil, con la voz algo agitada. Del otro lado estaban dos de sus ayudantes más inútiles, Jaime y el loro Karahood. Acodado sobre el mostrador y leyendo un informe, un tercero que no pudo identificar completamente. Lo vieron entrar, pero no se movieron de sus sillas. Esta conducta no revelaba desprecio; sólo pretendía ponerlos a salvo del esfuerzo de levantarse uno en lugar del otro. Pero como ninguno se dio por aludido, Ramabad se dirigió directamente mister Karahood, el que tenía galones de suboficial o de alférez, un gordo rubio de cara colorada y bigotes amarillos que había llegado de Argel antes de la independencia prometiendo imponer el Orden en un pueblo que nunca lo había perdido. Era un tipo de mal humor permanente, como si él mismo lo hubiera elegido para vestir su condición de agente del gobierno, o como si se lo hubiese impuesto el mismo orden desesperante que encontró en su nuevo trabajo.

Me dirigí a este payaso frustrado con excesiva humildad y respeto, sabiendo que esto sería muy bien recibido por su complejo de autoridad. Y así fue: enderezó la columna y le ordenó que esperase un momento, con voz gruesa y segura. Ramabad se quedó con un codo apoyado sobre el mostrador, vigilando dos hormigas que luchaban con una enorme miga de pan. Trató de respirar hondo, de tomar más oxígeno del que estaba recibiendo, para no parecer agitado en el momento de hablarle al alcuazil de María. Pero no pudo del todo. Las hormigas habían logrado levantar las dos toneladas de pan y pocos pasos más adelante la carga se había dado vuelta, de forma que las dos quedaron con las patas para arriba, sin decidirse ninguna a soltar el grano. Así estuvieron sacudiéndose mucho tiempo, hasta que debieron darse cuenta de la inutilidad de tanta tozudez y se desprendieron de la carga. Actuaban como gemelas, de forma coordinada. Se bajaron del bulto y volvieron a insistir: otra vez levantaron la miga de pan y avanzaron cinco centímetros más hasta que la miga de pan se vino abajo, pero esta vez con tanta mala suerte que rodó unos centímetros hacia el borde y cayó desde lo más alto. Sin apoyo alguno, las hormigas giraron aferradas al pan que ahora se convertía en el centro de gravedad de un asteroide. Todo el peso caería sobre una de ellas, no sobre las dos al mismo tiempo, y ninguna lo sabía. Sólo podían aferrarse a la miga de pan hasta que llegaran al suelo. Y cuando esto finalmente ocurrió, el terrible impacto las arrancó de la miga arrojándolas lejos una de otra. Esto debió enfurecerlas, porque comenzaron a correr en círculos, como si no se hubieran dado cuenta hacia dónde se había ido la miga de pan y la buscasen en un infinito desierto abstracto de piedra amarilla. En determinado momento debieron marearse y tal vez desistieron de la miga de pan, pero no sin el mal humor natural de semejante pérdida. Chocaron entre ellas un par de veces y luego se alejaron, cada una por su lugar. Ramabad siguió con la mirada a la que tenía más cerca. En un momento desapareció y unos minutos después la sintió ascendiendo por la piel, hasta que pudo verla aparecer sobre la parte más oscura y velluda de su brazo derecho. Iba a hacerla volar de un soplido, pero se sentía tan fatigado que no quiso desperdiciar aliento. Además, se había quedado intrigado: ¿qué pensaba hacer esa hormiga, corriendo y caminando a paso tan decidido? Caminó y trepó por los pelos de su brazo hasta que se detuvo en una especie de pajonal escaso y comenzó a clavar sus tenazas en el suelo, es decir, en su piel, como si quisiera hacer un gran hoyo para plantar un árbol. Entonces, sin pensarlo, le puse un dedo encima y la hice rodar, convirtiéndola en una pequeña bolita seca, primero, y en varios pedacitos después. Me dio lástima. ¿Quién decide quién debe morir y cuándo? La respuesta le endureció los músculos del pescuezo: quien tiene más poder.

Del otro lado de una pared azul con manchas verdes, el alcuazil intentaba terminar la lectura de un libro viejo que había confiscado recientemente, tan viejo que sus páginas crujían al darlas vuelta amenazando con romperse. Alguien golpeó a su puerta, pero continuó leyendo a Alfonso Martínez de Toledo:

> *Vi más en la dicha çibdad de Tortosa, por ojo, dos cosas muy fuertes de creer, pero ¡por Dios, yo las vi!*

*Una muger cortó sus vergüenzas a un ombre enamo-
rado suyo, al cual llamaban Juan Orenga, guarneçedor
de espadas, natural de Tortosa por que sopo que se era
con otra echado. Tomóle un día retoçando su ver-
guença en la mano e cortógelo con una navaja, e dixo:
'¡Traidor, nin a ti nin a mí nin a otra jamás nunca
servirá!' Tiró e cortólo, e dio a fueir luego ella, e quedó
el cuitado desangrándose...»*

Cuando Ramabad pudo pasar al despacho principal, el
alcuazil terminaba de bajar los pies de su escritorio y se disponía a cerrar las persianas.

Le explicó detalladamente el problema que tenía con
la deuda y su deseo de recuperar la trompeta, a lo que el alcuazil respondió, con un gesto de resignación y excesiva confianza:

—Bien, no fagas a ellos caso, gallo.

Las palabras del alcuazil de María le sonaron raras.

—La gente aún es muy dolida por el fecho —agregó el
alcuazil, rascándose por debajo de un testículo y luego deján-
dose caer en su silla—. Ya comenzamos a recibir críticas por
los días que pasan sin novedades. Mas nos no descansamos;
trabajamos día e noche para aclarar el nuevo caso. Sólo que
debemos ordenar las pruebas e esperar el momento indicado
para dar ellas a conocer. Por supuesto que ya tenemos al asesino. Tuvimos elle antes de que cometiera su monstruoso
acto. Mas en ese tiempo no podíamos condenar a alguien antes de que realmente faga eso que sabíamos que iba a facer.

—Gustaría que esto se aclare pronto —interrumpió Ramabad, previendo que el discurso iba para largo.

—¿Es seguro vos? —preguntó, con cierta sorna, mirándolo por encima de los lentes.

—Pues, claro. Yo soy el primer interesado en que todo esto aclare de una buena vez por todas. Yo soy el más perjudicado...

—Aparte del muerto... Mas vos no tenés por qué preocupar. Si es cierto que sos totalmente inocente, porque, como vos digo, estamos trabajando en eso. E, aparte del asesino, estamos investigando a otros que tuvieron podido facer élo mismo mas no élo ficieron.

—Bueno, ¿por qué el misterio? ¿Por qué no dice de una vez quién mató a don Luzardo y termina con la expectativa de Calataid?

—Nos sabemos por qué e no tenemos por qué revelar más a un simple ciudadano. Mientras el verdadero asesino permanece en las sombras, podemos investigar más a fondo, descubrir quién más podría facer élo que fizo el sujeto en cuestión. Apenas sepamos quiénes más podrían facer aquello que aún no ficieron evitaremos nuevas tragedias poniéndolos detrás de las rejas. Por eso digo a vos que no busque problemas. Evite entrar dentro de esta categoría de ciudadanos. Mantenga una buena conducta. Practique las buenas costumbres de Calataid e no tendrá nada que temer. Siga con su vida normal e no vós alejes mucho de Calataid.

—¿E adónde podería ir? —dijo Ramabad, sin mirarlo: la hormiga que había bajado por el mostrador estaba ahora en su pantalón y subía por una pierna hacia la camisa, totalmente decidida a algo. La sacudió de un manotazo y fue a dar al suelo, cerca de una pata del escritorio, probablemente muerta porque no se volvió a mover en todo el tiempo que Ramabad permaneció sentado allí.

—No sé —repetía el alcuazil, caminado alrededor del escritorio, otra vez divertido y algo incómodo, buscando una nueva oportunidad para mover la pulga que seguía trabajando en el mismo lugar. Hizo un gesto como si buscara su tabaco en uno de los bolsillos.

En ese momento entró por la puerta de atrás una rapaza con una jarra de agua. Al ver a Ramabad se detuvo asustada. A su vez, Ramabad pudo ver la impresión y el miedo que había causado en los ojos de la joven, que vista de frente y más de cerca era una niña que parecía mujer. Seguramente no lo había visto antes y debía conocerlo por las historias que se contaban del "loco de la trompeta". Su turbación se convirtió en un temblor nervioso hasta que el alcuazil le dijo que se retirase. Por la dureza de sus palabras, Ramabad entendió que la rapaza era una nueva criada, llegada o traída seguramente del cuarto pobre de San Patricio.

—Realmente no sé —continuó el alcuazil—. Mas un pajarito comentó mí que a vos encontraron días atrás, caminando por las vías. ¿Sabes a qué distancia es el pueblo más próximo?

—Claro que sí. Trescientos cincuenta kilómetros, sin contar la estación Kahina.

—Afirmativamente. La estación Kahina es a sólo veintidós kilómetros, mas naidas vive allá ni naide á vivido nunca. En la vieja estación podría un christiano encontrar refugio a una tormenta, mas no ese salvaría de la locura del silencio e la soledad que oprimen ese lugar. Élo digo yo, que fui allá, en

la última excursión de reconocimiento que ficimos en 1966.
Digo todo esto porque á pocos meses encontró vos un hombre de caballo e trujo vos medio sin senso, si no estyo mal
informado.

Sobre una estrecha alacena, colgado en la pared, había
un extraño cuadro que llamó especialmente la atención del
Basilisco. Con un papel amarillo de fondo, había dibujado
un rinoceronte que parecía desplazarse sobre dos líneas,
como si fuesen las vías del ferrocarril. Una copia de este cuadro había visto días antes en la casa de la viuda. El rinoceronte
no sólo se parecía físicamente a una antigua locomotora a vapor, sino que parecía representar todo lo oscuro y bestial que
el pueblo le atribuía a ese montón de hierros móviles.

Tenía la fuerte impresión de haber estado antes allí, delante de aquel rostro burlesco, superior, de bigotes gruesos
bien recortados, de mirada clara y risueña.

—Soy a vós fablando, no? ¿Qué aconteció con vos? ¿No
vós quedaste dormido sobre las vías del tren? —insistió el alcuazil, siempre mirándolo con curiosidad.

—No recuerdo bien, tenía salido a tomar un paseo.

—¿Un paseo? No digas; fuiste todo el día desaparecido.
Tu madre tenía preguntado por vos. También fizo la denun-
cia. ¿Tenías bebido?

—Por supuesto que no. Casi no bebo.

—Casi. Oh, sí, claro —dijo el alcuazil, y su expresión le
recordó a la viuda de las camelias. Ella también pronunciaba
ese "oh" casi como el *"owh"* que pronunciaban en el cine. Los
dos eran de la misma generación y era muy probable que el
alcuazil perteneciera a aquel reducido círculo de comensales

que se reunían en su casa, los jueves de noche, mientras Ramabad jugaba en la alfombra persa justo a sus pies y el alcuazil de María daba sus opiniones técnicas y resolvía los (obviamente) lógicos misterios del cine policial. Pero por alguna razón se habían distanciado, por alguna razón ahora advertía una vieja enemistad entre la viuda Hanna y aquel hombre que parecía divertirse con sus preocupaciones.

—La cerveza es ilegal en Argel, aunque aquí tenemos otras reglas, já que no podemos tener otras leyes, vos sabés. Mas tampoco vemos bien que alguien tome alcól en Calataid. Si alguien toma alcól no rompe nin una ley escrita en papel mas rompe las reglas morales escritas en las buenas costumbres de nuestra sociedad.

—En ocasión —dijo Ramabad, parpadeando con fuerza— yo debía éle un cajón de cervezas al cantinero. No eran cervezas que tenía tomado yo; fue un negocio que fice con un pasajero.

—¿Cómo es eso? —preguntó el alcuazil, mostrando un repentino interés.

—Un negocio que fice con un viajante que... —dijo y no supo cómo seguir—. Don Luzardo trocó mí el cajón de cervezas por la trompeta fasta que yo pudiera pagar e recuperar el instrumento. De fin, solo quería cancelar con el muerto mi deuda.

Buscó en un bolsillo de la camisa y puso el dinero sobre la mesa.

—¿E por qué mí dejas eso aquí? Yo no puedo llevar eselo agora. Procura con el cura.

—No es materia de risa. Ya vos dije que nadie quiere tomar mi dinero. Todos piensan que yo soy quelque mató élo de un fierrazo en la cabeza, mas nadie tiene el necesario valor de mí decir en la cara.

—No es valor, fijo, no es valor...

—¡Entonces, qué es...!

—Mira, fijo, estás un poco nervioso. Diré vos qué faremos. Tomaré tu dinero como pago simbólico al muerto, e devolveré vos el instrumento. Tal vez con eso tranquilices vos un poco e dejes nos trabajar. ¿Qué vos parece?

El Basilisco se levantó y echó una última mirada a la hormiga. Ya no estaba: o la había pisado el alcuazil o se había recuperado del golpe. Tomó la trompeta que estaba allí cerca sobre un sillón y se lo llevó.

En su casa procedió a lavarlo cuidadosamente, con agua enjabonada primero y con alcohol después, seguro de que más de uno no había resistido la tentación de tocarlo, empezando por el muerto y terminando por el alcuazil que lo había olvidado sobre el sillón de su despacho. Luego se fue directo a la muralla. Se sentó en la misma piedra de siempre y se quedó mirando las vías del tren. Si hubiese tenido un río cerca (pensó), hubiese ido a tocar al río. Pero no; lo más parecido a un río eran las vías del ferrocarril. Y como no podía contemplar las salvadoras aguas que en un río como el Nilo viajan miles de kilómetros para rescatar a un hombre solitario, pues bien, entonces se iba a donde esos rieles paralelos, adonde sus misteriosos durmientes de madera gris que conducían a otras tierras, a otros lugares, a El Cairo, a Argel o a Nueva Orleáns, que conducían hasta ese mar que él nunca había visto más que en los viejos libros de su padre, en unas cuantas fotografías en blanco y negro que tal vez disminuían la belleza del agua amontonada, pero que sin dudas producían el valioso efecto de multiplicar el misterio de un verano lejano, rescatado de la Eternidad por ese fugaz instante que dura el parpadeo de una cámara fotográfica.

Mientras tocaba, recordaba las palabras del alcuazil y la tarde en que se había quedado dormido en las vías. Había comenzado dando unos pasos de durmiente en durmiente, casi como un juego. La mañana estaba fresca y quiso ir un poco más lejos de lo habitual, sólo un poco más. Pero entonces no pudo parar y olvidó que no le darían las horas del día para completar el regreso.

Subió hasta la cima de la muralla sur y contempló la distancia que sus pies no alcanzaron. Detrás suyo, las torres ciegas de Calataid se hundían un centímetro más, ensimismadas en el tañido lento de las campanas de la iglesia. Seis... siete. Una fila de hombres se movía lenta por la Empedrada hasta el templo de la Restauración. Llevaban unas banderas rojas y probablemente doradas. Marchaban lento hacia la noche profunda de Calataid mientras las tímidas columnas de humo se disolvían en rugosas verticales. Otro sol, el mismo sol acentuaba el rojo de las esbeltas torres de ladrillo y, lentamente, se apagaba. Entonces, todo parecía hundirse hacia el centro de la ciudad, envuelta por las murallas, tragándose a sus habitantes. El silencio se hizo profundo, como el olor del desierto, a punto de estallar.

DE VUELTA A CASA, ENTRÓ CON CUIDADO, tratando de no hacer ruido. Pero en la oscuridad siempre tenía que llevarse algo por delante, aunque ese algo estuviese en el mismo lugar de siempre. Porque uno nunca termina de calcular bien las distancias y la memoria de las cosas se deforma, dependiendo vaya uno a saber de qué, si del estado del alma o del simple cansancio del cuerpo. Y cuando Ramabad se llevaba algo por delante, por lo menos en su casa vieja, por más suave que fuera el impacto, siempre parecía (le parecía a él) como el estampido de una bomba en medio de la noche silenciosa.

Siempre evitaba despertar a su madre, porque ese era su estado ideal —y el de sus hijos. Ella le tenía terror y fastidio a la oscuridad de la noche, como si el único espacio del mundo que tenía el derecho natural de permanecer en penumbras fuera su propia alcoba. Y cuando Ramabad la despertaba, con alguno de sus incurables descuidos, ella se quedaba escuchando, midiendo cada uno de sus movimientos, hasta que su hijo subía las escaleras en dirección a su alcoba y ella aprovechaba para preguntarle si realmente era él, para reprocharle por la forma brutal en que la había sobresaltado, llegando a horas inapropiadas, cuando el sol ya se había puesto y no podía quedar nada bueno por hacer en el pueblo. O se quedaba escuchando atenta los botones de la trompeta, como hizo esa vez.

—¿Así que recuperaste la cosa?

Un silencio largo y oscuro.

—¿Qué *cosa*? —preguntó finalmente Ramabad.

A lo que ella respondió con otro silencio profundo que le rompió los oídos.

El Basilisco sabía que ese tipo de diálogo ingrato con su madre no le dejaría dormir por el resto de la noche, por lo que no tenía más remedio que salir de su alcoba y tratar de decirle algo así como:

—¿Cómo has pasado, má?

—¿E de qué sirve que preguntes agora? Tengo las náuseas e ni siquiera es la nana cá para alcanzar mí un vaso de agua. Segura andaba buscando macho e no consiguió. E vos sabés cómo ella queda cuando no consigue quello que quiere. Convendría vos tener cuidado con ella. Una noche, no sería mal, a ver si ella face vós hombre de una buena vez por todas.

Sintió sus uñas largas, aproximándose por detrás. Por entonces, ya era una mujer madura, tal vez de unos cuarenta años, y sus uñas no eran lo que eran cuando joven, cuando lo bañaba en la tina y él pensaba que alguna de aquellas aspas pintadas de rojo se le iban a incrustar en la piel. Recordaba que, como un perro callejero, trataba de escaparse cuando escuchaba la tina llenándose de agua. Acto seguido, la nana lo perseguía por toda la casa, divirtiéndose hasta que lo alcanzaba y lograba desnudarlo antes de llegar al baño. No lo hacía por obligación sino por placer. Por entonces era una rapaza joven y con fuerza; una mano le sobraba para mantener al gallo sumergido, mientras con la otra frotaba sus genitales con abundante jabón, hasta que lograba endurecer su pequeño miembro y, poniéndose tiernamente seria, decía: "¿no ves, mi pequeño, que el baño te face bien?" Por entonces tenía una cara de ángel que asustaba. Era un milagro que supiera manejar aquellas uñas suyas sin lastimarlo. Incluso era un milagro que pudiese lavar la ropa y picar las cebollas con semejantes ganzúas en cada dedo, que no sólo se explicaban por un deseo de belleza, como decía ella, sino por razones más oscuras, pensaba él: las uñas largas no sólo significaban el contradictorio status de la gente que las usa para demostrar que no necesita trabajar para vivir, sino que además querían decir que sus dedos no tenían la costumbre de introducirse en su vagina. Luego su cara cambió, se fue haciendo menos fresca y, en poco tiempo, todo tipo de supersticiones e ignorancias definitivamente aprendidas, le fueron dibujando un perfil de mujer vieja, un espíritu ciego y cansado. Había aprendido de memoria oraciones que repetía sin cesar hasta perder el sentido. Se había enamorado de un joven pastor que la rechazó por impura. Tuvo sus salidas a San Patricio, se la vio esperando una noche a alguien debajo de la sombra de un callejón y luego huyendo. En el intento de lavarse todos los pecados perdió el brillo de sus ojos y comenzó a ver más claramente el camino de la salvación. Cuando crecí y me di cuenta que ya no me asustaba, dejó de excitarme su voz, la flor se marchitó quien sabe por qué otras desilusiones que la pobre mantuvo en secreto.

—Siento eso, má. No pude volver antes... Era ocupado.

—Seguramente que no eras con la nana. Eras con esa bendita trompeta, buena para nada. ¿E adónde fuiste después del trabajo?

—Fui a recuperar la cosa —dijo Ramabad, alejándose un poco de la puerta.

—Sería mejor que olvidaras vós della. Si pierdes tu empleo, la cosa no dará vós de comer.

Su madre estaba enterada de todo. Sabía que su hijo había recuperado la trompeta en la comisaría, pero nunca se daba por enterada de nada. Esa era su estrategia.

—La música no face mal a nadie.

—La música, sí, la música —repitió ella, con ironía—. Tal vez la música no faga mal a naide, mas la cosa sí.

Después bajó la voz y murmuró algo así como: "Esa cosa mató a tu padre e terminará por matar a mí. Mejor sería que esela lleve el Diablo. Tocaría mejor que vos". De todas formas Ramabad no comprendió. Ni le interesaba hacerlo. Estaba acostumbrado a que su madre hablara más por despecho que por experiencia. Pero lo cierto es que su madre nunca hablaba con el corazón; cada palabra estaba rigurosamente medida, calculada con algún fin proselitista, por el cual cualquier comentario estaba destinado siempre a dirigir el pensamiento de su hijo, en especial, y de los demás por extensión.

—¿Por qué dices eso, má? —preguntó sin interés, acercándose a la puerta y sintiendo otra vez el olor a alcanfor.

—Vete a dormir, fijo, ya es tarde. No sea que la cosa comience a llorar.

—Buenas noches, má... Que descanses.

—No creo que pueda bajar un ojo. Pero anda, já basta, ve a la cama y no ablandes más. Por si acaso, vuelve mañana a ver si todavía sigo viva.

En su alcoba, tomó cl libro y quiso continuar su estudio: *The viewer needs to know why a character acts as he does— his motivation. There must be a logical inevitability to his actions.*

What he does may be surprising, but when considered, it must make sense, it must be rational.

Pero no pudo concentrarse. Entonces apagó la luz, se tiró en la cama y, recién después de tres horas de no encontrar acomodo, terminó por dormirse. Ven aquí, pequeño demonio. ¿Por qué no quieres? ¿Tienes miedo de mí?

ESA NOCHE TUVO UN SUEÑO PREMONITORIO, más bien una pesadilla: liberado de las uñas de la nana, al límite de una salvadora eyaculación, soñó que la gente del pueblo lo iban a buscar al trabajo y lo arrastraban hasta la plaza donde había una mesa servida con comida. Allí tenía que comer lo mejor que había, sentado, solo, mientras todos miraban expectantes. Se dio cuenta que no llevaba camisa. Tampoco pantalones. Apenas un taparrabos que le cubría el sexo. A cierta distancia estaban la viuda y la florista, las dos de pie y con las manos cruzadas sobre las faldas, como en el Ángelus de Millet, mirando inmóviles alguna región del suelo. No podía verlas bien, porque sus rostros se cubrían con las sombras de una luna caliente. Del otro lado de la mesa, el alcuazil de María rodeaba a su madre con un brazo, al tiempo que los dos parecían esperar algo. Se sintió observado y desproporcionado. Después que terminó, aunque todavía sentía el mismo hambre del principio, el alcuazil lo invitó a tomar un líquido amargo que en poco rato le adormeció las manos y los pies, pero no le impidió ver y escuchar lo que estaba aconteciendo: ese era su funeral. La marcha de hombres con banderas rojas y doradas se acercaba. Quiso leer uno de los estandartes y no pudo; estaba escritor e latín. Pero supo que, como al sepulturero veinticinco años antes, iban a enterrarlo vivo. O había muerto y, aún así, podía escuchar los martillos clavando la tapa del ataúd y la noche cerrándose definitivamente sobre su nariz. Escuchó y sintió el movimiento del cajón marchando y descendiendo al pozo, las paladas de tierra sobre la madera, las oraciones pidiendo por su alma y por el descanso eterno de su cuerpo; el llanto de la florista y el "Dios lo perdone" del cura. En la última parte del sueño recuperó el movimiento de sus manos y de sus pies, aunque esto sólo sirvió para aumentar su angustia y su asfixia. Terminó por agotarse, golpeando inútilmente con las rodillas y con las manos contra la tapa del ataúd, apretado por una montaña de tierra. Entonces deseó la muerte, pero la muerte se demoraba. Quería liberarse de ese espantoso encierro, pero el cuerpo no se desprendía de su alma, y su conciencia era tan poderosa aún que no lograba hundirse en el olvido, como un hombre que se desmaya por un hecho doloroso o se despierta por una pesadilla insostenible. En cierto momento comenzó a escuchar las notas de una canción que nunca antes había escuchado, pero que lo emocionaron tanto como si la recordara de algún tiempo de su infancia. Como las trompetas que destruyeron las murallas de Jericó, sabía que lograría escapar en la medida que lograse reconocer la forma exacta de la melodía. Era una balada, entre triste y victoriosa, como ese sentimiento de colgarse del último vagón de un tren para dejarse llevar lejos de una tierra que no reconoce como propia, terriblemente desolada, donde uno ha permanecido largo tiempo dando vueltas por un pueblo de casas abandonadas, con calles polvorientas, adornadas con árboles sin hojas, llena de

serpientes ciegas y cadáveres sin enterrar. Una fuga de las ti-
nieblas, de la soledad. Comenzó a tararear, ahora sin impor-
tarle su encierro, con una rebeldía renovada e incontrolable.
"No voy a desesperar" pensó, "no les concederé esa victoria".
Hasta que el ritmo se le hizo tan claro que pudo despertar.
Despertó con *Railroad* en sus pulmones.

Finalmente, fue gracias a un error del alcuazil que
se probó su inocencia, aunque la verdad permaneció oculta
por un tiempo más, sabrá el Diablo por qué.

Desde el primer día, el alcuazil había sospechado de Basilicio Sertão. Sobre todo cuando comenzó a ir a la carpintería trajeado como para un casamiento, con el mismo traje que
había usado en el velorio de don Luzardo. Si bien la viuda del
cantinero no pudo confirmar que el traje pertenecía a su marido, las mujeres del pueblo, que por lo general llevaban un
registro personal de los vestidores ajenos, afirmaron que el
traje en cuestión no era de ningún allegado al carpintero ni
había estado nunca en las tiendas de Calataid. Esta opinión
fue decisiva, y sirvió al alcuazil para confirmar una teoría que
había heredado de su experiencia personal: se conoce un conjunto cuando se puede identificar los elementos que la componen; pero el conocimiento de ese conjunto es completo
cuando se puede identificar un elemento que le es ajeno. Por
ejemplo, no se llega a dominar un idioma cuando se puede
identificar el significado de cada palabra que lo compone
sino cuando el que habla y escucha es capaz de confirmar que
una determinada palabra no significa otra cosa de la supuesta
o, en su defecto, no pertenece al conjunto en cuestión. Esta

teoría "de la exclusión" nunca fue comprendida por otro que no fuese su autor y, con frecuencia, causaba la risa secreta de sus subordinados.

En la alcaldía, la anécdota del carpintero en traje apenas provocó el comentario gracioso de los funcionarios, la risotada del ingeniero —que después de treinta años había perdido totalmente los modales de la Universidad de Granada y probablemente los conocimientos también, a cambio del orgullo y las menudencias del pueblo—, el chirrido de la rata de la imprenta y hasta había sacado de su siesta al portero.

—Naide fue capaz de ver el cuchillo detrás del tajo —dijo orgulloso el alcuazil.

El entusiasmo del alcuazil de María por aclarar el único crimen que se le había presentado en toda su ociosa carrera lo llevó a tomar nota de todo lo nuevo que podía estar ocurriendo en la ciudad. Combinó, día y noche, diferentes situaciones para una historia por lo menos probable. Su razonamiento era el siguiente: algo nuevo ha ocurrido en Calataid —un crimen—; por lo tanto, todo lo nuevo que suceda después del hecho será su propia consecuencia, aunque se trate de un fenómeno climático novedoso, como hubiese sido la precipitación de agua en Calataid. Lo cual es un modelo común pero discutible, según el pájaro: un acontecimiento novedoso también puede ser el resultado de la permanencia de condiciones largamente conocidas, ya que hasta la inmovilidad de una sociedad termina por provocar un cambio, una crisis, cuando no una revolución. La inyección monótona y permanente de aire en un globo es una condición estable que llevará a un acontecimiento novedoso —la explosión—, según la naturaleza del sujeto implicado. Por lo tanto, la ausencia de novedades sólo puede ser el resultado de una estudiada acción reaccionaria, de sucesivas y renovadas estrategias inmovilizadoras.

Pero el alcuazil no estaba interesado en revisar su propio razonamiento sino, precisamente, todo lo contrario. En Calataid se desconocía la epistemología y el único ejercicio mental posible procedía de la teología clásica: un razonamiento es válido si y sólo si confirma el prejuicio, dijo el pájaro, que fue el único que estuvo a favor del carpintero. Una vez llegado a dicha conclusión, era imperioso demostrarlo con los hechos. Y si los hechos se resistían a acomodarse a su razonamiento, peor para ellos. Así que, apenas el alcuazil vio a Basilicio Sertão en el velorio, comenzó a hacer sus averiguaciones.

Por sus fichas, sabía que el mudo Sertão había entrado en la carpintería de Dionisio, el amigo renegado de Salvador Uriburu, en 1967, unos meses después de la muerte trágica del doctor. Dionisio había muerto poco después, ahogado en una de las cisternas mientras pretendía terminar el relevamiento que había comenzado con el doctor. Sin embargo, los pocos meses que Dionisio entró en contacto con Basilicio Sertão fueron suficientes para transmitirle su falta de fe en los valores de Calataid y convertirse en un renegado, ya que no había alcanzado la categoría de «alumbrado» que era accesible sólo a los humanistas más cultos. Se había hecho trovador casi diez años atrás, cuando uno de los cantores le llevó su guitarra para reparar. Basándose en el modelo, había construido la suya propia, y luego había perfeccionado el sonido en otros nuevos instrumentos hasta convertir la guitarra española en un ser híbrido, mezcla de laúd y sitâra hindú. Pese a que no podía articular una sola palabra, la trova lo incorporó a su montonera, impresionada por el descubrimiento. De allí, el carpintero pasó a memorizar los malditos versos que luego escribía detrás de los muebles que salían de la carpintería. Sus antecedentes indicaban, desde hacía tiempo, una conducta crecientemente inapropiada. Pero el traje del día del velorio puso en alerta al alcuazil de María.

Cuando el carpintero confesó, y antes que se le cortara la mano derecha, el juez Caballero ordenó hacer la reconstrucción del crimen, más por formalidad judicial y para satisfacer la curiosidad morbosa de la gente, que por la utilidad que aportó la breve puesta en escena. Quedaba claro que la única oportunidad que tenían los pobres de llamar la alarma del pueblo era muriéndose primero, y si no lo hacían en la cama y con previo aviso, tanto mejor. Todos se conocían en la ciudad, sino de nombre por lo menos de vista y por comentarios diversos. De forma que siempre había algún candidato a próximo finado, y no se sabe si era porque al aludido le pesaba la responsabilidad de no defraudar las expectativas del pueblo, que siempre terminaba muriéndose antes que otro le ganara de mano. Los viejos se sentaban en la puerta de sus casas y esperaban algún fallecimiento, así como antes, de jóvenes, esperaban el tren o el estreno de alguna película en el cine del berlinés. Todos estaban siempre invitados a un funeral, y pocos se perdían la oportunidad de conocer por dentro la casa del muerto, la pobreza en la que vivía, puesta en orden

por los familiares que lo encontraron en la cama sin respiración, o por el mismo muerto que, previendo el gran acontecimiento de su vida —confirmando los versos del pájaro, que
repetían que el hombre es el único animal que convive con
su propia muerte—, cada noche lavaba los platos y ordenaba
todo para que la gente no saliera comentando las verdaderas
condiciones del finado. Incluso, una vez don Ferrando dijo
que el vago de la casa amarilla de Carmen y San Ignacio, había dejado toda una mesa servida con cerdo y vino tinto, para
que los concurrentes tuvieran qué llevarse a la boca y no se
aburriesen en su funeral, ni saliesen comentando que el
muerto se había muerto de hambre. Pero muchos se negaron
a comer arguyendo que la carne era de cerdos extramuros, de
salvajes comecristianos.

En la reconstrucción del crimen fue una mezcla
de las dos pasiones del pueblo: la ficción y la muerte real.
Vida, obra y muerte de don Luzardo Paz, monaguillo, pastor
fracasado y cantinero de la estación. Por supuesto, Ramabad
se hizo presente; quería recordarle a todo el pueblo que se
habían equivocado conmigo, aunque no llegaba a creer del
todo en la culpabilidad del mudo. Por lo menos me debían
una disculpa. Pero, como nunca fue acusado formalmente de
nada, nadie dijo esta boca es mía, sino que más bien la verdad
provocó nuevos rencores en su contra.

En la reconstrucción del asesinato, el mudo usó el
mismo fierro que momentos antes habían desenterrado del
fondo de su casa, una aldaba con forma de serpiente. Aunque
la había lavado con esmero antes de enterrarla, aún conser-
vaba restos de sangre, según los peritos. Sangre de cerdo, pero

sangre al fin. Ante la presencia triunfante del alcuazil, el mudo indicó, entre nervioso y sonriente, cómo había sorprendido al cantinero por detrás, bajándole varias veces la aldaba —ahora en las manos asqueadas del señor juez— en la cabeza de la víctima, tantas veces como fueron necesarias para que se quedara allí quietito y dejara de gritar como un marrano en Navidad. Pero el problema surgió cuando el alcuazil volvió a preguntar, seguramente por enésima vez y para que la gente y el juez escucharan claramente, *quién* le había ordenado llevar a cabo tan horripilante acto, a lo que el ayudante contestó, dibujando varias veces en el aire: «el gallo negro.»

El gallo negro existió de verdad, y era tan real como el sol que cada día sale por el este y entra por la puerta del campo santo. Y fue por eso mismo que la respuesta del carpintero conformó a la gente y sirvió no sólo para perdonarlo, sino que muchos, incluso, sintieron compasión por el asesino. En lugar de la mano, el mudo Basilicio perdió los cinco dedos y fue recluido indefinidamente en el sótano de la torre de Abel, entre pilas de libros que de todas formas no pudo leer por falta de luz. Con el tiempo —decían en Calataid, con el ciego fanatismo de la realidad— cada vez que un guardia le llevaba su ración diaria, el mudo gritaba con los brazos algo que no se entendía bien por la falta de los dedos de la mano derecha.

SE QUEDÓ HASTA QUE LE CORTARON el tercer dedo. Luego, no supo por qué, no pudo resistir más y se fue. En su alcoba contempló las cinco torres que señalaban el centro de la ciudad. Abel era la segunda más alta. Las cinco se levantaban, sin orden, como esbeltos gigantes con los ojos ciegos, mirando hacia los cuatro puntos cardinales sin poder ver, sin permitir a nadie ver más ver más allá de las murallas reconstruidas de Calataid. Intentó imaginar el dolor del carpintero, ese dolor mudo, tan difícil de entender. Ya no tenía que preocuparse por probar su inocencia, pero la angustia no había disminuido, sino todo lo contrario. Cuando sonaron las siete, bajó a la cocina.

La nana cocinaba sentada, con el farol del abuelo Arenas para ahorrar energía. Dice que lloraba por las cebollas, pero al Basilisco le pareció que lloraba por Basilicio Sertão.

—Entiendo que la gente acepte sin más la historia del gallo ovíparo —dijo Ramabad, sentándose a su lado—. Pero que también el juez acredite semejante alucinación...

Años atrás, cuando Ramabad y su hermana eran niños, la nana les había contado la historia del gallo negro. Por entonces, éramos niños y creíamos en todo lo que ella nos contaba. Después, después de aprender a desengañarnos, ya no podíamos creer en nada y más bien tendíamos a ser incrédulos. Como papá, que lo acusaron de no creer en Dios sólo porque no tenía religión. La cocinera nos contó esa ridícula historia del gallo negro que, decían, medía medio hombre y que quien lo veía dos veces se moría antes de recordar la primera. Aunque, obviamente, nunca nadie supo si los testigos que murieron llegaron a verlo por segunda vez. Ramabad insistió; dijo que no podía creer semejante historia, que eso no era más que una superstición de provincianos, a lo que ella le contestó, de muy mala gana:

—Pues bien, rapaz, burlas vos de la historia del gallo negro, mas yo tengo visto élo. Vos, en cambio, vives soñando con las altas torres de América, más altas e menos santas que las nuestras. E, por si acaso, ¿alguna vez viste alguna?

—Tengo una foto.

—¡Una foto! Las fotos mienten, como ese retrato de tu padre que el fotógrafo quiso mejorar pintándole los labios como una mujer. Tan ridículo como que corren trenes debajo de la ciudad.

—También, tengo un mapa del metro de Nova York.

—Oh, pues, muy bien, rapaz —dijo la nana, revoleando los ojos hacia el techo y sentando sus enormes caderas en el banco largo de la cocina, como si se dispusiera a una larga discusión.

—Confías en un mapa, que vaya a saber quién dibujó, e no confías en mis propios ojos, eh? ¡No confías en mis propios ojos!

—¿En tus propios ojos?

Con rabia, o sin paciencia, había terminado por confesarle que también ella había visto al gallo negro y que, por consiguiente, su mayor preocupación en la vida había pasado a ser no volver a verlo una vez más.

—¿Cuándo? ¿Cuándo fue eso, nana? ¿Por qué no nos dijiste nunca?

Dolores no lo miró. La luz de la lámpara se movía sola, sin una gota de viento que cruzara la cocina. Hacía calor, las ventanas estaban abiertas pero era como si estuvieran cerradas. Dolores había envejecido de repente, en los dos últimos años, sin que Ramabad se diera cuenta. Ahora sentía, con fuerza, la brevedad de la vida. Ajo, cebolla, perejil, tocino ahumado, albahaca, un hilito de humo que salía de la cocina, los alfajores olvidados, los gallos anunciando el inminente amanecer. A su padre le gustaba todo eso, como si en la brevedad de esas cosas estuviese el secreto de la eternidad que había perdido. Pensó en Lucerito y en su trompeta. Luego intentó reaccionar.

—Mas nana —dijo—, ¿por qué confiar a ciegas en nuestros ojos? Si no vemos todo aquello que es, tampoco es todo aquello que vemos.

Dolores no escuchó. Su rostro se había puesto pálido. Le ardían aún los ojos y al secarse las lágrimas sus dedos dejaban un pequeño surco, revelando una piel progresivamente inelástica, sin color. Definitivamente, no era la misma mujer que antes lo perseguía por toda la casa para desnudarlo en un rincón. Era otra; alguna catástrofe la había matado hacía años, como si todos sus deseos sexuales se hubiesen convertido en un irreversible miedo a la muerte. La cocina que amaba tanto ya no era la que era. Como si el refugio de sus sueños se hubiese convertido en su propia prisión.

Finalmente, dijo:

—Hablas como esos libros franceses que leía a media voz tu finado padre, porque eran tan difíciles de entender que tenía que pronunciar las palabras muy despacio, como si fuese delante de sí mismo tratando de se explicar tantas locuras.

Se acomodó el paño en la cabeza y descansó las manos sobre las rodillas, al tiempo que miraba al Basilisco con un gesto entre curioso y preocupado.

—¿Fuiste otra vez en la biblioteca? —preguntó.

—Sí, muchas veces. Ya tengo edad.

¿Se habría acostado alguna vez con su padre? ¿Su padre la habría rechazado o la habría amado de verdad? ¿La había destruido, de alguna forma la había convertido en esto? Jamás lo sabría. El tiempo (pensó, recordó a Basilicio, sus dedos perdidos) terminaría por cubrir a cada habitante de Calataid, como las arenas del desierto habían cubierto los rieles del tren, las huellas de los camellos que venían de Libia.

—No importa la edad. ¿No da vos vergüenza? ¿Acaso no tenías prohibido entrar ahí? ¿Cómo hiciste? Que tu madre no se entere o mí carga por tu culpa.

—Un día que encontré la puerta abierta, fue la prima vez. Tal vez madre estuvo allí y olvidó poner llave.

—¡E de paso robaste unos libros!

—Pues, claro, nanita.

—No digas nanita, crío travieso.

—No hubiese tenido tanto tiempo para leer allí adentro ni una sola página. Madre tiene un oído muy fino y podría haber escuchado cuando diese vuelta una sola página.

—Oye, pequeño travieso, ¿robaste e pusiste vos a leer unos desos libros que tenía tu padre, aún sabiendo que no podías facer eso?

—No sé quien dijo que estaba prohibido entrar allí.

—Tu madre.

—No recuerdo. Y si fue así, fue hace muchos años. Ya no soy un crío, nana.

—No importa quién ni cómo ni cuándo quedó prohibida la entrada a ese lugar. Sólo importa que vos sabías que estaba prohibido ¡e igual entraste! Agora ya no á quién salve vos. Sos perdido, puedo ver élo en tus palabras.

—Hay libros que hablan de aquello que es y otros de aquello que pudo haber sido. Otros dicen que aquello que parecía ser no era, así que tarde o temprano todos pasan a pertenecer al segundo género. Me gustan de los dos grupos. Y, ah que no sabes, nana: también hay libros que hablan de Manhattan, y del puente, y del enorme parque que existe al norte. ¿Sabes que el Empire State tiene más de cien pisos de altura? Imagina la Torre de Dios pero diez veces más alta —dijo Ramabad

—¡Libros! —gritó la nana, sin fuerza, tratando de meter en sus pulmones un aire que se había vuelto denso como el agua—. Mira, crío travieso. Voy a contar algo para que fagas vos una idea de que fablas sin saber del peligro que corres. Una vez encontré a tu padre leyendo un libro en esta misma mesa —se inclinó para golpear la mesa, pero apenas la tocó—; leía muy preocupado, e cuando pregunté éle qué era leyendo, ¿sabes qué contestó? ¿Sabes qué fue aquello que dijo tu difunto padre, que Dios tanga élo en la Gloria? "Estoy leyendo sobre un hombre que un día se despierta convertido en insecto". ¿En qué clase de insecto?, pregunté yo. "No lo sé muy bien —dijo él, con su voz extranjera— algo ansí como una cucaracha gigante". ¡Qué horror!, casi grité yo del asco, mas el docto enseguida dijo que no mí preocupara, que eso no era verdad. Ansí que ya ves, para eso sirven los libros, rapaz, para llenar vos la cabeza de gallinadas, como llenaron a tu padre la dél...

—También en el pueblo se cuentan historias que no son de verdad. Y no digo las que vienen de las tiendas del desierto.

—¿Quién cuenta historias que no son de verdad en el pueblo?

—Mucha gente. Pecas, de Ferrando, la morena Pilar, las abuelas de los Viernes...

—¿Historias de mentira? —dijo la nana, sorprendida— ¿Cómo cuáles? A ver, fabla, rapaz, acusa a quien tengas que acusar o no difames injustamente a nadie.

—Yo no acuso ni difamo. Todo el mundo anda con historias imposibles: los muertos de la Alcalá, el Gallo Negro, el hombre lobo de los jueves con luna, la luz oscura de la alcor, la mujer de un solo ojo, los gallos viejos que ponen huevos...

—Cuidado con lo que dices. Porque vos no podés creer en nada de eso ocurrió a vos decir que eran mentiras, no? Pero diré vos que mentir es grave, una enfrenta a Dios. Yo tengo escuchado todas esas historias de la boca de mi padre e de mi madre, que Dios tenga élos en la Gloria. ¿Podría pensar que ellos faltarían a su religión, desparramando mentiras por acá e acullá? Además, no son uno, ni dos: todos saben que esas historias son ciertas, menos vos, arrapiezo vanidoso. Cuando don de Ferrando cuenta que en la muralla á una luz oscura, nunca termina diciendo que en realidad todo era una mentira, un engaño. Pero quellos que leen esas cosas que leía tu padre, e que por visto lees vos también agora, saben desde el comienzo que nada de élo que dice ahí existió de verdad. ¿Cómo puede uno soportar de buena gana ser engañado como un crío?

Pensó en su padre, en lo difícil debió ser para él haber echado raíces en Calataid. Recordó cuando le decía, papá, aquel libro que quemaste no era un libro donde se explican cosas. *¿Y por qué habría de ser un libro donde se explican cosas? Por los títulos de los otros libros que tienes aquí, papá. El espíritu no sé qué, Origen del espíritu, Naturaleza del espíritu. Además, vos sos doctor, científico, no? Estabas estudiando el espíritu de esa calavera? Pero las calaveras no tienen espíritu, papá. No, claro; pero forman parte del espíritu de los demás. Estabas estudiando eso? Tal vez sí. Pero no era un libro como los otros. Cómo cuáles? Como los que tienes en esta biblio-teca. Cómo era, entonces? Se parecía más a los libros que tienes en la otra, en la biblioteca de abajo. Abajo tengo muchos libros, no sé a cuáles te referís. A las novelas. Ah, era eso. Era una novela con títulos que hay en libros de los médicos... No, mejor dicho, en los libros de filosofía, papá, yo los leí todos. ¿En serio? En realidad, no es que no haya entendido todas esas historias que había en el libro. Sí que las entendí. No entendí qué hacían los títulos ahí, metidos cada tanto, si luego no había respuestas, ninguna explicación. ¿Por qué los títulos de esos libros no se corresponden con lo que dicen adentro? Tal vez porque nada es lo que parece, hijito. Ni lo que hizo Dios ni lo que hacen los hombres. Tal vez porque lo más importante de lo que se dice es lo que no se dice y nunca se dice lo que se quiere decir. Pero no te preocupes, hijito, no me hagas caso; sólo estoy bromeando.*

—Ah, nanita —dijo Ramabad, casi vencido, más por la segura incomprensión de la nana que por la fuerza de sus argumentos, que no eran del todo malos—. Esas mentiras no son engaños... Pero mejor dejemos eso para otro día. Estoy cansado ahora...

No pudo continuar. De repente, había sentido un profundo malestar. No sabía por qué. Un recuerdo asqueroso se le había cruzado por la cabeza. Cuando era chico había ido como cada atardecer a la biblioteca médica de su padre y había sacado un libro al azar. Un hombre aparecía muerto con una gran cabeza de misil introducida por el ano. No había sido un crimen, algo parecido a aquellos que había leído sobre los castigos de cierta tribu africana donde los vencidos eran sentados sobre una estaca de tres metros con forma de lápiz, hasta que morían sin poder agarrarse de nada. No, este capitán del ejército británico había muerto así, disfrutando de un orgasmo. Había otros casos terribles en el mismo libro, todas patologías médicas que hubiesen llevado a la cárcel o a la hoguera a su padre. O a la transparencia en vida. Por mucho tiempo no había podido olvidar esas imágenes espantosas, las explicaciones científicas que detallaban casos de necrofilia. Y había tenido que convivir con todo eso. Tal vez su padre se refería a lo mismo cuando decía que el espíritu somos nosotros, yo y los otros, los vivos y los muertos. Alguien había decidido matarse de esa manera, insólita, y ahora Ramabad debía cargar con todo eso. Como si de alguna forma lo hubiese hecho él mismo en otra vida. Debía sentir un asco adicional cada vez que alguien nombraba la guerra. La palabra «weapon» estaba atravesada con un hombre muerto, un militar desconocido que había muerto en alguna parte de Texas con los intestinos destrozados. Y nada de eso dependía de él mismo sino de otro, de un lejano desconocido, muerto, como casi todos.

La nana se sonrió triunfal y dijo:

—Eso, pequeño; anda vos a dormir que es tarde. Pareces pálido de repente. Tampoco mí faces obediencia cuando digo vos que comas mejor, más robusto como cualquier cristiano, e no facer huevos fritos con aceite, como mandaba facer tu padre en la creencia que ello facía mal a la sangre, e que con el tiempo conducía a la perdida de la memoria e del entendimiento. Mas la falta de grasa de cerdo en esta casa fizo mal a todos nos e terminará por enfermarte a vos también. Mas no, eres testarudo e soberbio como tu padre...

El mes que condenaron a Basilicio Sertão no llegó el tren. Era la primera vez que ocurría. Ramabad dejó de tocar la trompeta en la muralla y se concentró en su trabajo de la oficina. Había momentos en el año que bajaba a tierra, y tal vez éste era uno de esos. Entonces dejaba de pensar en imposibilidades (como escapar de Calataid en el tren) y rezaba para no volver a caer en la misma tentación. Dejó de pensar en don Luzardo y en Basilicio Sertão. También dejó de leer y evitó, mientras pudo, a la florista.

Escribió un breve artículo justificando los hechos de la semana que comenzaba a quedar atrás y lo envió al director de *La Santa Alfaguara*. Años antes, cuando ingresó a la alcaldía, había comenzado colaborando en la diagramación y redacción de *La Aldaba*, hasta que el alcalde lo clausuró en 1977, para crear *La Alfaguara* de Calataid, inspirada en la fuente que había en el patio central de la alcaldía y en concordancia con el perfil más espiritual que pretendía imprimirle al nuevo periódico. *La Aldaba*, fundada por su propio padre en 1952, en tiempo de los Medina, salía una vez por semana, sin colores y casi sin fotos. Con la muerte del doctor y la renuncia de alguno de sus frecuentes colaboradores, *La Aldaba* comenzó a cambiar de estilo y, por momentos, aumentó sus lectores. La letra impresa impresionaba mucho a la gente que sólo conocía la letra manuscrita de sus vecinos, casi siempre dibujada en una libreta de almacén. Por aquel tiempo, Ramabad logró convencer al anterior director de *La Aldaba*, un viejito ciego y casi sordo, de incluir una página de predicciones astrológicas, como las que todavía se veían en las revistas de moda que llegaron antes de 1962. ¿Y quién mejor que él mismo para ello, que tenía en casa un telescopio y sabía algo de cálculos astronómicos? Nunca nadie se preguntó de dónde salían tales predicciones, y el director olvidó pronto que el autor era el nuevo empleado de tesorería. Aunque, después de todo, su método era razonable, o por lo menos consecuente con la teoría de los cuatro elementos: si es cierto que los nacidos bajo un mismo signo heredan de los astros las mismas características psicológicas y hasta la misma suerte, entonces basta con estudiar a una sola persona por signo para saber cómo es el resto de la humanidad y qué posibilidades tiene cada uno en un futuro inmediato. Por ejemplo, Ramabad sabía que la nana era de Virgo. Así que, cuando la veía deprimida o ansiosa, escribía, para esa semana: «Virgo, cuide su ansiedad.» Y luego agregaba algún acontecimiento concreto: «recibirá una buena noticia en el campo laboral,» porque sabía que determinado mes su madre le iba a aumentar el sueldo. También sabía que la mujer de don Ferrando era de Escorpio, y cuando la veía un poco más provocativa que de costumbre escribía en Escorpio: «En el amor, necesidad de cambio...» Por supuesto que nunca creyó en la astrología, pero al menos era honesto, aunque un honesto incrédulo: si todos los hombres y mujeres de Virgo no estuvieran deprimidos esa semana y por recibir un aumento de sueldo, si todos los hombres y mujeres de Escorpio no tuvieran la misma mala suerte en el amor, entonces el horóscopo no servía para lo que dice que servía. Y la culpa no era suya. Además, nunca cayó en la gracia de recomendar un número distinto de lotería para cada signo, ni en la costumbre de identificar a un signo con las habilidades artísticas y otro con las habilidades científicas, pues había notado ya, en las enciclopedias, que los nacimientos de artistas y de científicos estaban desparramados indiferentemente por todo el año. Lo cierto es que desde entonces se vendieron casi cien ejemplares más, y nunca nadie quedó desconforme con las predicciones de *La Aldaba*, incluso cuando leían un signo ajeno como propio o cuando Ramabad se equivocaba en el orden. De paso, agregaba fragmentos *imprescindibles* de Heidegger que sacaba de la alacena de su padre, que asustaban tanto a la nana y le privaron del saludo de sus compañeros de trabajo.

> *«Al principio de su historia, el saber absoluto debe ser otro que al final. Ciertamente, pero esa alteridad no quiere decir que en el comienzo [era la luz y] el saber* en modo alguno todavía no fuese *saber absoluto. Bien al contrario, justamente en el inicio ya es saber absoluto, pero saber absoluto que aún no ha llegado a sí mismo, que todavía no ha* devenido *otro [o el mismo], sino que sólo es lo otro. Lo otro: él, el absoluto, es otro, es decir, es* no *absoluto, es relativo. El no-*

absoluto no es todavía absoluto. Pero este todavía-no es el todavía-no del absoluto, es decir, lo no-absoluto no es de alguna manera y a pesar de ello sino precisamente porque es absoluto, porque es[tá] no-absoluto: este no, en razón del cual lo absoluto puede ser relativo, pertenece al absoluto mismo, no es diferente de él, es decir, no se acuesta a su lado, extinto y muerto. La palabra "no" en "no-absoluto" en modo alguno expresa algo que siendo presente para sí yaciese al lado del absoluto, sino que el no alude a un modo del absoluto.

»(*Martín Heidegger:* Fenomenología del Espíritu. *Curso del semestre de invierno, Friburgo, 1930-31. Edición de Der Mann ohne Eigenschaften, 1953. Traducción, introducción y notas: Heidi und seine brüder, Heide und Heger.)*»

APENAS CINCO AÑOS ATRÁS, RAMABAD se atrevía a inventar burlas y absurdos como éstos en *La Aldaba*, hasta que llegó la orden de cerrar el semanario por un año. Esto impidió que saliera a la luz un descubrimiento que había hecho el mismo pseudoastrólogo en los archivos del Departamento de Obras de la alcaldía, lo cual hubiese, al menos, culminado la serie con broche de oro. Con fecha de agosto de 1945, se había olvidado el proyecto de un «paseo marítimo» que llegó a construirse en parte y que luego las arenas y la memoria de Calataid silenciaron. Los viejos planos, dibujados pacientemente y copiados con tinta azul, y las largas memorias descriptivas todavía revelaban un repentino entusiasmo progresista que de a poco se fue superando. "Tal vez el fracaso del proyecto se debió a la escasa originalidad de los santistas, a una repentina voluntad de copiar éxitos ajenos que llegaban a través de las películas americanas y de las revistas europeas" había escrito Ramabad, en el artículo que no llegó a publicarse.

La historia del proyecto comenzó un día que el alcalde, don Juan Medina Medina (1859-1963), resolvió dinamizar la actividad de la ciudad con una gran obra pública que perpetuara su nombre. La idea que tuvo menos resistencia (y que terminó conquistando calurosos aplausos al final) fue la de construir un paseo marítimo que recorriese los límites extramuros de la ciudad. Sólo quedaba un detalle por resolver: ¿Cómo construir un paseo marítimo sin tener antes un mar, o por lo menos un río? La solución, según el ingeniero de la comuna, don Daniel Medina (1864-1963), era aprovechar las curvas de nivel para detectar un posible cause a llenar con agua. En la Asamblea de Ediles, explicó con detalles inconclusos, todo lo que había aprendido en la Universidad de Granada sobre cálculo de curvas de nivel, lo que no sirvió para aclarar mucho las posibilidades de tal proyecto pero en cambio duplicó el entusiasmo popular. Las curvas de niveles aparecieron, porque siempre hay un punto más bajo que otro, sólo que no hubo forma de hacer pasar por allí ningún arroyo, por mínimo que fuese. Todo lo que no hizo cambiar de idea a las autoridades y de esa forma terminaron construyendo su ansiado Paseo Marítimo. Para llenar el cause del nuevo río se demolió parte de la antigua muralla norte y se

desviaron los albañales hacia él, lo que resultaba una idea redonda: no sólo se creaba un paseo para la gente de intramuros, sino que además se solucionaban algunos problemas de
saneamiento que habían complicado a sus ciudadanos durante muchos años. Se decía, por ejemplo —y, más tarde, el
doctor Salvador Uriburu fue de la misma opinión— que casi
todos los aljibes, los pozos de agua y la gran cisterna comunal
estaban contaminadas por las aguas fecales que excretaba dia-
riamente la ciudad. Pero esta afirmación, sobre todo luego
del fracaso de las obras, fue considerada una ofensa a Calataid
y ya nadie se atrevió a reconsiderarla. Según el proyecto de
Daniel Medina, de cada lado del futuro Paseo-Marítimo-Al-
bañal se plantarían árboles y flores para disimular el olor que
produjo después la exposición de aguas servidas, acompaña-
das muchas veces por desechos humanos en su estado inicial,
lo que no resultaba tan atractivo como se había pensado en
el momento de la votación. Pero el pueblo demostró su
buena disposición para el Progreso y no quiso hacer reparos
a tan importante obra iniciada por las autoridades, lo que lo
acercaba, aunque más no sea en una pequeña escala, a las ma-
ravillas acuáticas del Sena en París o del Tamesis en Londres.
Con todo, ésta había sido una genialidad local, lo que ya tenía
su mérito, según Ramabad. Pero tan rápido como su proyecto y construcción, se organizó su abandono y olvido durante los inolvidables años sesenta. Después de la
independencia de Argel, en 1962, y de los horrores causados
por la guerra civil, se comprendió que la demolición del
treinta y tres por ciento de la muralla de San Fernando, usada
para las nuevas obras, había sido el peor pecado que se había

cometido en Calataid en su larga existencia. La muralla permaneció con esa herida, como recordatorio de la barbaridad del progreso, hasta que todos olvidaron la causa que la había provocado y se comenzó su reconstrucción en el año 1963. Como fue imposible localizar las piedras originales, se decidió deconstruir dos torres para reparar el daño histórico de los Medina. Se eligieron las dos torres más altas donde, por algún tiempo y por obra de los nuevos inmigrantes, refugiados de la guerra, se habían instalado dos antenas de radio, por la cual una de ellas era conocida como la torre de Babel. Los oídos de Calataid fueron extirpados en un solo día, lo que fue recibido con alivio y algarabía por la mayoría de su población.

Tres días después del juicio público a Basilicio Sertão, la viuda Hanna organizó un concierto de jazz en el mismo cine, el que finalmente se realizó el 5 de diciembre de 1978. La idea era arriesgada, pero la anciana había decidido salir a la luz, finalmente y después de treinta y un años, movida quién sabe por qué rencores antiguos. Yo debía ser el solista. Al principio, cuando la viuda se lo propuso, un día que tomaban el té en su casa, él se negó con evasivas. En realidad, tuve miedo. Pero la idea encontró espacio en su cabeza y finalmente aceptó. La oportunidad que le ofrecía la viuda no era para desperdiciar. Buenas intenciones y más entusiasmo aún: le auguró un Gran Éxito, y antes de la realización del primero, la viuda comenzó a planificar futuros conciertos a sala llena, con cobro de entrada, lo que le permitiría a su protegido dejar el trabajo en la alcaldía, que tanto mal le hacía. También la florista trabajó mucho en aquella presentación que debía ser su reivindicación. Aunque nunca lo había escuchado tocar, no tenía reparos en decir que él era un gran músico, aparte de contador.

—En mis tiempos —dijo la viuda—, existía al menos una docena de buenos músicos en Calataid. Agora vos sos el único músico de jazz que á en la ciudad; e quizás en todo el país.

Todo, en principio, parecía maravilloso. Pero nada de eso lograba entusiasmarlo completamente, porque de alguna forma le recordaban los augurios de éxito que había recibido su padre al instalarse en Calataid, e igual se murió de tristeza.

A partir de ese día, desde el momento en que la viuda dijo "fecho, dexa eso en mis manos" Ramabad comenzó a ordenar cuidadosamente su repertorio. Iniciaría con algo fuerte y fácil de recordar, continuaría con un melancólico y para el final iba a reservar el tango *Adiós Nonino*, de Piazzola. Eran diecinueve temas, de los mejores que había escuchado en los discos de mi padre. Uno de ellos, *Railroads*, era una composición suya. La había intercalado en el número dieciocho, para que el público no se diera cuenta de la diferencia. De esa forma, pensaba sondear su posible éxito como compositor. Día y noche, mientras caminaba hacia la alcaldía o por el andén de la estación, en la oscuridad de su alcoba o mirando por la ventana los techos del pueblo, las silenciosas torres ciegas y las lejanas murallas, rcpasaba el orden de los diecinueve temas, corrigiendo de vez en cuando la lista, el tiempo que le llevaría de más, sacando este título y poniendo este otro, repasando otra vez, de memoria, las notas de *Railroads*, de *Adiós Nonino*.

Por esos días llegó a olvidarse de Nueva York, porque sintió que el éxito que tendría en el pueblo sería tan grande que ya no tendría sentido irse de allí. Aunque al principio le dio un poco de miedo; tuvo miedo de estar acostumbrándose al pueblo, de terminar un día como el ingeniero de la alcaldía, contagiado con las costumbres mezquinas de la gente ociosa, comiendo pollo y cabrito como una bestia y riéndose a carcajadas por el chisme de una vecina infiel, olvidándose definitivamente de las virtudes técnicas y estéticas de su adorada Torre Eiffel de París, en beneficio de las horas muertas de un trabajo casi inexistente.

Cuando se atrevió a contarle a su madre que daría su primer concierto, el sábado, ella le deseó buena suerte; aunque no de muy buena gana, porque aquella era una forma de oficializar la relación de su hijo con la trompeta, de estrechar definitivamente los vínculos que lo unían a él y de confirmar su derrota personal ante la cosa. Con todo, le deseó buena suerte o simuló hacerlo. Ella no iba a poder estar presente, le dijo, y por un momento Ramabad pensó que lo lamentaba.

—Mucha gente no podrá ir —dijo Ramabad, y enseguida se dio cuenta que le asustaba la idea de una sala vacía, tanto como la de una repleta.

—De cualquier forma —dijo su madre, un poco cansada, como si se estuviera dando vuelta en la cama para no mirar hacia la puerta— voy a saber cómo fue todo.

—¿Podrás decirle al doctor que vaya?

—Sí, está bien, comentaré éle.

—Decile que vaya. Es el sábado a las ocho de la noche.

—Un poco tarde; pero diré éle. No cuesta nada.

—Y que le diga a su hijo, también. A ése le debe gustar la música.

—Pero no fagas vos muchas ilusiones. A esa mariposa puede éle gustar la música, cualquier música, menos la de vos.

—Veremos.

—Agora andá vos a dormir, fijo.

EL DÍA DEL CONCIERTO RAMABAD se levantó tarde. No había podido dormir bien durante la noche. Se bañó, se puso la mejor camisa que tenía, sintiéndome ridículo por momentos, una especie de payaso disfrazado con un traje viejo que había usado su padre diez años antes. Antes de salir a la calle, se desanudó la corbata y la escondió en un bolsillo.

Llegó al cine a las seis, temprano, demasiado temprano. La viuda y la florista éramos allí desde la hora del almuerzo, terminando de arreglar la escenografía. La florista había pintado un hermoso cartel que decía «MÚSICA DEL NUEVO MUNDO», con tal delicadeza que se podía ver que había invertido todos los días de la semana para terminarlo, lo que explicaba la repentina desaparición de su puesto en la esquina de la plaza. También el electricista de la alcaldía se había esmerado con la iluminación: hasta el telón de fondo y la alfombra del escenario parecían nuevos, de un rojo profundo, con guardas negras y doradas.

Se sentó un momento en la silla que habían puesto para él en el centro del escenario, y toqué, tímidamente, un poco de *Adiós Nonino*. Tan potente y tan perfecta le pareció la acústica desde allí, que no pude continuar por la emoción. No podría decir que entonces se sintió feliz, porque los nervios en desarrollo se lo impedían, pero sí podría decir que estaba gratamente impresionado, casi orgulloso de mi propio arte. Tantas veces había tocado esas mismas notas en mi propia alcoba, sin dejarlas sonar, que ahora el volumen y la reverberación de toda la sala le parecían casi sagradas, hasta el punto de temer por el concierto: si no lograba controlar la emoción, no terminaría los diecinueve temas.

Contradiciendo la costumbre, el alcalde María de Rodrigo fue uno de los primeros en llegar, con su esposa y media docena de alcahuetes rodeándolo y sonriéndole todo el tiempo, "como si de repente todos hubiesen perdido la inteligencia y el control de sus esfínteres" escribió el pájaro más tarde. Entre ellos, Ramabad pudo reconocer al checo, el hombre más alto de Calataid, al Trueque, dueño de la funeraria, al turco de la tienda Jerusalén y al ayudante del sastre, que por entonces estaba desesperado por un nuevo empleo y, decían, soñaba con un puesto en la alcaldía, por lo que con frecuencia se lo veía merodeando en los talleres y en las oficinas, siempre con una sonrisa amable en la boca y un paquetito de panecillos de pita en la mano, en procura de hacerse conocido y para estar al tanto de algún posible despido, que por lo general sólo llegaba con la muerte del funcionario.

La viuda me arrastró hasta el recién arribado grupito de notables. Casi al mismo tiempo, otros tres o cuatro amantes de la música hacían lo mismo. Todos iban vestidos con lo más fino de Marraquesh o del París de 1950. Las clases altas nunca pierden oportunidad de poner distancia con la chusma. Y qué mejor que echar mano a lo que está lejos del alcance de los pobres. No me refiero al talento o a la virtud moral, claro, porque, si se quiere, estas dos cosas están al alcance de cualquiera, como la hierba mala que crece al borde de las plazas de Calataid y que nadie quiere recoger. Me refiero a esa obligación que los idiotas de la alcurnia tienen con el lujo y la presunción. Por lo general, siempre se ven mejores por fuera que por dentro. Luego son respetados por lo que han robado, porque la gente juzga por lo que ve y no ve lo que juzga. Pero, ¿qué sabes tu? ¿Quién te dio sabiduría para hablar así?

—Supongo que no necesito presentar élo —dijo la viuda, tomando al Basilisco de un brazo y exponiéndolo ante la corte, como un regalo traído de América.

—Mucho gusto —dijo el alcalde, y le extendió brevemente la mano.

El Basilisco no sabía si había llegado a apretar en algún momento su mano de crío regordete. Sin mirarlo, el alcalde comenzó a hablar de sus proyectos culturales y religiosos para el año en curso. Le hablaba a una tribuna imaginaria, con los ojos perdidos en sí mismo, mientras una gotita de saliva, que la lengua no lograba reintroducir en la boca después de un veloz recorrido perimetral, amenazaba con deslizarse hasta el mentón-garganta, de un momento a otro. La pobre lengua hacía todo eso entre dos bravísimas pausas que no llegaban nunca a un silencio infinitesimal, sino que más bien eran rupturas en el tiempo, frases que superponían principios con finales. De aquellos cientos cincuenta quilos, en la lengua estaban los únicos cien gramos sin hueso que trabajaban, incluso por las noches, articulando palabras aún bajo una ola de vino caliente, repartiendo alimentos entre las dos filas de dientes, tajeada de vez en cuando por la voracidad de unas muelas afiladas y envenenadas por las caries, limpiando lo que no alcanzaba a entrar por los labios o lo que se escurría hacia fuera. Y nada de eso lo hacía por voluntad propia: no señor, un enorme estómago y una mayor vanidad competían por su control. En esto, el alcalde no podía disimular que venía de más abajo, porque para la alcurnia comer mucho era una muestra de mal gusto. A excepción de la clase trabajadora, que por lógica necesitaba más calorías en el esfuerzo diario de sostener a los exitosos holgazanes de más arriba, los únicos que compartían estos finos modales de austeridad digestiva eran los hambrientos de San Patricio, los habitantes de las cuevas allende camposanto, los pelosucio del barrio extramuros de Africana.

Inagotable, la pobre lengua del ejecutivo mencionó algo así como una exposición de artesanía sacra, un concurso de poesía en honor al pintor Fra Angélico y un libro sobre la historia verdadera de Calataid, escrito por el vástago menor del juez, René Caballero Salieri, aquí presente, quien aún no tenía ninguna línea en borrador pero bien valía la intención y sólo era cuestión de esperar. Siempre hay algún genio que aún no ha podido completar su brillante obra porque nunca tiene la suficiente paciencia para comenzarla, pensó Ramabad entonces, pero sólo me limité a comentar:

—Estoy seguro que el talento de René Caballero podrá completar pronto esa magnífica obra...

—Agradecido soy —dijo René Caballero, inclinándose con exagerada solemnidad y fingida modestia.

—¿E nos puede adelantar algún pensamiento? —pidió la viuda.

—Pues, aunque aún no tengo una sola línea escrita, tengo en mi mente el libro e en el mío espíritu el espíritu de Calataid.

—¿El título, tal vez? —sugirió la viuda.

—«*Historia y relación verdadera de Calataid*» —dijo—. Por el momento estyo recogiendo datos, recortes de diario, nombres, listas de almacén, decretos, memoria ajena, cartas e todo quello que puede ser útil para un escritor que pretende ser fiel a la verdad. Mas la verdad debe ser dicha con arte si quiere llegar al vulgo. Para ello, tengo pensado no cometer el erro de Leonardo da Vinci, cuando pintó *La última cena* e fizo tan fermosa obra que no pudo luego concluir con el rostro del Señor. Para facer quello inverso, yo escribiré la verdadera historia de Calataid desde la perspectiva e por la imperfecta mano de un ser inferior.

—¿Cómo es eso? —preguntó el alcalde, sorprendido y un poco desilusionado.

—Calataid no puede describirse con palabras, como el rostro de Jesús no puede pintarse con los colores que impresionan los ojos humanos. En mi libro resaltaré la grandeza e perfección de Calataid mirando éla con los ojos inferiores de un mendigo, de una mujer impura o tal vez dun perro, si es fábula el género que tendré de usar.

—Excelente idea —dijo el juez Caballero—. No tengo noticia que se tenga fecho algo semejante. Un perro rabioso que, ingrato del refugio de sus muros y paredes, reniega de Calataid e cuenta su versión falsa de los fechos. Pero como es un perro deforme, o un tonto, el lector sabrá de qué lado está la verdad.

El alcalde aprobó entusiasmado, sugiriendo que el narrador debía ser el antiguo alcalde Medina, quien destruyó parte de la muralla de Lázaro en 1949.

—O el ruso Rodinov —sugirió alguien más atrás.

—La alcaldía apoyará gustosamente dicho proyecto literario —concluyó el Jefe Comunal, sin advertir que alguien había dicho que él también escribía—, donde no sólo se dejará constancia e testimonio del noble pasado de Calataid, de nuestra grandiosa historia, mas también referirá todo quello más profundo de la condición humana... En fin, la alcaldía apoyará dicho proyecto literario e cultural

para que llegue a buen puerto e tenga a nos
así,
ciudadanos e ciudadanas de Calataid,
la Historia que merecen,
para ser recordada por nuestros fijos
para ser re-me-mo-ra-da
por nuestros nietos e
por qué no
para ser...

Un olor nauseabundo interrumpió su discurso político-poético, probablemente procedente de uno de sus admiradores que no pudo contener la emoción de estar tan cerca del alcalde don María de Rodrigo. Pero el Jefe Comunal no podía perder oportunidad de retocar su fama de buen orador y mejor Estadista al servicio de su pueblo, recordando siempre —hasta el hastío y ahora hasta con estoicismo— cada uno de los logros recientes y, por qué no, no tan recientes, de su administración. De vez en cuando, Ramabad intentaba hacer algún comentario, aprobando los futuros proyectos culturales, que hasta la fecha habían brillado por su ausencia, pero nadie podía escucharlo. Los asistentes sólo tenían ojos y oídos para el alcalde. Sus bocas semiabiertas y alternativamente sonrientes, sus culos flojos, sus hombros un poco contraídos y sus cabezas ligeramente adelantadas, un poco hacia abajo, más abajo, tanto que hasta el checo tenía que levantar los ojos para mirar al alcalde, como si cada uno quisiera regalarle a su protector unos centímetros de su propia estatura, de su propia existencia. Muchos lo criticaban por la pobreza generalizada de Calataid y los excesivos gastos que hacían sus secretarios y las familias más influyentes del centro. Pero apenas lo veían, en una fiesta pública o paseándose en su carruaje por San Patricio, decían haber visto la mirada de Dios y le agradecían el constante interés que tenía por los pobres y la solidaridad de su alma generosa con el dolor de los enfermos abandonados de extramuros.

FINALMENTE FUERON OCUPANDO SUS ASIENTOS, no sin antes besar efusivamente la mano del alcalde María de Rodrigo, sin percatarse que la dueña del cine y el músico todavía seguíamos allí, esperando, como dos floreros de pié. Pero como Ramabad también quiso ser recíproco, se retiró sin reverencia, lo que fue interpretado, correctamente, como una actitud orgullosa de su parte. Pero a mí no se me aflojaba el pescuezo ni el culo cuando estaba ante la nobleza, y eso era lo único que no podía evitar. Lo único que no debe olvidar un artista.

No obstante la fuerza provisoria que confiere la soberbia, Ramabad se sintió incómodo, más ofuscado que nervioso. La viuda lo advirtió y le pidió que se relajase. Llevé élo fasta la sala de estar e invité con unos habanos que tenía, desde hacía años, esperando una gran ocasión entre algunas botellas vacías de licor. Fumaron los dos, menos la florista, que seguía los acontecimientos desde la mesita de té primero y en la salita del proyector después. El olor y el humo de los habanos me hicieron bien al principio: estaba un poco mareado y desinhibido, pero cuando la florista me dijo que mirase por la ventanita y vio la sala llena de gente, comenzó a sentirse mal. Tenía náuseas, probablemente por los tres habanos que se había fumado de un saque. Pensé que en caso de recuperarme de esa borrachera de humo, tampoco tendría aire para terminar, y eso lo hizo ponerse peor aún.

—¿Qué pasa?— preguntaba la florista y la viuda al mismo tiempo— ¿Sos ya nervioso? ¿Tenes miedo?

Eran las ocho y un cuarto y el público pensaba que los hacía esperar de gusto. Ramabad pensó en lo mismo, así que, todavía con una insoportable sensación de vómito, le pidió a la viuda que lo anunciara porque iba a entrar.

No puedo decir que me impresionó ver tanta gente. Ni siquiera me impresionó el silencio que se hizo cuando yo entré. En realidad no sabía qué es lo que se acostumbraba cuando entra un músico al escenario, si se aplaude o se hace silencio. De cualquier forma, la gente del pueblo debíamos tener tan poca idea como él, por ello optamos por lo segundo, que de paso combinaba con su orgullo e con su desprecio para con nosotros.

El Basilisco comenzó a sentirse de excelente ánimo. Si había concurrido tanta gente —pensó— era porque de alguna forma todavía apreciaban y respetaban a un hijo de Salvador Uriburu. En primera fila estaban el alcuazil de María y el alcalde María de Rodrigo, descansando su enorme barriga y comiendo dátiles secos; el ingeniero Alberto de Rosas Ralston y su esposa Isabel, el clero, el doctor da Fatto Greenberg con su hijo y sus amigos, el pastor George Ruth Guerrero. En fin, los nombres más limpios del centro de Calataid en las dos primeras filas. Más atrás, los empleados de la alcaldía, la clase comerciante, el verdulero con su esposa y las hijas del nuevo cantinero. Y muy al fondo —ya en el terreno de las suposiciones, porque casi todas las luces estaban concentradas en el escenario y el público estaba en penumbras— era yo, el sepulturero, con mi familia y con la viuda del Luzardo. Don Juanito y su hija enferma, Carmen con su perrito, el vasco Josef, Los Lucía Carbajales de la panadería Azul de San Pedro, Xavier y Laurito de la bodega García, los secretarios del escribano Fuentes... Calculé por lo menos quinientas personas, lo que significaba que, a partir de aquella noche, yo iba a pasar a ser tan popular como el pastor Guerrero o don Vico Matamoros. Tal vez el alcalde me llamaría para pedirme su apoyo en las próximas elecciones, a cambio de un cargo más digno en la administración, como el de director del Departamento de Cultura. Y yo, a diferencia de mi padre, se lo aceptaría sin escrúpulos. Trabajaría menos, ganaría más y tendría el tiempo suficiente para perfeccionar su música. Al fin y al cabo, un artista debe realizar su arte a cualquier precio. ¿No tenía razón Wagner cuando decía que la humanidad tenía la obligación de mantenerlo? Sobre todo si pensamos que siempre hubo tanto príncipe inútil que jamás dejaron algo parecido a *Thänhauser*.

No había comenzado a tocar y ya se imaginaba detrás de la puerta de su madre, contándole del éxito de su primer concierto. Pero las cosas no salieron como había pensado. La sala estaba llena, repleta, algunos habíamos quedado parados al fondo y no cabía un alma más. Todo lo que no evitó el fracaso. Mejor dicho, tanta gente fue el motivo del fracaso, porque si hubieran concurrido diez o veinte personas no habrían tenido el valor de comportarse como se comportaron, demostrando una muy pobre cultura musical y peor educación aún. Ramabad olvidó el orden inicial del programa y comenzó a tocar *Nocturne* y después *Für Elise*, una melodía curada de rechazos, según él, pero que no convenció.

Lo peor empezó con *Adiós Nonino*. Como todo el mundo debe saber, para tocar y para escuchar cualquier tema —y especialmente ese—, es necesario un fondo de absoluto silencio; pero la gente del pueblo no estaba acostumbrada a escuchar música, y menos en silencio. Que yo recuerde, mi ejecución no fue mala; no me pesaba el mareo de los habanos y diría que la vista de la sala repleta me había puesto eufórico. Pero, a la altura del tercer tema, un murmullo de fondo comenzó a hacerse sentir. Poco después comenzaron a hablar en voz baja primero y después como si estuvieran en un estadio romano, sacándolo de concentración, de forma que comenzó a errar las notas; perdió el ritmo y tuvo que recomenzar varias veces. Me di cuenta que la gente había ido a escuchar al loco de la corneta, no al músico que sabía convertir en jazz cualquier cosa. A pesar de que nadie entendía nada de música, era evidente para todos que Ramabad se estaba equivocando y comenzaba a ponerse nervioso. Momento preciso e ideal para comenzar a soltar la carcajada. Entre el sudor y la baba de su trompeta, pudo ver al alcalde reclinando sus ciento cincuenta kilos sobre el respaldo de su sillón, abriendo hacia arriba una risotada enorme, como si esperase que le cayera justo allí un higo del techo, secundado por su habitual séquito de alcahuetes y tirapedos, que lo acompañaron en esa muestra de mala educación, como otras veces lo acompañaron a cazar necios en las noches de carnaval político. Y como la risa es contagiosa, y porque todo el mundo parecía dispuesto a crucificar al insolente que se pretendía artista, ocupando su cabeza y los días con una práctica inútil y peligrosa, a todas luces foránea e incomprensible, como ellos mismos, comenzamos todos a reír a cuello de garganta. El perrito de la Carmen comenzó a ladrar nervioso y se le soltó de las manos. Saltó por un pasillo y fue a ladrarle al trompetista, que persistía aún en su esfuerzo por disimular el ridículo que estaba haciendo. Varios rapaces corrieron detrás intentando agarrarlo pero el animalito se metió por debajo de los asientos y todo el público comenzó a saltar de un lado para el otro.

La florista se quedó llorando en un rincón, tapándose la cara, incapaz también ella de huir y dejarme solo.

Comprobé para siempre la superioridad de la idiotez sobre la inteligencia, su fuerza incontestable.

Esa noche no quiso volver a su casa. Dejó la trompeta abandonada en la muralla y se metió en las vías del tren. No pensaba en nada; se movía como una hoja seca se mueve al impulso del viento. Si esa noche hubiese llegado el tren...

Ser músico tiene sus inconvenientes, pensó. Los escritores pueden despuntar el vicio en un rincón silencioso, sin que nadie se entere que está escribiendo y en qué va su arte. Pero cuando uno es músico, o pretende serlo, debe buscarse un lugar apartado para estar tranquilo, para que nadie se entere de los tropezones y de los malos pasos que da en su camino a la perfección. Aunque, de cualquier forma, por el solo hecho de ausentarse no pueda esconder que en ese momento se está dedicando al fracaso. Los escritores fracasaban en silencio, mientras que cuando un músico fracasa debe hacerlo en público, como esa noche. Peor que la humillación sólo la muerte. Hubiese querido desaparecer, sí, dormirme y ya no despertar jamás. La noche era tan oscura que ni siquiera podía verme los zapatos, moviéndose abajo, todavía con el brillo del lustre, tropezando de vez en cuando con los durmientes.

Sin embrago, de a poco, algunas ideas le fueron subiendo a la cabeza, como si brotaran desde los pies que comenzaban a picarme. Comencé a pensar que debía irme, definitivamente. De alguna forma ellos mismos le sacudieron la funesta idea de quedarse en Calataid, para triunfar en otra parte del mundo. Hasta se sintió liberado de la incertidumbre de otros días y de la horrible certeza de que allí sería feliz. Otra vez se reencontraría consigo mismo: volvería a mi alcoba a estudiar el plano de Nueva York, volvería a ensayar algo nuevo en mi trompeta o en mi cabeza y volvería a mirar por la ventana como la hacía antes, como si estuviese por emprender un largo viaje a las estrellas. Volvió a sentir la complicidad de su siempre fiel soledad. Su única compañera, a veces tan dura, a veces dulce, consuelo del despreciable tumulto, único alivio para la incomprensión ajena.

Entonces, de repente, se detuvo: supo que iba a robar el dinero del pasaje. Se dio vuelta y comenzó a caminar deprisa, casi corriendo, como si esa noche pudiese adelantar algo de un plan que todavía no estaba trazado. Supo que se lo robaría a la viuda Hanna, la única persona e toda Calataid que no lo denunciaría antes de tocar el Mediterráneo.

Cuando llegó a casa pensó que su madre estaba muerta. Abriría la puerta haciendo ruido y nadie me preguntaría cómo me había ido en el concierto ni adónde había estado después.

Pero entró sin hacer todo el ruido que hubiera querido y se fue a su alcoba. Ella no dijo nada, aunque estaba despierta. Abrió el plano de Nueva York, pero no pudo verlo. Sus ojos estaban allí, sobre Manhattan, pero su mente estaba en otro lado, a cinco metros, en la alcoba de su madre. No pudo concentrar atención donde quería y se fue hasta su puerta. Adentro estaba todo en silencio y por la puerta entornada se olía el vapor característico a alcanfor y a encierro. Intentó escuchar su respiración, pero no se oía nada. Mi madre estaba muerta o estaba despierta, atenta a mis movimientos, porque si estuviese dormida no haría tanto silencio. Repasó, sin querer, la memoria que tenía de esa alcoba, cuando su padre vivía y las ventanas se abrían de par en par, para que entrase el sol de la mañana y la brisa cálida y refrescante de un verano que Ramabad aspiraba como un fumador satisfecho, mientras descansaba la mirada en la lejanía de las dunas, más allá de los desparejos techos de Calataid, y luego se tendía cinco minutos al lado de su madre, recién salido de su cama y sin haberse cambiado aún el pijama blanco con rayas también blancas pero más brillantes. Pero desde aquel atardecer, que hubiera preferido ya haber borrado de su cabeza con el mismo fierro que mató al cantinero, las ventanas de esa alcoba quedaron como estaban, cerradas para siempre. Su padre tendido en la cama de huéspedes y su madre tapándolo con una sábana hasta la cabeza ensangrentada. Detrás de ella, un hombre joven, de bigotes claros y una mirada asustada. Años tras años aceptó ese recuerdo como un cuadro horrible pero sin un significado claro, como el cuadro de una bailarina de Degas que colgó siempre de su alcoba, desde que tuvo memoria, y que por haberlo visto siempre allí nunca se detuvo a pensar qué podía estar haciendo esa rapaza, inclinada sobre un pié (ahora pensaba que no se inclinaba para atarse los cordones del zapato, sino para ensayar uno de esos movimientos más propios del alma que del cuerpo humano). Nunca supo si su padre se había ahorcado o se había pegado un tiro. Sólo recordaba un estampido, como de revolver, sí, pero también era el estampido de un banco metálico que cae al suelo, como uno que todavía estaba en el sótano y que antes servía en el consultorio.

Se quedó inmóvil delante de la puerta entornada, pensando en esto último. Hasta que se dio cuenta que ella lo vigilaba, mejor de lo que él podía vigilarla a ella, y trató de retirarse sin hacer ruido. También pensó que ese silencio compartido significaba que ella estaba escuchando sus recuerdos y sus pensamientos. Que los compartía, que los aceptaba de alguna forma. *Que los callaba ella también.*

Antes del amanecer tenía las cosas claras. Decidió no volver más a su puesto de la alcaldía, lo cual también era una forma de venganza contra su madre. En cinco días debía llegar el tren y en ese breve tiempo debía conseguir lo que le faltaba para no frustrar su fuga definitiva.

El lunes siguiente, su ausencia se justificó por el espectáculo del pasado sábado, y sirvió de banquete en la oficina para comentar durante todo el día los detalles de su bochornosa presentación. Pero lo cierto es que nunca nadie se enteró de su decisión de mandarlos al demonio, porque a los pocos días apareció la peste mora y dos días después cerraron la alcaldía por razones de seguridad.

QUE YO RECUERDE, LOS PRIMEROS CASOS de peste mora aparecieron el martes, tres días después del concierto. El primero fue el diariero. La infección fue precedida por el agravamiento de su locura, por la reaparición de sus delirios en la esquina donde vendía diarios. La tarde anterior, había estado gritando viejas noticias de la guerra. Repetía esto mismo una y otra vez, como si quisiera vender desesperadamente los diarios que no había podido vender en meses, o como si nada le importase realmente y estuviera viendo un terrible espectáculo en la bóveda celeste. "¡El quinto jinete azota Babilonia!"

Por supuesto que este espectáculo lamentable ofuscó a muchos, comenzando por el alcuazil y siguiendo por el alcalde de Rodrigo que propuso retirarlo de su lugar tradicional y desplazarlo a San Patricio. Pero mientras discutían el tema, la peste se iba haciendo visible en la piel del loco, como si ya hubiese destruido su cerebro y se dispusiera a continuar con la destrucción del resto. Comenzaron saliéndole manchas moradas en todo el cuerpo, no más grandes que una moneda de diez centavos de franco, y luego se le fueron desparramando por todo el cuerpo, sin preferencia por alguna parte en especial, de modo que un día se le aparecían en los brazos así como otro día se le amontonaban en la cara, dejándole el aspecto de haber sido golpeado con furia por un demonio invisible. Las manchas no picaban, sino todo lo contrario: adonde aparecían, la carne dejaba de doler, como si se hubiese desparramado allí la anestesia del dentista.

Del diariero pasó don Eusebio, el del molino, quien había comprado un ejemplar de *La Aldaba* la semana anterior. De don Eusebio pasó a sus nietos, Rosa y Clara, de éstos a sus padres y a sus compañeros de juego, María, Lucas, Karl, Diego, a sus respectivos padres y a los hijos de los amigos de sus padres. Y así hasta alcanzar, antes que nada, todo el distrito de San Patricio, el barrio intramuros más pobre y más grande de Calataid. Mientras duró la peste, los gemidos se hicieron más violentos y perdieron la ambigüedad de los conocidos gemidos de Calataid.

Al poco tiempo de madurar, dos o tres días después, las manchas se abrían como una flor de pus y sangre, de modo que el enfermo no podía estarse quieto en ninguna posición sin ensuciar las sábanas y todo lo que tocaba con esa mezcla resbalosa de vida y muerte. Desde el comienzo el padre D'Ángelo dijo que ese había sido sólo una advertencia más, por la pérdida de fe de Calataid, y comparó las llagas con varios episodios de la Biblia. Cuando a Dieguito, el monaguillo, se le pegaron las mismas manchas por querer socorrer al caído en desgracia y atendiendo a las humanas enseñanzas de su maestro, un creyente profesional, éste volvió a insistir con su teoría de los infiernos, culpando también a su ayudante por haberse dejado tentar por el Heterodoxo en lugar de felicitarlo por su misericordia. No obstante, y según el poco creíble trovador Bacilicio Sertão, al padre lo carcomieron los celos, y no pudo soportar que aquel niño que años antes había entregado su ánima al representante de Dios hubiese mostrado algún tipo de debilidad por otro hombre. El monaguillo había aprendido a golpes lo que es el Amor, pero no había alcanzado a entender que la compasión por un caído en desgracia era algo que debía predicar para que otros hicieran el trabajo. Porque esa era la misión que Dios había puesto en los ministros y sacerdotes: *la administración de la palabra*. Olvidarlo, bajando al pueblo para confundirse con él, era una desautorización a las leyes divinas, un desprecio al cuidado de la pureza del verbo, un acto de onanismo.

El pastor Ruth Guerrero no se opuso esta vez a las interpretaciones de su adversario, y recordó que la peste había comenzado en San Patricio, precisamente donde estaba el barrio amarillo de los solteros y los sanatorios de las viudas, santuarios del Heterodoxo, mal nombrado uno de ellos como casa de Santa Teresa, templo éxtasis místico y de peregrinaje de los camelleros de Libia y de Malí. Recordó también, en sus oraciones, en su arenga del domingo siguiente, que mucho tiempo antes el Señor había estado enviando señales de advertencia, especialmente encarnada en los hijos defectuosos que inadvertidamente comenzaban a pulular por toda la ciudad, año tras año. Pero había sido necesario un hecho violento, una catástrofe, para que el pueblo entrara en razón y se volviese a los principios morales de la verdadera Fe. Recordó también, cuando un conocido hijo de Calataid (todos entendieron que se refería al carpintero Basilicio Sertão) un día se retiró de un servicio religioso diciendo que estaba cansado que la gente hablara en nombre de Dios; que Dios, si existía, no necesitaba intermediarios ni mucho menos ministros que corrigieran con sus interpretaciones sus propios escritos; que todos andaban con el Libro cerrado debajo del brazo gritando sus interpretaciones, que en los templos de Calataid no se leían las Sagradas Escrituras sino que se escuchaban comentarios autorizados; que si se leían, los ministros no soportaban perder el control de la interpretación ajena, como si el diablo hubiese inventado la duda y no Dios que creó seres pensantes, como si el diablo guiara las interpretaciones ajenas por el caos de la diversidad y la rebeldía. Caos demoníaco que se había instalado en San Patricio, dijo el pastor, en los sótanos y sobre todo en las casas de tolerancia de San Patricio, origen de la peste mora. ¿O alguien duda que las manchas comenzaron en una casa de tolerancia y después se extendieron por Solterona hasta cubrir casi todo San Patricio? ¿Alguien duda que los primeros en caer apestados eran mujeres de la mala vida, hombres de dudosas costumbres, los renegados de extramuros y los trovadores blasfemos que cantaron oscuridades contra Calataid, se burlaron de la autoridad y hubie-sen querido ver nuestro templo hundido en las mismas cisternas oscuras de la ciudad? ¿O nadie recuerda que uno de ellos, un alumbrado, dijo que la única iglesia que alumbraba era la que ardía?

Así que nadie puso reparos cuando el lunes siguiente se decidió expulsar de Calataid a los dos apestados. En principio, fueron enviados a la Alcalá, el falansterio abandonado por los franceses noventa años atrás, cuando el oasis de Abraham se secó y dejó de ser rentable la cría de ovejas.

El miércoles, con el cantar de los primeros gallos, una hora antes de salir el sol, pusieron los dos primeros apestados de patitas en Solterona, al naciente, más allá de camposanto, y les dijeron por dónde debían seguir camino, como si los infelices no lo supiesen de antemano o como si el alcuazil temiese algún tipo de resistencia. La desobediencia había sido erradicada de Calataid siglos atrás, pero nunca dejó de ser un monstruo temible que latía vivo debajo de las arenas, debajo de las oscuras cisternas de la ciudad, penetrando las espesas murallas, por el Este traficada en susurros por los camelleros, por el Oeste acarreada en letra impresa por el ferrocarril. Tampoco era el deseo de nadie obligar a los apestados a marchar a fuerza de palos, porque eso echaría por el piso la imagen de solidaridad que la gente del pueblo siempre tuvo de sí misma, rasgo característico que los diferenciaba abiertamente de los salvajes de la capital e, incluso, de los nuevos europeos de Europa.

Se calculó que los dos primeros expulsados servirían de ejemplo, lo que evitaría una expulsión forzosa en masa. Nadie conocía la Alcalá, a no ser de oídas, pero conocían perfectamente por dónde se iba. El diariero murió a poco de salir de la ciudad, según pudo ver Ramabad desde el mirador de su casa, y allí se quedó, porque el monaguillo no quiso o no pudo cargar con su cuerpo y siguió camino a la soledad, como se le había ordenado, para no perder también su alma. Su cuerpo permaneció donde cayó, tres días, consumido por los rayos del sol y con la peste dando cuenta de sus hermosos ojos celestes —decían—, antes que las hormigas y las moscas, casi antes que las avispas de cola roja, que reciclaban desperdicios para hacer una miel de sabor exquisito.

La teoría de la fundación de Calataid en el siglo V, la rival de Garama, era, quizás, la única que se encontraba apoyada en los huesos, en el hierro y las piedras. Sin embargo, la más aceptada por la mayoría remitía siempre a la leyenda de la Caballería Invencible, liderada por el duque de Alburquerque, súbdito del rey Fernando, para quien conquistó el puerto africano de Onan en 1509. Según esta versión cargada de olvido, el duque, en su lucha por expulsar a los últimos moros de Granada, había penetrado las narices de África con un ejército de cien nobles caballeros, a punta de lanza y espada, cortando cabezas y perforando pechos infieles, hasta que lo detuvo la soledad de un desierto sin enemigos. Dios los abandonó allí, como había abandonado a su Hijo en la cruz, por el pecado de descansar en sábado y pelear en domingo, confusión debida a la carrera imparable de los caballeros que, sin saber, adelantaron un día en el desierto de Barbería. Después de cuarenta días de tristeza y habiendo perdido las señales inmutables de las estrellas, una noche el duque fue visitado por Victoria Inmacvlada y con ella tuvo la primera generación de africanos blancos que debía registrar la historia. La reivindicación de sus hijos ante Dios sería mantener la pureza de la verdadera fe y la más alta de las morales, bajo cualquier circunstancia y bajo todas las tormentas del desierto que desolaban el inmenso océano de arena —prueba centenaria del pacto divino— hasta que el mundo necesitara de sus líderes y de su poderoso ejemplo.

«*Sin embargo* —escribió Salvador Uriburu—, *si analizamos en profundidad las características que se le atribuyen a Victoria Inmacvulada, fácilmente nos daremos cuenta que era una de las líderes de los alumbrados*».

Cartas de Isabel de la Cruz la mencionan huyendo de España en 1507, disfrazada de caballero armado. Su verdadero nombre era Victoria Covarru-bias, líder del ala más radical de la secta hereje. La Inquisición la persiguió hasta muchos años después de haber cruzado todas las fronteras y el Mediterráneo, pero nunca la pudo encontrar dentro de los dominios de los pueblos cristianos. Un acta de juicio menciona su captura en la isla del Fort Dalt Villa, en 1508, y la acusación contra su propio captor por haberse dejado seducir

por su belleza. Como si fuera necesario probar y, tal vez justificar secretamente el hecho, más abajo constaba una breve
descripción de su perfil, de sus ojos claros y de sus pies des-
calzos pisando espadas y rompiendo zapatos. No se mencionaba, en cambio, su voluntad varonil, sus preguntas filosas y
sus respuestas certeras como una saeta lanzada por un demonio. Los primeros humanistas de Europa habían apoyado al
movimiento liderado principalmente por mujeres como Victoria e Isabel, pero no habían consentido la promiscuidad
que sus líderes practicaron más tarde.

Por supuesto, los monjes rojos del siglo XVIII nunca
aceptaron la existencia de una alumbrada cabalgando por el
desierto junto a los caballeros de Fernando. En cambio, prefirieron la más improbable historia de Victoria Inmacvulada
para reconocer como madre fundadora de la ciudad santa.
Defendieron la idea de que todos sus habitantes eran hijos
del Duque y de la misteriosa mujer, sin reparar en las consecuencias incestuosas de su descendencia. Era mejor, decían,
que admitir el adulterio de la madre de todos nosotros con
un ejército de hombres perdidos en el desierto. Cualquier
contradicción se resolvía castigando a quien se atreviese a
cuestionar la santidad del duque y de su esposa, Inmacvlada.
En los libros de la iglesia de santa Isabel se conservaron por
mucho tiempo los registros de sucesivas quemas públicas de
libros y reliquias antiguas, pero no justificaciones de estos repetidos ataques a la memoria de Calataid.

Según el padre Juan II, quien llevó al papel la versión
de Inmacvlada en *Historia verídica de Calataid* (1873), el origen noble de la ciudad se demostraba no sólo por la forma de

hablar de la gente, contrastada luego con los nuevos inmigrantes españoles, sino también por la forma de montar de los antiguos pobladores. Unos viejos grabados descubiertos en una tumba sin nombre, abierta por la fuerza de una tormenta de arena alrededor del año 1890, dejó al descubierto un extenso libro al cual le fueron arrancadas casi todas las hojas, excepto las ilustraciones de doce jinetes en sus alazanes. Las magníficas ilustraciones fueron agregadas a las crónicas de Juan II, unos años después, en 1895. Dos décadas más tarde, los refugiados de la Guerra en Europa llevaron ilustraciones semejantes que confirmaron el hallazgo del siglo XIX: los caballeros nobles montaban con las piernas estiradas, mientras los salvajes musulmanes jineteaban como si estuviesen sentados sobre el animal o en posición fecal. Y no otra cosa hacían los más pobres que montaban en mulas, para evitar arrastrar los pies en le suelo. En cambio, y según los antiguos grabados, los más nobles habitantes de Calataid también posaban sobre sus alazanes, con las piernas estiradas. Probablemente lo hacían para evitar arrugar sus finos pantalones, pero el descubrimiento se identificó inmediatamente como una nueva prueba de la nobleza del origen de sus habitantes. Luego de la recuperación de los viejos tratados, en 1916, la antigua forma de montar fue imitada por los comerciantes más ricos, como forma de recuperar un antiguo rasgo de su nobleza. Al mismo tiempo, el precio de los alazanes de montar se duplicó, haciéndolos casi inaccesibles a sus dueños originales. El prestigio de los alazanes hizo oportunamente imposible la adopción de los nuevos automóviles. Y si el tren fue capaz de llegar a Calataid, no fue precisamente por voluntad de sus habitantes sino en contra de ellos y, quizás, por error.

En sus cuatro posibles orígenes, persistía la misma idea de que la fundación de Calataid había sido el resultado de la búsqueda humana de una sociedad perfecta. En el proceso de degradación de la humanidad, por primera vez la civilización giraba hacia el Este para reparar el proceso histórico que llevaba al fin de los tiempos, al caos y la destrucción. Pero esta perfección era refutada, no sin fastidio, por la proliferación de hijos defectuosos o minusválidos que, según decían los más viejos, era la característica de las últimas dos generaciones, concebidas, con honrosas excepciones, con pecado. O no concebidas, por un sospechoso aumento de la sodomía primero y de la soltería después.

SIN HABER VISTO NUNCA las ruinas cristianas, cárcel o falansterio, don Ferrando explicó con detalles una construcción que nunca conoció más que por las historias que de ella contaban sus abuelos. Casi todos en Calataid asumían su existencia y la llamaban la «Alcalá» —dijo— porque estaba en un lugar alto, y se decía que tenía dos pisos con novecientas seis ventanas vacías; lo que sin duda era una exageración, pero daba una idea del volumen del viejo edificio que cien años antes había albergado a los enfermos de la peste amarilla. Se decía que en sus orígenes había sido un falansterio, uno de esos enormes edificios donde los seguidores de Charles Fourier y Étienne Cabet, a mediados del siglo XIX, pretendieron organizar la felicidad lejos de las fétidas y venenosas industrias de Europa, lejos del creciente huracán del mercantilismo y la división injusta de clases. Había sido el primer falansterio de África hasta 1876, antes que una rebelión echara por tierra toda la teoría sobre la bondad de los humanos y los sobrevivientes terminaran fundando una aldea donde los dejó el cansancio de la huida. Lo que a la postre sería, según versiones apócrifas, la mismísima Calataid. Detrás de los socialistas desencantados llegaron nuevas sectas religiosas reclamando orígenes antiguos. Así que la proyectada felicidad en la tierra se convirtió en el conocido purgatorio, estación previa al Paraíso en el cielo. Es decir, se convirtió en el infierno tan temido, en opinión del pájaro. Pero como no hay santidad sin dolor y si martirio, la injusticia fue mejor tolerada y, en ocasiones, hasta preferible.

—En tres o cuatro días, el monaguillo habrá alcanzado el origen de la historia de Calataid —dijo don Ferrando, y las tres clientas que lo escuchaban advirtieron cierta envidia en la desgracia del joven pecador. Una imperdonable envidia de la desgracia ajena, comentaron después.

A LA MAÑANA SIGUIENTE, RAMABAD SE DESPERTÓ TEMPRANO, subió al mirador y miró hacia esa misma dirección. El diariero ya no estaba. Esperó a que acarase para confirmarlo. Ni siquiera el color gris de su traje. Tal vez el monaguillo volvió arrepentido, pensó; tal vez se lo comieron los perros del pueblo. Sólo sé que a media mañana, cuando fui al almacén, vi llegar a la sobrina rubia de don Ferrando, con las manos en alto y gritando "no está, no está, alguien se lo llevó". Y su padre yendo a su encuentro con su cuchillo de cortar quesos, diciendo que no podía ser.

—Digo vos que no es más do era —insistía Teresa.

—¿Mas viste bien, mujer? —insistía él, pasándose por el delantal el cuchillo que momentos antes había servido de limpiaúñas.

Enseguida se amontonaron los pocos clientes que quedaban, porque eran pocos los que aún se atrevían a comer verduras, ya que persistía la cuestión de que algunas legumbres podían absorber la peste y alojarla en su interior, haciendo inútil cualquier lavado a fondo. Incluso no faltó el especialista que sugiriera la necesidad de agregar sal al agua de riego. Y como la carne y la miel habían sido las primeras en ser erradicadas de las cocinas, se enriqueció la dieta con todo tipo de semillas y carozos, considerando que las nueces y las castañas tenían hasta dos años de haber chupado jugo de la tierra y por lo menos un año y medio de almacenadas, lo que provocó —se supo después— todo tipo de alteraciones en las costumbres sexuales.

—¡Las bestias! ¡Comieron élo las bestias! —gritaba una mujer desconocida en el pueblo, posiblemente una de las hijas del barraquero que se había dejado engordar después del segundo hijo y se había animado a salir a la calle aprovechando la confusión.

—No puede ser. Un vagabundo del desierto debió robar él —dijo la morena, antes de comentar en detalle la corbata y los zapatos que llevaba el diariero el día que lo expulsaron. Tampoco soportaba a esta mujer. Era una mujer alta y de pelo renegrido, con unos ojos grandes como se ven en las pinturas hindúes y con una boca de labios gruesos, casi perfectos, por los cuales salían durante todo el día millones de palabras. En su juventud debió ser muy parecida a Sofía Loren y se notaba que aún le quedaba algo de la costumbre de peinarse igual a la actriz italiana, aunque tal vez algo olvidada en el remedo después que el cine cerró y las revistas de moda dejaron de circular entre las modistas. La morena hablaba tanto que para llamar la alarma se callaba. Sobre esta costumbre, el pájaro, no sin burla, había escrito en una de sus flechas que cuando una persona habla demasiado es porque no tiene nada importante que decir.

Luego comenzaron a culparse unos a otros por el descuido, porque resultaba grave no saber dónde había ido a parar un muerto que todavía cargaba el virus de la peste. Podía estar en el pueblo, escondido, se quejaron muchos. Si no había vuelto por sus propios medios era porque alguien lo había ayudado; alguien se había robado el cadáver. Entre los sospechosos estaba, sin duda, Josef María Josef, el albañalero. Este hombre no sólo era un soltero de 54 años, y retraído, sino que además, se decía, era frecuentemente dominado por la depravada admiración hacia otros hombres. Nunca nadie comentó una sola vez sobre las costumbres domésticas del albañalero, pero no se descartaba que hubiese estado enamorado de Mihalil Rodinov, porque era bien sabido que a los hombres de su condición les atraen los ojos celestes y que cuando se fijan en un hombre pueden ser más apasionados que una mujer. Con la ventaja —según confesó en secreto un frustrado adúltero, don de Ferrando— que a diferencia de las mujeres, los amantes de su condición son los únicos que disfrutan con la penetración, a falta de clítoris.

Presionado por los rumores crecientes del pueblo, el alcuazil de María (ahora sin la necesidad de una orden del juez para allanar fincas y desplazando definitivamente al alcalde, a causa de las nuevas medidas excepcionales de seguridad) entró a la casa del albañalero y buscó al muerto por todos los rincones. Pero no encontró más que caños y pedazos de inodoros en reparación y, según dicen los curiosos que acompañaron al alcuazil en la intromisión, sólo logró dejar al Josef María Josef en un mar de llanto. No por el allanamiento, sino porque le recordaron la ausencia de Mihalil y la posibilidad de que el finado hubiese estado en su propia casa, como alguna vez se lo sugirió, protegido de la muerte y de las burlas del pueblo.

Yo había conocido al albañalero por algunos trabajos que había hecho en su casa, y si bien sabía que era propenso al llanto, nunca había notado nada de raro en él. El apellido paterno se lo había amputado con éxito y por despecho, reemplazándolo con el primer nombre Josef, enroque que enfureció aún más a sus progenitores. Por otra parte, el nombre masculino repetido no lo hacía más hombre sino todo lo contrario. También recordaba que le había llamado la atención que un hombre tan delicado se dedicara a destapar caños de mierda (esas excreciones que la vida hace de la muerte antes de la derrota final) y que no le hiciera asco abrir cámaras y pozos negros en busca de alguna obstrucción, cuando lo peor no era encontrar heces todavía frescas. Aunque seguramente él no tendría a las heces como lo más repugnante de este mundo. Se decía que para evitar estrechar su mano, la gente siempre le pagaba al contado, al tiempo que se lamentaban que su dinero, tarde o temprano, serviría para pagar vicios contra Dios y contra el Estado, por los cuales había estado preso dos veces aunque en ambos casos debió ser liberado a los pocos días, a falta de pruebas en su contra y luego de pagar en manoseos por parte de la guardia civil el delito que le imputaban los rumores anónimos. Pero no lo despreciaban sólo por esto sino porque, se decía, su larga experiencia entre las heces, propias y ajenas, lo habían dotado de un conocimiento demoníaco que le permitía inmiscuirse en la vida privada de sus clientes, adivinando la dieta, el estado de salud y hasta las costumbres sexuales de todo el mundo, incluidas la de santos célibes como el padre d'Ángelo que, se sabía, no podía soportar el peso de algunas confesiones ni las jovencitas liberales de Calataid podían soportar la tentación de confesarse con él, no por las virtudes físicas o morales del padre sino por sus supuestos defectos.

INCLUSO LA VIEJA TEORÍA del doctor Salvador Uriburu, sobre la contaminación de las aguas subterráneas por defectos de la red de albañales, se la habían atribuido a una larga mala praxis del albañalero, sin mencionar en ningún momento que su responsabilidad terminaba donde comenzaban las inexistentes obras públicas de la alcaldía. Aquella teoría también explicaba el resurgimiento periódico de algunas enfermedades, como la hepatitis y la fiebre de estómago que producía fuertes vómitos. Y probablemente también era la responsable de otros tipos de trastornos y alucinaciones de grandeza que se podía observar en la población sin necesidad de instrumentos especiales. Sin embargo, esta teoría nunca fue tomada en serio, ya que se trataba de una teoría y no de un hecho, como dijo el pastor George Guerrero, y no tiene sentido engañar a la gente y a los más jóvenes con meras teorías. El padre d'Ángelo, sin embargo, no descartó que el hecho —la peste— tuviese causas lógicas, porque esto no invalidaba la voluntad de Dios de que las cosas ocurrieran con una causa lógica. Las frecuentes apariciones de la Virgen en las paredes húmedas de Calataid, especialmente en la cara exterior de la muralla norte de San Jorge, tenían todas una causa lógica, pero no por ello dejaban de ser milagros, ya que la divinidad no podía permitir que se formara una imagen sagrada sólo por casualidad. Si permitía esto, era porque cada una contenía un mensaje, aunque nunca nadie supo cuál. Es decir, la peste era una señal, un milagro con un mensaje claro: la corrupción de los habitantes de Ciudad Calataid.

No obstante las públicas declaraciones de los dos principales líderes espirituales, quien monopolizó la admiración pública fue Akines, el predicador. De pronto, todos recordaron a este hombre enérgico, siempre vestido de impecable traje y sudando advertencias en el centro de la plaza Matriz, los sábados de mañana. Aquines Moria había predicho una invasión de langostas que oscurecerían el cielo seguida de una gran inundación causada por ochenta días de lluvia. Las predicciones habían comenzado poco después de su prédica, advirtiendo la escasez la progresiva de auditorio que había logrado los primeros días. Comprendió que quienes se paraban a escucharlo sólo eran curiosos que luego seguían camino sin ser tocados por la mano del Señor. Logró reunir trece jóvenes seguidores y fundó un pequeño templo en un depósito abandonado de San Patricio hasta que pudo alquilar un local más digno en Santiago, el cuarto más limpio de Calataid, a una cuadra del Convento de las Carmelitas. Pero con el transcurso de los años no logró superar la cifra inicial de seguidores y sus advertencias se fueron volviendo más directas. Comenzó a decir la verdad. Dejó de leer la Biblia en público y pasó a gritar sus aclaraciones. Estaba alumbrado por una furiosa elocuencia, un proselitismo rayano con el rencor y una camisa impecablemente blanca para contrastar con el mal y la inmoralidad del mundo ajeno. Una mañana de 1967, al pasar el doctor Uriburu distraído por el centro de la plaza, Aquines Moria le reprochó la cantidad de enfermos que había en Calataid. El doctor estuvo de acuerdo, pero esto enfureció aún más al predicador.

—¡Vos sos el responsable! —gritó— Vos no podés curar los cuerpos mientras vas perdiendo las almas. ¡Nunca naide vio vos en una iglesia!

—Así es —dijo el doctor—, yo creo en Dios.

—¡Vos no creés en Dios! ¡Yo sí creo en Dios! ¡Yo sí puedo demostrar que creo en Dios! ¡Yo sí demuestro cada día, a todo el pueblo, que creo en Dios! ¡Yo doy pruebas de mi Amor por Dios e Dios tiene mí dado pruebas de su Amor por mí! ¡El Señor tiene mí probado muchas veces e yo tengo éle demostrado mi inquebrantable fe, esa fe que no tiene su pueblo enfermo!

—Si tuviese tan verdadera fe, no tendría tanto miedo en perderla.

Las dos fatales respuestas del doctor fueron escuchadas por dos testigos más y se desparramó como reguero de pólvora. Fue entonces que el profeta Aquines Moria develó el mensaje de la peste, aunque nadie lo tomó en serio hasta que la peste estaba instalada en Calataid. Cuando todos recordaron la perseverancia virtuosa del profeta Aquines Moria, acudieron a él en busca de consejo y poco a poco su influencia en Calataid fue tal que puso en alerta al padre d'Ángelo y a Ruth Guerrero. Más pragmático, el alcalde lo llamó a su oficina con el objetivo de integrarlo a su grupo de secretarios. Esa noche el profeta Aquines Moria no se dejó comprar, pero le pidió al alcalde recursos para continuar la voluntad de Dios. El alcalde copió en su discurso su estilo vehemente, su imperturbable seguridad, su desesperada ambición de salvar almas, su imperiosa necesidad de juntar voluntades en una sola palabra, en un solo partido, el nuevo Partido por la Democracia y la Libertad.

Sin que nadie lo haya advertido —decía el pastor, santo varón que el Señor lo tenga en su Gloria—, las cosas cambiaron en algún momento. Al final del segundo milenio, ya no se buscaba la perfección, la sociedad próspera y justa, un anticipo del Paraíso en la Tierra, sino la salvación de la catástrofe. A tal punto habíamos llegado. ¡Tan próximos estábamos de que se cumpliera la profecía, el heroico destino de nuestro pueblo! El aire y los ríos se habían contaminado hasta hacerse insoportables; la libertad se había degenerado en más libertad; las armas de fuego eran cada vez más poderosas; el sexo se practicaba sin una razón... Lo mejor ya no estaba en el futuro, como decían los antiguos modernos, sino en el pasado, como decían las más antiguas escrituras, los olvidados profetas. Finalmente lo sabíamos, finalmente nos había sido confirmado, finalmente no quedaba lugar a dudas. Las sociedades no avanzaban, pese a la ilusión de la tecnología y sus luces de colores, sino que retrocedían. También para Calataid, se podría decir, todo tiempo pasado había sido mejor.

Il mondo invecchia
E invecciando intristisce

El pastor tenía una voz potente, noble. Cuando hablaba, los pilares de la iglesia hablaban con él y así parecía que no estuviera sólo en su cadalso sino en cada rincón del templo. Nos predicó domingo, lunes y martes, en aquellos días heroicos de 1978, en que Calataid estuvo a punto de desaparecer por la peste y fue salvada por el Milagro.

Cualquier cambio era peligroso, pero muchos no querían aceptarlo; cualquier pretendida y engañosa idea de mudanza del cuerpo y del espíritu era obra de Lucifer, un desafío a las Sagradas Escrituras, promesa vana de la serpiente del Edén. Recordó que los alumbrados, que se hacían llamar «humanistas», habían introducido en las cisternas de Calataid la idea del progreso de la historia y después otra barbaridad que atribuían a Aristóteles, sobre la evolución de los seres vivos. Idea que, se decía, había conquistado media Europa y la América del doctor Uriburu. Idea absurda que, no sólo emparentaba nos con los monos mas también quería facernos creer que los cabellos oro e los ojos esmeralda nos venían de los negros de Compasión. Absurdo, mas absurdo mudado en lógica, en la mente del doctor, quien dijo que si Dios tenía fecho a la mujer de una costilla del hombre también podía tener permitido al negro mudarse en blanco, ya que Dios solo podía querer quello mejor para sus fijos. Todo lo cual podría ser atendible (sobre todo conociendo las prácticas de los negros de Compasión por aclarar el color de su piel), pero contradecía toda la santa tradición de las cinco edades decadentes, producto del pecado original y reconocidas incluso por Hesíodo en la antigüedad pagana.

Mientras tanto el doctor da Fatto Greenberg, ampliamente más ignorante que su predecesor (lo que fue quedando en claro con el transcurso del tiempo y el avance indiferente de la epidemia), no supo descubrir qué peste era la que pronto iba a vaciar a Calataid. Ni siquiera supo ponerle un nombre, por lo cual todos conocimos aquello como la "peste mora". Su incapacidad científica fue bien recibida por la población y por el espíritu piadoso de las autoridades. Así que la conclusión, una vez más, quedó en manos del pueblo, y fue la siguiente: la peste mora había venido de afuera, y se trataba de una de esas pestes nuevas que cada tanto germinan en el mundo, cuando la población crece demasiado rápido a causa de la promiscuidad y de la liberación sexual de las mujeres, dos pecados que eran una sola característica de la humanidad al finalizar el milenio. El pecado de Calataid, como dijo el profeta Aquines Moria, había sido olvidar su destino original, su razón de ser, haber abierto las puertas al primer toque de aldaba, sin distinguir la mano que la mueve.

Una voz más científica propuso que la culpa debía ser de Nigeria, donde las mujeres tienen relaciones carnales con los monos. O de un experimento ruso, según el alcuazil de

María. Algunos más tímidos sugirieron la posibilidad de que la peste hubiese estado en el antiguo falansterio, consumiendo pequeños animales durante años, hasta que fue arrastrada hasta el pueblo por el viento o por las avispas de cola roja. Pero enseguida esta versión fue corregida por el farmacéutico, que recordó que algunos años atrás, cuando la ciudad gozaba de un pico de buena salud, en perjuicio de su propio negocio, el sepulturero se había arriesgado hasta la Alcalá en busca de los cadáveres del cuarenta, porque la alcaldía le pagaba por sepultura y de todos modos era un trabajo que había que hacer; y había regresado y aún seguía vivito y coleando. Mas su propio fijo puso en duda esta historia, argumentando, insolente, que los cadáveres que yo tenía exhumado no eran otra cosa que huesos de cabras que tenía encontrado en mi camino. Teoría que fue rechazada casi con violencia por la mayoría vociferante, no porque fuese poco razonable, sino porque había nacido de la cabeza de un hijo contra la de un padre, y esta posibilidad de la mentalidad moderna era, precisamente, lo que Calataid debía evitar, para que la genialidad (entendida como obra de un genio, humano o demoníaco, subversivo como todo individuo sin partido y sin religión) se transformase en costumbre.

Con el correr del tiempo, y por un lapso breve de días, unos pocos comenzaron a cuestionarse la teoría de que la peste había llegado con el tren. Algunos viejos comenzaron a manejar la pasibilidad de que ya estaba en Calataid desde hacía años. O por lo menos había estado incubando en el barrio de los solteros. El nombre de este barrio no era caprichoso: de hecho, aunque los solteros fuesen un número insignificante, aunque el olor que se percibía aquí no fuese más fuerte que el que había en el resto de la ciudad cuando en otoño se quemaban las hojas de los árboles, allí vivían hombres y mujeres solos, como Josef María Josef o como otros que no querían oír hablar de él; hombres y mujeres solos y sin votos de castidad, empeñados en vivir sin obligaciones, como adolescentes que se niegan a madurar. Y aunque no existía ninguna ley ni norma municipal que obligara a los solteros a mudarnos a esa zona periférica, según decía el alcalde, tarde o temprano aquellos que no conseguían marido o mujer terminaban mudándose allí. «Porque se automarginan» decía el alcuazil y la madre del Basilisco lo apoyaba con vehemencia cuando la nana se lo contaba. La mudanza ocurría, a más tardar, a los veintiséis años en los hombres y un poco más tarde en las mujeres, que después de cruzar los veinticuatro perdíamos toda esperanza de conseguir marido e ya comenzaban a pensar en conseguir una vivienda decorosa en la periferia. Estas edades límites tendían a disminuir con el tiempo, más probablemente por el miedo y la ansiedad creciente en la población más virtuosa del mundo, que por los beneficios que acarreaba esta costumbre. Los más viejos, como el abuelo de la verdulera, decían al oído que ése no era el barrio de los solteros, que estaba mal llamarlos así, y que más bien debían decir el «barrio de las mariposas". Para ser exactos —decía el viejo que ya ni reconocía a sus propios nietos—, en Calataid, los hombres e las mujeres della condición del albañalero son casi todos casados; o en buscansa de novia, para no tener que mudarse de barrio. Como era el caso de Mario, el hijo menor del doctor da Fatto Greenberg, que había conseguido comprometerse con la maestrita del segundo año, sin perder la compañía de Albita y sin abandonar la costumbre de ir al desierto por las noches, acompañado de sus amigos de siempre.

Se dijo que la peste mora debía estar ya en ese barrio, el barrio de los solteros, desde mucho antes. No porque los solteros fueran necesariamente promiscuos y sucios, ya que según pasaban los años iban perdiendo sus malas costumbres de la juventud, sino porque poco o nada se sabía de lo que ocurría en calle Solterona: las lavanderas con sus historias ajenas, las peleas impunes, los regulares camelleros de Libia y de Marruecos que transitaban por allí como sombras sin idioma, cada marzo y cada setiembre, con sus necesidades de errantes solitarios y sus dineros abundantes, producto del tráfico de ceda y hachís, camino a las famosas posadas de San Patricio. Y todo lo desconocido debe ser necesariamente sospechoso. «La virtud gusta pasearse al sol» decía un viejo refrán en Calataid, y quizás por eso todos sospechaban de la noche y de las calles estrechas, por las que solían correr hilos de agua podrida. Así que si había que buscar el origen del Mal debían comenzarse por buscar en aquellos que por alguna razón se escondían de la luz del pueblo, que habían aprendido los vicios del desierto y hablaban algarabía para satisfacer a sus clientes. Poco y nada se sabía de la intimidad de los solteros, hasta que moría alguno. Fue el caso del zapatero don Ramón, quien vivía en la antigua casa amarilla, esquina de Solterona y la Empedrada. Como el doctor oficial del centro no se ocupaba de toda la población por igual, sino que se debía a los clientes que pagaban por atraer su inútil alarma, nunca nadie se preguntó por la causa de la muerte del soltero de la casa amarilla. El pobre no debía tener más de cuarenta y representaba por lo menos sesenta y el pueblo dijo después que había pescado una peste mediterránea, cinco años atrás, en 1974, de los zapatos de un vendedor de libros que había llegado de Argel.

Luego de las discusiones iniciales (que llegaron al extremo de tensión cuando el mismo Josef María Josef se atrevió a dar su opinión en la Asamblea del jueves declarando que no había tal "peste mora"), se concluyó, por unanimidad práctica, que el mal había venido de afuera. Se resolvió prohibir el pasaje del tren por el pueblo, pero la votación no fue otra cosa que la manifestación de voluntad de un pueblo asustado, ya que aquella asamblea popular no tenía ni la mínima potestad para impedir el pasaje del tren de vuelta hacia Argel. Ni siquiera podía resolver cuánto tiempo menos debía permanecer en la estación, qué debía bajar de sus vagones y qué debía subir, ya que eso era resorte del Gobierno Central. Por otro lado, si el pueblo quería seguir sosteniendo su inexistencia, no podía de ninguna forma sugerir y mucho menos imponer una resolución en Argel. Algunos más jóvenes comprendieron la inutilidad de dicha asamblea y propusieron el bloqueo efectivo de las vías del ferrocarril, justo allí en la llamada "curva del muerto". Pero esta propuesta no llegó a materializarse por falta de voluntarios que se atrevieran a salir extramuros. Por su parte, los seguidores del pastor Guerrero propusieron negarle definitivamente la entrada a los camelleros, pero la asamblea consideró de mal gusto discutir en público el problema de San Patricio y, sin contradecir a los puritanos de San Jorge, resolvió votar afirmativamente sin afectar la clandestinidad de las peregrinaciones de los infieles a los templos del pecado. En su mayoría, os proponentes de esta medida radical ignoraban que el setenta y cinco por ciento del dinero que entraba en Calataid entraba por la puerta de atrás. Y si bien podían privarse un largo tiempo de los egresos que se llevaba el tren, no era tan fácil deshacerse de la incomodidad del comercio carnal que había proliferado en San Patricio durante siglos. Por otra parte, a nadie, ni siquiera al médico, se le ocurrió que el tren o los camelleros pudiesen traer la cura así como había traído la enfermedad y la impureza religiosa de los Ba'hai.

Cuando alguien le preguntaba al doctor da Fatto Greenberg qué debían hacer para prevenir más casos, el doctor decía:

—Pues, por agora nada. La enfermedad no tiene cura. Mejor es esperar a que la epidemia madure e acabe por morir ella sola.

Las metáforas del doctor conformaban a la gente y terminaban por convencerlo a él mismo. Hasta la peste negra y la peste amarilla tuvieron fin, decía, ¿por qué iría a durar para siempre la peste mora? Al fin de cuentas, la peste había llegado no sin justicia, ya que se trataba de un castigo divino como el fuego caído sobre Sodoma y Gomorra, sobre Hiroshima y Nagazaki.

Tampoco era casualidad —dicen que dijo el pastor George Guerrero, con sudor en la frente y las venas del pescuezo henchidas por el esfuerzo semanal de gritar desde su púlpito— que la peste apareciera catorce días después del horrendo crimen del cantinero y sólo dos días después del concierto de jazz, impúdicamente titulado «Música del Nuevo Mundo.» Si bien la decadencia moral del pueblo, alentada por la incomprensible permisividad de los viejos y la distracción bostezante de algunos fieles a la hora de las lecturas sagradas se había hecho evidente en los últimos años, el espectáculo en el que habían participado todos de alguna forma debía ser considerado como un hecho por demás simbólico. Y bien es sabido que la divinidad nunca se expresa directamente, ya que la naturaleza humana no podría soportarlo, sino a través de los símbolos y las metáforas. ¿Y qué más simbólico que el cine, el jazz y el tango que son lo opuesto a la Religión, al coro sacro y al pudor virtuoso?

Entonces pensé que si el diariero había sido el primero en caer, yo sería el próximo. Y si bien todavía no se le había manifestado la peste, ello sólo se debía a su fealdad o a su buena salud. También así lo debió entender el resto de la gente, porque cuando por casualidad se lo encontraban en la misma vereda, de inmediato cruzaban la calle, con más evidencia y desesperación que antes. Una noche apedrearon la puerta de su casa, la misma noche que le apareció al ingeniero Alberto de Rosas Ralston una de esas manchitas detrás de la oreja y su esposa, Isabel, casi se murió del disgusto. El mismo día, martes, se cerró la alcaldía hasta nuevo aviso y el juez Caballero, para evitar que el alcalde María de Rodrigo actuara sin su participación, dio orden de allanar la casa en busca de la trompeta. Previendo tal situación, Ramabad la había escondido varios días antes en el cielo raso de su alcoba, pero lo único que consiguió fue que los agentes destrozaran el techo para no volver a repararlo. Engancharon la trompeta con una varilla de hierro y la colocaron en una bolsa de nylon, impregnada en hipoclorito y alcohol. Por añadidura, también encontraron el plano de Nova York y, después de preguntarme varias veces para qué quería aquello y dónde lo había conseguido, se lo llevaron al alcuazil primero y al juez después, hasta que terminó incinerado en una esquina de la plaza Matriz junto con miles de libros y revistas encontrados en los sótanos de San Patricio.

Cuando estaba nervioso, el alcalde se contaba los dedos de la mano. Pero el viernes de noche, mientras intentaba leer algunas revistas salvadas del fuego de la Matriz, notó algo extraño: tenía nueve. Volvió a contar: nueve, otra vez. Entonces, repitió esta operación hasta que, abrumado por la evidencia, levantó la mirada hacia un cuadro de Goya y se quedó pensando. Siempre había creído que tenía diez dedos. ¿De dónde podía venirle esta convicción? Lo había visto en la demás gente. El ingeniero tenía diez, aunque no estaba del todo seguro, porque nunca se los había contado. Pero siempre hablaba del sistema decimal, o algo así. El ingeniero contaba muy bien y le había dicho que todo se repite de diez en diez porque teníamos diez dedos. Pero, ¿todos tenemos diez dedos?—se preguntó el alcalde, ahora algo nervioso. Él tenía nueve, y nunca nadie se lo había dicho. Tal vez lo habían disimulado, porque la gente siempre temía molestarlo. "En el fondo me tienen miedo" se dijo y sonrió orgulloso. Sin embargo, tampoco nadie le había dicho que tenía nueve dedos

cuando era un simple cantinero, en el club Libertad. Tal vez
la gente ya le tenía miedo. O tal vez perdió un dedo después
de que lo eligieron para alcalde. Toda esa gente alrededor,
manoseándolo, queriendo llevarse un recuerdo de él. ¿Pero
cuándo, exactamente, pudo haber perdido un dedo? Eso
duele mucho, o debe doler, por lo que difícilmente pueda
pasar inadvertido, ni por el que lo pierde ni por la demás
gente que está alrededor. O el dolor había sido tan intenso
que le había provocado amnesia, como cuando uno ve algo
que no quiere ver y se desmaya o despierta de la pesadilla. ¿O
estaba perdiendo los dedos de la mano como los diabéticos
pierden los dedos del pie, sin dolor? ¿Qué habría sido del
dedo perdido? ¿Cuál de las protuberancias que tenía en las
manos había sido alguna vez la raíz del dedo desaparecido?
Miró a su alrededor. Miró el cuadro: una mujer que sostenía
el ataúd con la sardina sonreía, mostraba cinco dedos en una
mano. La otra mano no se veía, pero es de suponer que también tenía cinco dedos, ya que la naturaleza animal suele ser
simétrica, sino en sus proporciones por lo menos en la cantidad de sus elementos que la componen. Aunque el corazón
era uno solo y no estaba al medio, como la nariz o el pene.
Estaba desviado, un poco inclinado, prueba quizás de su imperfección y del desorden de todos los sentimientos que salían o pasaban por sus válvulas: amores, odios, alegrías,
tristezas... Un verdadero caos. Pero salvo este detalle, el resto
de la naturaleza es simétrica: los hombres, las mujeres, los trenes y las hojas de los árboles. Apenas terminó este razonamiento se sintió feliz: en realidad parecía muy inteligente.
Por algo lo habían elegido gobernador de toda la ciudad, es

decir, de todo ser humano conocido a la redonda. Si no fuese por el desierto que los rodea, sería gobernador también de las aldeas vecinas. Tendría un imperio. También el vicealcalde, quien siempre se encargaba de todo y quien lo impulsó a meterse en política, decía lo mismo. Había llegado a alcalde por su portentosa inteligencia y por sus habilidades oratorias. Se lo decía siempre el vicealcalde.

Uno, dos, tres... nueve. Se quitó los zapatos y volvió a contar: esta vez llegó hasta diez, no con alivio sino con un dejo de preocupación, porque la cifra alcanzada confirmaba que le faltaba un dedo en una de las manos. Volvió a sus manos y contó al revés, procurando determinar en qué mano faltaba el dedo en cuestión. Nueve, ocho, siete... uno. Estaban todos. No, había procedido mal. Debía comenzar por diez y si llegaba a dos, era porque realmente le faltaba un dedo y, de paso, sabría a qué mano había pertenecido. Volvió a contar y descubrió que le faltaba uno en la mano izquierda. Aunque todo eso era discutible, como decidir cuándo empezará el nuevo milenio, si en el dos mil o en el dos mil uno. Todo depende si consideramos que existe un año cero, que no existe, como no existe un dedo cero, sino que se empieza por el uno... ¿Y si realmente le faltaba un dedo? Claro, no lo había notado antes porque siempre firmaba con el pulgar de la derecha. Miró las dos manos a la mayor distancia que le permitían los brazos y comparó una con otra: le faltaba el índice izquierdo, lo que demostraba las limitaciones de la lógica matemática. Donde faltaba había quedado una especie de joroba. La mano se parecía más bien a una especie de cisne. Lo sabía por las fotos de los libros que estaban en los sótanos de la comuna. Se sintió molesto: si hubiese descubierto un dedo de más, sería otra cosa. Tal vez se hubiese sentido orgulloso. Pero un dedo de menos lo inquietaba, y no sabía por qué. Por un momento, se le cruzó la idea de obligar a sus funcionarios a tener no más de nueve dedos, sumados en ambas manos, pero la desechó enseguida, diciéndose a sí mismo y en voz baja, que él era un gobernante democrático y tolerante. Mandar cortar dedos sin una justificación era una práctica salvaje de los camelleros que hablaban algarabía. Claro, podría encontrar una razón. Siempre hay una razón para todo. Los evasores de alcabales, por ejemplo, merecían un castigo justo y ejemplar. Bastaba con un decreto que la asamblea discutiría acaloradamente dos o tres meses para finalmente confirmar una medida tan necesaria. Es mejor perder un dedo y no la mano, una muela y no la cabeza. Así la mitad de la población carecería de un dedo... Pero sería la mitad menos orgullosa y él pertenecería a ese ingrato grupo de malditos. Por lo tanto, mejor proceder al revés. Podría ascender de rango a todos aquellos que carecieran de un dedo, al menos. Eso sí. Eso sería algo positivo, porque enseñaría a los demás que lo importante en la vida es la superación personal a partir de alguna carencia. Y pronto esa carencia terminaría por convertirse en una virtud, en un signo de distinción. Sí, ya sabía, como siempre uno trataba de distinguirse de los pobres, de los infradotados, pero ellos siempre terminaban por imitar las costumbres de los nobles. Seguramente en pocos años todo el mundo terminará por cortarse un dedo. Maldición, dijo golpeando la mesa con su mano de cinco dedos.

Quiso pensar en otra cosa. De debajo de una pila de papeles viejos, tomó un *La Aldaba* de 1974. En la página de atrás el loco de la corneta había puesto una larga cita de Martin Heidegger. Leyó con la desconfianza habitual en esos casos: FENOMENOLOGÍA DEL ESPÍRITU DE HEGEL. Estaba en alemán. O en un español antiguo, de ahí su dificultad, con esas horribles *lo, las, les, los* que sólo servían para confundir.

«Si sólo al final el saber absoluto es de una forma total él mismo, saber que sabe, y si es esto al devenir tal, en tanto llega a sí mismo, pero sólo lo llega a sí mismo en tanto el saber se deviene otro, entonces en el inicio de su andadura hacia sí mismo aún no debe estarlo en y consigo mismo. Todavía debe ser otro y, es más, incluso sin todavía haber devenido otro. El saber absoluto debe ser otro al inicio de la experiencia que la conciencia hace consigo misma, experiencia que, más aún, no es otra que el movimiento, la historia donde acontece el llegar-a-sí-mismo en el devenir-se-otro».

Limpió los lentes y tomó un lápiz para corregir los errores gramaticales:

«Así pues, si en su fenomenología el saber debe ~~hacer~~ consigo la experiencia en la que experimenta ~~lo~~ que no es ~~y lo~~ E que justamente en ~~ello~~ es con él, entonces ~~ello~~ sólo puede ser así si el saber mismo que hace (cumple) la ~~experiencia, de alguna manera ya es saber absoluto.~~ Martín Heidegger...»

Miró el dedo que no estaba. No podía olvidarse de él tan fácilmente, como alguien que despierta de una pesadilla y se da cuenta que es real. Decidió cerrar *La Aldaba* cuatro o cinco años atrás por esos excesivos errores gramaticales, previa votación de la Asamblea. Luego, revisó los programas de educación para recuperar los valores perdidos, el espíritu original de Calataid, reserva moral del mundo en los oscuros tiempos que han de venir, anunciados largamente por el doctor Uriburu, quien se pegó un tiro en la boca para acallar su propia voz. Eliminé la falsa educación reproductiva, la blasfema teoría de la evolución e todas las demás teorías, e mudé éllas por la enseñanza de los *fechos*. «FACTOS E NO TEORÍAS» fue la lema de esa campaña, inspiración de nuestro pastor George Ruth Guerrero. E si bien la Asamblea se resistió, como siempre, finalmente comprendió la sabia medida e fasta los más progresistas prefirieron perder un ojo a quedarse ciegos. Mas tanto esfuerzo no fue suficiente, e agora la ciudad paga las consecuencias por su falta de fe.

Una mujer que lloraba o se reía lo sacó de sus cavilaciones. Era un llanto breve y ahogado que venía del otro lado de la puerta del corredor; un gemido que se repitió como en un eco reprimido. Abrió e hizo silencio, pero no escuchó más nada. Volvió a cerrar la puerta, dejando del otro lado un suspiro discreto.

Por la ventana vio varias columnas de humo negro que apresuraban el atardecer. Los vecinos habían decidido quemar colchones y cualquier elemento usado para descanso o placer. La quema colectiva provocó algunos incendios mayores que destruyeron pocas casas en Santiago y algunas más en San Patricio. De esta forma se completó la primera profecía de Aquines Moria.

CONTRADICIENDO LA TEORÍA DE LA INFECCIÓN FORÁNEA, yo no me enfermé. Pero la florista sí. Ocurrió poco antes de la malograda función de jazz, por aquel tiempo en que Ramabad ensayaba y ella pintaba de rodillas en el suelo el cartel que decía MÚSICA DEL NUEVO MUNDO. Fue por entonces que comencé a sentir los primeros síntomas. Al principio sólo eran pequeñas manchas, como una soriasis que enrojece pero no duele.

Ella tenía terror de que yo pudiese conocerla así —pensaba Ramabad—, y esperaba que con el correr de los días las manchas fueran desapareciendo. La viuda le regaló todo tipo de cremas y pomadas para la piel, algunas resecas en sus tubos desde hacía años, con la idea de que se trataba de un caso de acné virulento, algo de eso que se agarran los adolescentes cuando no tienen relaciones sexuales y la fuerza de la sangre supura las impurezas por algún otro lado. Pero cuando las pomadas no hicieron efecto y las manchas tomaron mayores dimensiones, se culpó a la alergia de las flores primero y a los nervios del concierto después. Las flores y el concierto pasaron e las manchas siguieron creciendo fasta tomarme casi todo un brazo e parte de la pierna izquierda, comenzando desde la rodilla, como si la enfermedad hubiese sido recogida del suelo mientras pintaba. Así que por último la viuda terminó diciendo que las manchas iban a desaparecer cuando la florista dejara de llevarle alarma, ya que los nervios que le producían la vista de su propio cuerpo manchado era la causa de las manchas.

Poco después del concierto murió el diariero y comenzaron a caer otros, a razón de dos o tres por día. Se los podía ver marchando rumbo a la Alcalá, todavía sin dificultades para caminar por sí solos y algunos sin muestras visibles de la enfermedad, porque era suficiente que alguien denunciara a su vecino, por haberle encontrado una mancha de uvas en un brazo, para que éste fuese obligado a marchar sin que el médico se atreviese a analizar en profundidad la manchita en cuestión. En este proceso, Calataid perdió casi la mitad de su población negra. Aunque en estos casos el síntoma principal no se percibía a simple vista, por la excesiva acumulación de melanina, se descubrió que la peste se manifestaba en el parpadeo nervioso de los enfermos. Los más higiénicos, como el sirviente de la mujer del alcalde, se salvaron de esta suerte. Entre los ciudadanos infestados pocos pudieron librarse del exilio. A algunos, como la ingeniero Alberto de Rosas Ralston y el juez David Caballero, se les permitió permanecer en sus propias casas con la única condición de no volver a salir hasta que se hubiesen recuperado del todo. Según las primeras estadísticas que sacó el doctor, los enfermos morían catorce días después de presentada la sintomatología, por lo que el exilio en la tapera no llegaba a ser cuarentena. Los contagiados debían morir mucho antes, aunque nadie supo nunca qué ocurría allí, porque los que volvieron no recordaban ni su nombre.

Fue por esta única razón, para evitar que enviaran a la florista a la tapera, que la escondí en el sótano del cine y la mantuve alejada del médico. La viuda era la única persona que lo sabía y probablemente todo el pueblo lo sospechaba. La ausencia de la florista en su puesto de la plaza no podía pasar desapercibida por nadie, pero nadie se atrevió nunca a buscarla, pensando seguramente que si estaba escondida en alguna parte del pueblo era mejor dejarla allí y no escarbar la madriguera procurando nuevos contagios. De hecho, mucha gente debía estar en la misma situación, como el propio hermano de la florista, que nunca dio señales de vida hasta que un día Ramabad lo encontró en el techo de la casa, arreglando un par de tejas que hacía años faltaban en la cumbrera. En cuanto a mi madre, fue como si nunca se hubiese enterado de la peste mora. Él prefirió no comentarle algo tan evidente y ella debió tomarlo como una omisión rebelde de su parte. Lo que, dicho sea de paso, lo alegró bastante, porque también sirvió para olvidar el fracaso y la humillación del concierto. Aunque en este caso "olvidar" sería como decir que no podía escuchar los alaridos del maquinista por el ruido estrepitoso del tren.

Por un lado, y si no tenía en cuenta a Lucerito, la peste lo alegraba secretamente, ya que había hecho temblar el inquebrantable orden de Calataid como nadie había podido hacerlo antes. Era como si ahora pudiese ir de un lugar para el otro de la ciudad sin que nadie me preguntase por qué no estaba en la alcaldía por la tarde o en mi casa por la noche. Por otro lado, sabía que el rigor de la Seguridad comenzaría a crecer hasta asfixiar ese aparente aire de liberación que respiraban sus pulmones, en medio de lo que debía considerarse un verdadero y desgraciado caos, y ello significaba que su situación se iría volviendo más vulnerable con el correr de los días. Aunque es probable que no haya tenido tiempo de ser consciente de esto último.

DETRÁS DE LA PANTALLA DEL CINE había un depósito lleno de parlantes viejos y sillones rotos. Y abajo estaba el sótano donde escondieron a la florista. Había sido construido cuarenta años antes, para que sirviese de refugio de las películas más viejas y las pertenencias de más valor. Pero como la tapa de entrada era demasiado pesada para la viuda, nadie más había vuelto a bajar por allí desde que murió mi esposo. La tapa era de hormigón, y se parecía más a la tapa de una cámara de saneamiento que a la entrada de un banco.

La primera vez que bajó lo hizo buscando un refugio para la florista, pero poco después pensó sacar rédito de aquel descubrimiento, recordando seguramente los antiguos rumores del pueblo sobre la presunta avaricia de mi marido.

—¿Está segura de la cajita de sándalo? —preguntaba él, mientras alcanzaba a mí otra de cartón. La viuda reconoció, emocionada hasta las lágrimas, fotos antiguas que ya había echado en el olvido.

El sótano-refugio tenía previsto un retrete y una ventilación mínima, que se abría y se cerraba girando un disco de estaño en el techo. Según la viuda, no había sido pensado para ninguna peste, sino que a su marido le gustaban los lugares apartados y silenciosos. Pero la verdad es que ambos habían traído sus miedos de Alemania, y no se habían conformado con cambiarse el apellido y huir al último rincón del mundo, sino que necesitaban también el último rincón de su propia casa.

—El mundo está lleno de peligros, pero está más lleno de miedos aún...

—Mi marido era tan bueno... Cuando saludaba parecía estuviera pidiendo disculpas para existir. En eso parecía mucho a tu padre. A tu padre entiendo, porque trabajaba con el dolor ajeno. Pero mi esposo... no sé; desde antes de escapar al África, nos dedicamos al cine... Quisimos ser alegres, porque no podíamos ser felices, mas no logramos quello. Por poco no logramos ser felices; fuimos divertidos en público e demasiado melancólicos cuando fuimos los dos solos. Mas queríamos nos e eso era todo quello que teníamos. Nada más que'llo. Ni siquiera teníamos el cine; el cine tenía a nos.

Cuando la florista bajó por primera vez lo hizo por sus propios medios. No pensaba que su enfermedad pudiera agravarse; y en parte tenía razón. Más bien parecía avergonzada por el hecho de estar sola con un hombre en aquel lugar oscuro, que arregló como si fuese la casa que ocuparía después de su casamiento. Nos alumbrábamos con unos candelabros de tres velas que la viuda le había dado para facilitar la búsqueda de sus libras esterlinas. Recordaba, como la peste, el entusiasmo humilde de la florista por inventar una verdadera alcoba, adornada con carpetas y puntillas en una mesa de luz improvisada con un cajón de películas, el que más tarde él mismo cambió por una mesita verdadera, otra donación de la viuda para que la pobre Lucerito completara su ajuar. Arriba había puesto una cajita de música muy simpática que había encontrado en algún baúl. Tilín-tilín, tin-tin-tin-tín, tin... tín, tin. Aquel Chopin hecho musiquita, un poco burdo, con el tiempo se le hizo terriblemente inolvidable. Creo que hasta llegué a contagiarme del amor de aquella pequeña criatura de sonrisa vergonzosa y mirada esquiva, en apariencia frágil, pero con un corazón más valiente que el mío.

Tal vez se enamoró de la florista a fuerza de verla todos los días, esperándolo siempre con ansiedad, más preocupada por la mala suerte del músico que por su propia enfermedad. Cada día lo esperaba con una fantasía nueva. Trataba de hacerle creer que un día el pueblo terminaría reconociendo tu arte, porque así habían sido los comienzos de todos los artistas que estaban en las enciclopedias de la Señora Hanna. Pero él hubiese querido decirle que en las enciclopedias estaban sólo aquellos que habían tenido éxito, aunque más no fuera después de la muerte. Al resto, la posteridad los junta en el olvido. Pero no pude. ¿Qué necesitad había de la verdad?

—De todas formas, aquí no hay futuro —dijo Ramabad— Lo mejor es irse lejos.

La florista levantó las cejas y lo miró.

—¿Lejos? —preguntó—. ¿Adónde? ¿Irías vos lejos de aquí?

Todavía puedo ver sus ojos brillando en la oscuridad, sus ojos todavía limpios. Casi diría que puedo verlos como si estuviese allí, ahora mismo. ¿A qué se debe esto? Aprieto los ojos con mis manos y al rato puedo verlo todo de nuevo. Miro para un lado, para el otro, más abajo, como si explorase. Allí están sus manos, una sobre la otra y la otra sobre su falda, a la altura del sexo. Tiene un vestido largo, tal vez rojo o violeta, con minúsculas flores blancas y amarillas. Sobre una pared baja una franja de luz. Puedo ver las imperfecciones de la pared, puedo contar los clavos que ya no sostienen cuadros.

¿A qué se debe esto? Puedo escuchar su voz diciendo ¿Adónde vas ir? ¿Adónde?

—Aquí no hay futuro, Lucerito.

Se lo dijo así, con una sonrisa nerviosa, como si en parte ni él estuviese seguro de lo que estaba diciendo.

—Mas... Vos tenés un puesto en la Administración.

—¿Un puesto?

—Sí, claro. Vos sos contador y...

—Lamento informar vos, querida, que no soy contador. Nunca fui a la Universidad.

—Entiendo. Mas...

—Bien, ¿mas qué?

—Mas, es como si fueras. Tenés un puesto en la Administración, la gente respeta vos. Yo misma quisiera trabajar allí, en tu oficina. Faría la limpieza e ordenaría todos tus papeles para que no tengas tanto trabajo.

—¿Eso querrías para tu vida?

—¿Quién no? —dijo, como si se confesara, entre feliz y avergonzada.

La florista solía ponerlo entre la espada y la pared; tal vez porque sus certezas no eran tan ciertas o tal vez porque ella comenzaba a tener sobre sus ideas la influencia que nadie antes había tenido, la influencia invisible pero decisiva que, dicen, tienen todas las mujeres sobre los hombres. Pero él era un lobo estepario y no aceptaba, tan fácilmente, cambios en su forma de ver las cosas bajo la luna. Entonces buscaba algo que hacer a su alrededor: le daba cuerda a la cajita de música y levantaba la tapa. Era una emoción pequeñita, como sus manos.

—Yo no —insistió él, recuperando la impaciencia—. Resisto a la idea de hacer carrera en ese nido de serpientes. ¿Qué piensas que significa eso? Cada cinco años recibiré el cinco por ciento de aumento salarial hasta lograr a la tan ansiada jubilación. Antes o después, la muerte. Allí donde gustaría vos trabajar es lleno de gente que desde hace años vuelve como un reloj al mismo lugar, suspirando por los días y los años que faltan ellos para jubilarse. Mientras tanto gozan de su bendita seguridad. Seguridad, como la muerte misma. La única misión es durar y perdurar, disimular las horas que pasan interminables cada día, mirar como enfermos el sucio reloj de la pared. Buscar la mejor forma de matar el tiempo, como si no fuese el tiempo quien mata a nosotros. Nada de eso yo tenía pensado para mi vida, puedo vos jurar.

—¿Mas, adónde pensás vos ir?

—Dije vós que lejos. A Argel, o tal vez a Nova York.

La florista hizo un largo silencio pero no se rió. Dijo que todo eso queda muy lejos y bajó la vista al suelo, como si quisiera ocultar la emoción triste de sus ojos. Tenía miedo que también él estuviese loco, que en cualquier momento la golpeara con la cajita de música que tenía en las manos, sopesándola nerviosamente.

—¿Cuál es más lejos?

—Nova York. Seguramente, dentro de poco iré contigo —dije, sin pensar lo que decía—, apenas estés repuesta y fortalecida para el viaje. Vos tampoco mereces esto.

A veces hablaba así, como si estuviese leyendo un libro o como si hablase con mi padre. Creo que lo hacía cuando me renacía el orgullo o el amor propio. Me preocupaba más el tono prolijo de mi voz que la tierra que a veces olvidaba debajo de las uñas. Todavía proyectaba ser alguien antes de acostumbrarme a mí mismo.

—¿Conmigo? —había dicho ella, y sus ojos parpadearon nerviosos. Luego se quedó pensativa, repitiendo para sí: —no sé, no sé...

Por un momento, no supe si yo mismo estaba inventando un viaje imposible, como ella, o si le estaba mintiendo, porque en el fondo no creía que la florista resistiera mucho tiempo más con esa peste, que cada día conquistaba una palma más de piel, aquí en una pierna o más allá cerca de un seno.

De repente, me levanto y comienzo a caminar por el sótano. Otra vez esa cobardía bajándome del pecho al estómago. Pienso si no la heredé de mi padre. Por un momento lo imagino a él sufriendo de la misma forma. O no es cobardía sino fobia, como decía él, fobia a no ser. Tengo miedo que las cosas vayan a más y me termine comprometido con la florista. Por un momento me imaginé con hijos, arreglando una casa vieja en el pueblo y enterrándome definitivamente en mi puesto de la alcaldía, soportando las bromas del hombre rata, los manoseos del ingeniero y los desplantes del alcalde. Silbando de noche a falta de un instrumento mejor. Había imaginado todo eso y, al terminar, un vértigo le corrió por dentro como un vaso de agua fría que se derrama en el estómago.

Mientras él se arrepentía de haber compartido ese secreto con alguien, la florista se quedaba mirando el suelo, con una leve sonrisa en la boca y los ojos quietos. Apretaba una rodilla contra la otra y alisaba la falda con ambas manos, como alisaba el mantel de la mesa cuando tomaban té. A veces, recorría con un dedo los contornos de una flor estampada en la tela, sobre todo cuando no conseguía decir lo que estaba pensando. La que se atrevió a cambiar de sueños fue ella, y de un futuro apacible de madre de pueblo pasó a las aventuras de un viaje que todavía era muy incierto, pero más romántico para un espíritu como el suyo, todavía no envejecido por el rigor de las costumbres de Calataid. También ella necesitaba huir de algo, y si bien nunca se había planteado la posibilidad de hacerlo, sólo se debía al hecho de ser hija y mujer de los Paz.

Al día siguiente, quizás después de horas de imaginar una nueva vida, dijo que en Argel estarían tres días para conocer el mar. ¿Debían decirle algo a la viuda o no? La pobre, que siempre había sido tan buena con ellos. Pero él no estaba muy dispuesto a revelar proyectos para que luego se frustrasen. Así que resolvieron dejarlo en silencio, hasta llegado el momento. Sólo más tarde, cuando ella se cansaba de imaginar barcos y pensiones cerca de un puerto sin nombre, preguntaba ¿mas de dónde vamos a sacar el dinero? A lo que él contestaba, tratando de que no se preocupase o que no sospechara nada sobre sus planes: No te preocupes, mujer, que de eso me encargo yo. Entonces ella se quedaba más tranquila, tal vez suponiendo que él tendría los ahorros que su madre le negó toda la vida. Sólo al final, Ramabad comprendió que a la florista no le había tomado mucho tiempo descubrir sus verdaderos planes.

—Bueno, ya es hora de descansar.

—Es cierto. Deben ser las diez de la noche —dice ella, casi sin aliento—. estyo cansada, e iso que casi no fago nada aquí abajo. Hoy encontré ese cuadro e colgué élo cerca de la escalera. ¿Parece vos bien el lugar? Porque estuve pensando que al bajar no es visto, e que mejor sería conseguir otro clavo para colgar élo de este lado. ¿No viste a mi hermano?

—No. Pero traeré vos noticias mañana.

—En realidad no importa. Agora mesmo debe ser borracho. ¿Sabes?, nunca tuve pensado que un día podía vivir lejos de Calataid. Tendría yo dicho ¿e de qué una va a vivir afuera, si no conoce a naides? Mas, ¿por qué no? Imagina cuando la gente sepa éllo. Creo que no voy poder dormir en toda la noche, pensando en el día del viaje. Aun no puedo nin imaginar cuándo será. Primero tengo mí que recuperar. A veces parece que voy a recuperar pronto, mas tengo marea bajo los pies. Todo da vueltas a mi rededor e no consigo saber dónde soy. E cuando pienso que estyo nel refugio, no consigo orientación, fasta que toco la mesita de luz e la pared del rosario. Entonces, en seguido pienso que si mi hermano supiese que estyo en un sótano e que visita mí un rapaz todos los días, molería mí a palos. Sería peor que tener estas manchas que no duelen, o que mandaran mí a la Alcalá. Por eso a veces pregunto vos por él. No porque tenga extrañanza dél, mas porque tengo miedo que mí descubra.

—No preocupés vos. No diré éle nada.

—Él pudiera ser mí buscando, mas no fagas vos caso. Si anda en mi buscanza no face élo por mí, mas porque precisa alguien que cuide de la casa —decía y le daba cuerda a su cajita de música— Ayer soñé que descubrían nos. Por esa escalera bajaban el alcuazil e mi hermano deatrás. Traían ramas en las manos. Mostraban mí las ramas como si fueran ramos de flores, mas pronto arrancaban dellas las fojas e las ramas trocaban en varas. Cuando estaban por castigar mí con ellas, desperté.

—No preocupes vos. Agora es a descansar —le decía él, muy resuelto, animándose a besarla en la frente.

Ella se conformaba con tan poco. Cerraba los ojos y se quedaba soñando. Tal vez soñaría que un día, sin querer, la besaría en los ojos, o un poquito más abajo. O tal vez se dormía pensando en el pájaro. Dejaba sonar su cajita de música hasta que se quedaba sin cuerda. Un poco antes ella se dormía; un poco después él se iba despacio, tratando de no hacer ruido, con esas pequeñas notas goteando todavía en su cabeza, una tras otra. Sí, esa musiquita que por mucho tiempo siguió sonando en sus oídos. Puedo escucharla. Puedo escuchar el traqueteo previo de la cuerda, el *tlin-ti-lín* de las agujitas sonando debajo de una pareja en miniatura, bailando un vals más bien triste, casi cursi, diría yo, pero con una emoción que nunca pude superar con toda la fuerza de mi trompeta.

También se recordó que Dionisio, el carpintero amigo del doctor Salvador Uriburu, había calculado en 1968 que, entendiendo una sola creación de la vida y múltiples destrucciones, el Arca de Noe debió tener el tamaño de Europa, resultado que, sin decirlo, ofendía por lo absurdo y por lo evidente. Según él y su secta, no quedaba otra posibilidad que aceptar que las pocas especies que habían sobrevivido del Diluvio hubiesen derivado en las casi infinitas especies que hoy pueblan el mundo. O no entender literalmente la historia de la barca de madera.

Por su parte, el pastor Clavijo, que estaba en contra de interpretar las Sagradas Escrituras, dijo, en una de sus arengas callejeras en el mercado de San Bartolomé, que debía leerse el Texto tal como estaba escrito; que si había algo improbable o ilógico mejor aún era, porque ello mostraba el poder de Dios y la fe de sus fieles seguidores. A lo que don Dionisio, de entre la multitud, respondió que estaba bien, que aceptaba el argumento, pero no encontraba entonces ningún sentido a las arengas y sermones donde curas y pastores se enredaban en acalorados monólogos, con los cuales pretendían convencer usando la demostración y la racionalidad de las Escrituras, cuando no la furia y el desprecio ajeno. Muy por el contrario, bastaría con leer los Libros sagrados, cada cual en la paz de su casa o en lugar silencioso, que no lo son las iglesias ni los mercados ni la plaza del centro, tal como creía haber leído decir a Jesu Christo en su modesta edición de tapas blandas de la Biblia. Pero el pastor Clavijo, blandiendo amenazante una biblia más grande y mejor encuadernada, con brillante dorado en el borde de sus páginas, respondió que en ello había terrible peligro, ya que la gente ignorante o la débil de espíritu tendía a interpretar cuando leía y, por ello, necesitaban la ayuda de un ministro de Dios para leer la verdad de forma literal, sin poner nada de cada uno donde sólo había Espíritu divino. Palabras que fueron recibidas con aplausos por parte de la muchedumbre, pero que no alcanzaron a conformar al hombre necio que desaprobaba sin poder acallar a sus vecinos. Cuando la gente se calmó, don Dionisio preguntó al predicador, sacándose el sobrero en falso gesto de modestia, si algo de todo aquello no era tal vez una interpretación, ya que nunca había leído en la Biblia esas mismas palabras. Lo que tal vez significaba que, en el fondo, más que las propias palabras que estaban escritas en el libro a aquel hombre, como a muchos otros de su clase y condición, les interesaba la administración de las lecturas y la imposición de su propia interpretación que pretendía confundir con la única lectura posible.

El silencio que siguió debió tomarlo como un premio o una aprobación a su cuestionamiento, pero no era así. El entrevero de palabras cayó vacío en la mente de sus vecinos que, a esa altura, oían con desconfianza, puesto que era sabido que los alumbrados y los renegados perdidos por el Heterodoxo solían tejer marañas donde caían las almas débiles. También el pastor contestó con el silencio, como el Señor había contestado a Pilatos, dijo, ya que la Verdad no era accesible a cualquiera y menos a un necio pecador. Se secó el abundante sudor que recorría su frente y sus mejillas y, con furia, advirtió que esas ideas, con evidentes ecos de cisternas y cavernas oscuras, que reclamaban más razón que fe, que entendían que la Verdad podía no ser Única como Dios y como Calataid y como la Iglesia Verdadera, eran la maldita herencia de los moros y los humanistas de Europa. La pluralidad y la ambigüedad, la duda y la confusión, eran los atributos del Heterodoxo que se oponían mortalmente a la unidad de la naturaleza divina, como el dos, número de lo femenino, se opone al uno y al tres, números de lo masculino y de lo celestial. La unidad de la verdad era todo aquello que, precisamente, distinguía y justificaba la creación y existencia de Calataid. Por culpa de las interpretaciones, en el mundo había tantas sectas y tantas iglesias herejes, todas basadas en el mismo Libro. Evidentemente, el peligro estaba en las lecturas, mientras la salvación estaba en las Escrituras. Para aludir a su contrincante, acabó su discurso aclarando que luego del Diluvio Dios había creado el resto de las especies que no entraron en la gran barca, y que cualquier duda sólo podía estar inspirada en Satanás.

Para cuando acabó, don Dionisio ya se había retirado, lo que fue interpretado como una demostración de su propia derrota. Pero, días después, un nuevo rumor observó que esta nueva creación declarada por el pastor Clavijo, casi tan importante como la primera y mucho más importante que los cantos del rey Salomón no aparecía mencionada por ninguna parte de las Escrituras, y que por lo tanto era herejía pretender agregar letra donde no la había. Y lo mismo, se decía, pensaban los alumbrados sobre la moral de los hombres. No podían entender, salió al cruce el padre d'Ángelo, como lo habían entendido los padres de la Iglesia y todos los profetas que, con el tiempo, la moral se degradaba, que nos alejábamos del recuerdo de los profetas, de los hombres que habían vivido sin pecado o habían vivido novecientos años como Matusalén. Por esa razón, dijo, cualquier cambio era una pérdida irreparable y no todos tenían la capacidad de comprenderlo. Al igual que pensaba el pastor Clavijo, el padre estuvo de acuerdo en que toda interpretación de la Biblia era una herejía imperdonable, como tachar y volver a escribir sobre las palabras sagradas, según la sensibilidad y la razón del entendimiento moderno. Toda interpretación del Libro (y de la naturaleza) era una forma de oscurecer lo que estaba claro, de pretender vanamente explicarle a Dios lo que había hecho. El Libro hablaba solo, o por la boca de sus profetas y de sus herederos, los ministros de la iglesia y los gobernantes elegidos por el Espíritu. Toda invención o creación artística, agregó el profeta Aquines Moria, en clara discrepancia con el pare d'Ángelo, era distracción o, peor, burla y ofensa a lo que ya estaba escrito por la mano de Dios. Todo tipo de arte y de especulación, que no fuera directa y estricta reproducción de la realidad, le debían al Heterodoxo su inspiración. Toda teoría se burlaba de la verdad escrita.

—Quello que enseñábamos los domingos era desafiado los otros seis días de la semana por los doctores del Caos, della novedad e la lujuria del inteleto.

—Como la descendencia dellos hombres del mono e como el movimiento elítico de la Tierra por un espacio vacío, orbitando alrededor de dos focos, uno dellos que ocupa el Sol y el otro la nada, la Luz e la oscuridad como si fueran iguales, la dualidad del demonio en un espacio sin límites, sin arriba nin abajo, es decir, sin Dios o con un dios a imagen e semejanza dun mono colgando de su cola.

—Si alguna novedad fuese verdadera o tuviese alguna importancia, tendría sido enseñada por Jesu Christo, nuestro Señor. Si los hombres descendemos dellos monos Él nos tuviese dicho élo mucho antes, como nos tuviese dicho que la Tierra no es el centro del Universo. Mas, en cambio, no era en el Libro ni una sola palabra desto e sí mucho dellotro. Era escrita nuestra obligación de conservar la Verdad, sin interpretaciones, la autoridad que Dios nos otorgó, cultivando la obediencia e la mortificación, quella que nos fablaba la más santa dellas mujeres, Santa Teresa de Ávila, cuando nos escribió: «*No creo que hay cosa en el mundo, que tanto dañe a un perlado, como no ser temido, y que piensen los súbditos que puedan tratar con él, como con igual, en especial para mujeres, que si una vez entiende que hay en el perlado tanta blandura... será dificultoso el gobernarlas*».

— Tantos pecados capitales tenían que terminar un día, por la prudencia dellos hombres de fe o por la ira de Dios. E preferimos quello primero.

CON EL PASO DE LOS AÑOS, y gracias a una atenta observación de sus clientes, el doctor Uriburu había descubierto que la mayoría de la población de Calataid carecía del origen europeo que alardeaba. En sus ojos, en sus manos, persistían los esclavos nígros que repararon las murallas en el siglo IX y seguramente los más antiguos esclavos que construyeron las cisternas en tiempos de Garama. En sus gestos rituales persistían los seguidores de Kahina, la sacerdotisa del desierto africano convertida al judaísmo antes de la llegada del Islam. Dentro de la minoría blanca, también la diversidad era notable, pero había sido puesta en suspenso mientras estaban ocupados en considerarse la clase representativa (y fundadora) del pueblo. Los mismos ojos azules podían encontrarse detrás de unos párpados rusos o detrás de otros irlandeses; los mismos cabellos rubios podían cubrir un cráneo germano u otro gallego. ¿Cómo era posible —había escrito Salvador Uriburu— que un pueblo tan diverso fuese tan racista y, al mismo tiempo, desbordara tanto patriotismo, tanto amor fanático por una misma bandera? ¿Cómo se puede venerar el conjunto y al mismo tiempo despreciar las partes que lo conforman? Al menos que la veneración patriótica no sea otra cosa que la Mentira Necesaria que una de las partes alimenta para usar a las otras partes en beneficio propio.

En una de sus últimas apariciones publicas, en mayo de 1967, en la sala de notables del club Libertad, el doctor Uriburu había ensayado un ejercicio que molestó a los nuevos tradicionalistas, una vez que fueron capaces de descifrar el cuestionamiento. Salvador Uriburu había dibujado, en una pizarra negra, una serie de al menos quince triángulos, círculos y cuadrados. Cuando preguntó a los presentes cuántos tipos de dibujos veían allí, todos estuvieron de acuerdo que veían tres. Cuando les pidió que eligieran uno de esos tres tipos, todos eligieron el grupo de los triángulos y el doctor volvió a preguntarles cuántos grupos veían en el grupo de triángulos. Todos dijeron que había, por lo menos, dos grupos; un grupo de triángulos isósceles y un grupo de triángulos rectángulos.

—Más o menos isósceles y más o menos rectángulos —dijo uno con perspicacia, advirtiendo que los dibujos no eran perfectos.

—Las figuras no son perfectas —confirmó Salvador Uriburu—, como los humanos. Y como los humanos todos vieron primeo las diferencias, aquello que las figuras tenían de diferente antes que ver lo que tenían en común.

—No es verdad —dijo alguien—; los triángulos tienen algo en común entre sí. Cada uno tiene tres lados, tres ángulos.

—También los círculos y los cuadrados tienen algo en común: todos son figuras geométricas. Pero nadie observó que también había un único grupo de dibujos, el grupo de las figuras geométricas.

Salvador Uriburu no puso nombres ni aclaró el ejemplo, como era su costumbre. A quien le caiga el sayo que se lo ponga. Pero después de meses de discutir la extraña y pedante exposición de las figuritas del doctor, el pastor George Ruth Guerrero llegó a la concusión que este tipo de pensamiento le venía al doctorcito de la secta de los humanistas y, seguramente, de los alumbrados.

—El grupo de las figuras geométricas —concluyó el pastor, con el índice erecto— representaba a la humanidad e cada grupo de figuras representaba una raza, una religión, una desviación e ansí sucesivamente. Los humanistas quieren facernos creer que la verdad no existe; que es igual la fe de los moros e de los judíos que la verdadera fe de los cristianos, la raza de los elegidos e la raza de los pecadores, la moral de nostros padres e la sodomía de los modernos, los vestidos de nostras mujeres e la desnudez impúdica de las nigerianas.

Lo acusaron de gnóstico. Se sabía, por rumores y por revistas llegadas de la Francia, que el Heterodoxo había conquistado el resto de Europa con una creencia insólita: la verdad no existía; cualquier herejía podía ser tomada como un sustituto de la verdadera fe y de la razón lógica. Y se decía que alguien intentaba introducir todo eso en Calataid.

La alusión fue directa, pero el doctor Uriburu no respondió. La última vez que entró en la sala de notables, en agosto de 1967, se esperaba que dijera que estaba a favor o en contra de esta superstición, que definiera, de una vez por todas, de qué lado estaba. En lugar de esto, salió con otra de sus figuras que no se correspondía con su profesión de científico, y mucho menos con la del creyente, lo que demostraba su irremediable descenso en el misticismo, en la secta de los alumbrados que, se decía, se reunía todos los jueves en una cámara desconocida de las antiguas cisternas.

—Una vez un hombre subió a una montaña de arena —dijo— y al llegar a la cumbre decidió que esa era la única montaña del desierto. Sin embargo, enseguida advirtió que otros habían hecho lo mismo, desde otras cumbres. Entonces dijo que la suya, la que estaba bajo sus pies, era la verdadera. Otro hombre, tal vez una mujer, decidió bajar de su duna y subió a otra, y luego a otra, hasta que comprendió (quizás sobre la duna más alta) que las dunas eran muchas, infinitas para sus fuerzas. Entonces, cansado, dijo que el desierto no era una duna de arena en particular, sino todas las dunas juntas. Dijo que había unas dunas más altas y otras más pequeñas, que un solo puñado de arena, de cualquiera de ellas, no representaba a una duna en particular sino a todo el desierto, pero que ninguno, como ninguna de las dunas, era el desierto, completamente. También dijo que las dunas se movían, que aquella duna verdadera, que permitía la única perspectiva del desierto y de sí misma, cambiaba permanentemente de tamaño y de lugar, y que ignorarlo era parte inseparable de cualquier verdad única. A diferencia de otro caminante exhausto, este descubrimiento no lo llevó a negar la existencia de todas las dunas, sino la pretensión arbitraria de que sólo había una en la inmensidad del desierto. Negó que un puñado de arena tuviera menos valor y menos permanencia que aquella duna arbitraria y pretenciosa. Es decir, negó unas ideas y afirmó otras; no fue indiferente a la eterna búsqueda de la verdad. Y por eso fue igualmente perseguido en nombre del desierto, hasta que una tormenta de arena puso fin a la disputa.

Un silencio indescriptible siguió al nuevo enigma del doctor. Luego un murmullo reprimido llenó la sala. Alguien tomó la palabra para anunciar el final de la reunión y recordó la fecha de la próxima. Sonó la campana; todos se levantaron y salieron sin saludarlo. Sabía que también les molestaba que dudase de la tolerancia y de la libertad de Calataid, recurriendo a metáforas como si fuese una víctima de la inquisición o viviese en tiempos del bárbaro Nerón.

Se quedó sentado, mirando por la ventana los viejos y rapaces que pasaban montando en bicicletas y no podían verlo, con las manos en los bolsillos de su saco, jugando con un puñado de arena. Perdió la razón veinte días después y se suicidó. Un extraño diagnóstico, de su puño y letra, concluía que Calataid padecía de "autismo social". Tal vez obsesionado con el crecimiento excesivo del cráneo de su hijo, había desarrollado una teoría social que pretendía justificar sus propios errores. El autismo, decían sus libros, es producto del crecimiento acelerado del cerebro que, en lugar de aumentar la inteligencia la reduce o la hace inútil debido a la presión de la masa encefálica contra las paredes del cráneo. Para el doctor Uriburu, más preocupado por la arqueología que por la biología, las murallas de Calataid habían provocado el mismo efecto con el crecimiento de su orgullo o de su población. Por lo tanto, era inútil pretender curar a los *individuos* si la sociedad estaba enferma. De hecho, suponer que la sociedad y los individuos son dos cosas diferentes es un artificio de la vista y de la medicina que identifica cuerpos, no espíritus. Y Calataid era incapaz de relacionar dos hechos diferentes con una explicación común. Más aún: era incapaz de reconocer su propia memoria, grabada escandalosamente en las piedras, en los vacíos húmedos de sus entrañas, y negada o encubierta por el más reciente invento de una tradición.

Pero qué tenía que haber pasado con aquel hombre que había amado tanto? Porque sólo se suicida alguien que ha dejado de amar, pensó, o sólo intuyó su hija en unos versos que no alcanzó a escribir. O por eso mismo, porque amar demasiado es peligroso, no es de este mundo. Nadie sobreviviría sin un mínimo de egoísmo, de hipocresía, sin un mínimo de porquería en su corazón. Los otros, aquellos que se animaron a sacar esa basura del roncón palpitante, murieron o se mataron por alguien o por todos o por nada. Pero jamás fueron reconocidos como santos. Por el contrario. Mejor así.

Por si no fuese suficiente esto último, el padre d'Ángelo y el alcuazil de María revelaron una conversación que habían tenido con el doctor Uriburu, un mes antes de su muerte y de su cremación, en 1967, en el café del árabe[1].

Cuando llegaron el cura y el alcuazil, acompañados por el monaguillo y dos rapaces más que debían cumplir la misión de testigos, Salvador Uriburu ya los estaba esperando, sentado a una mesita redonda al lado de una ventana que daba al mercado callejero de San Bartolomé. El doctor sabía para qué lo habían invitado esa tarde. También sabía que el cura y el alcuazil se habían reunido antes en algún otro lugar y habían decidido qué estrategia usar entonces. El alcuazil llegó con un pequeño paquete y un libro de muchas páginas que no podía ser la Biblia, había pensado Uriburu, lo cual lo intrigó aún más. Los dos estaban seguros de proceder en beneficio del doctor, que mucho antes de suicidarse había mostrado signos de haberse sumergido en el caos y, queriéndolo o sin querer, amenazaba con arrastrar con él a más de un alma inocente.

El padre d'Ángelo acomodó su blandura al lado de un Uriburu que ya evidenciaba muestras físicas de un cansancio anímico. Se decía que disimulaba su tristeza perfumándose abundantemente con colonia de lavanda que él mismo elaboraba para sus pacientes. Unas ojeras oscuras y el ceño más relajado que de costumbre eran la consecuencia de varias

---

[1] Folio 566 a 569 de las *Memorias* del padre Tomás d'Ángelo. Este manuscrito está fechado en 1978, año de la peste mora y abunda en sabias reflexiones teológicas. En un estilo de catecismo, el padre dialoga consigo mismo sobre el destino de las almas de Calataid. La anécdota aquí referida es similar a la recordada por uno de los testigos, el de los dos ojos.

noches sin dormir, de días de especulaciones inútiles, de sospechosas inmersiones en las cisternas oscuras de Calataid y en los callejones más antiguos y sucios de San Patricio y San Gabriel en busca del diablo vaya a saber qué.

El padre d'Ángelo no podía evitar una respiración ruidosa y agitada. Habían venido caminando, dijo, porque los sábados la feria de San Bartolomé hacía casi inaccesible el café del árabe. Iba a pedir una jarra de vino pero el pudor se lo impidió y pidió un café. El alcuazil aprovechó para fumar tabaco turco. La elección del alcuazil, confesó el cura, había sido más acertada, porque el tabaco calmaba y el café ponía los nervios de punta. Y nervios firmes era lo que precisaba en ese marcado momento. Ambos sabían que durante un tiempo había intercambiado correspondencia con un tal Frantz Falón o Fanon, otro peligroso psiquiatra que practicaba su ciencia con la violencia de las armas; un hijo de la raza de Onán que le pagaba a la luminosa Francia su educación con la conspiración de sus libros y sus actividades subterráneas. Ambos sospechaban que el doctor se había convertido a la fe Ba'hai o a sectas heterodoxas más antiguas que se habían filtrado en las aún inexploradas cisternas de Calataid, siglos atrás. Ambos estaban tensos con aquella cita, largamente planeada, ya que era sabido que el doctor no solía perder en las disputas dialécticas y era urgente comenzar a destruir esta fama que comenzaba a cundir como la peste y el mal ejemplo. Según el padre d'Ángelo, los seguidores de esta secta creada por Mirza Husain Alí Nuri, o Baha Alá, entendían que las Santas Escrituras no podían leerse en su sentido literal, y que las leyes que Dios había dado a su pueblo en el pasado debían actualizarse como las verdades que no interferían con la fe en Dios, así como los padres dan a sus niños mandamientos que deben abolir cuando éstos se transforman en hombres adultos.

«Esta engañosa creencia —escribió el padre d'Ángelo— *quería nos facer creer que todas las religiones valían igual e eran inspiración del mismo Dios, como si Dios tuviese mudado de idea en lo que toca a las confusiones de Babel, lejos del nítido dogma de la Iglesia de Calataid».*

Semanas atrás, ante inquisidores más débiles, el doctor Uriburu había defendido su creencia en el Supremo, pero a muchos les quedó la duda si sus votos no iban todos para el Ángel caído cuando, en medio de una de aquellas discusiones sobre epistemolo-gía (que vaya el diablo y los gnósticos a saber por qué entusiasmaba tanto al facultativo) mencionó las Escrituras donde Pilatos preguntaba a Jesús qué era la *verdad*. El padre d'Ángelo razonó que la sola creencia en el Supremo no garantizaba estar de lado Suyo, puesto que había muchos infieles que le rezaban al Demonio. A lo cual el doctor respondió, seguramente no sin ironía: "Pagarán por tonos, porque sólo los tonos apuestan a Perdedor". Lo cual quería decir, se dijo después, que los hombres y las mujeres de fe de Calataid creían en el Supremo sin sacrificio, por comodidad espiritual, porque así lo mandaba la Ley. Por lo tanto, bastaba con la obediencia, y obediencia era el mandamiento más caro de Teresa de Ávila y una de las principales virtudes en Calataid. Pero ¿no fue el mismo doctor Uriburu quien le dijo a aquella paciente suya, poseída por el demonio y con los huesos rotos de tanto caerse por las escaleras de su casa, que la obediencia era cobardía y la autoridad una mentira del poder?

En un momento el alcuazil de María abrió el paquete que traía y sacó un gran trozo de queso con una espesa rodaja de jamón ahumado. Pidió al mesero un cuchillo y picó el queso y el jamón con delicada paciencia, como si sus movimientos se fueran retrasando por el peso de sus pensamientos. Un fuerte olor a cocina invadió el ambiente. Los testigos miraron impacientes, pero no se atrevieron a moverse. Sus gargantas segregaron con dolor torrentes de saliva.

El padre d'Ángelo —recordó uno de los testigos—, famoso por su cultura y por su voz pausada, perdió esa tarde la calma al verse a sí mismo tan vulnerable e inseguro, intimidado tal vez por la soberbia indiferencia del doctor Salvador Uriburu. Acusó a los ultramodernos de seguir la religión de Pilatos, dudando de la existencia de la Verdad, afirmando por doquier el reinado de la relatividad de todas las cosas. Herederos de Pilatos y del humanista burlón de Cervantes, creador endemoniado del Quijote, encarnación del delirio, negación de la Verdad; raza pedida de Nietzsche, resucitador soberbio y delirante de Zaratustra, negador de la existencia de la verdad; ya no sólo la verdad del crucificado, la única posible, sino de cualquier otra aproximada, como las verdades de los socráticos que quiso destruir con famosa dialéctica y con no menos celebradas parábolas y ficciones. Todos males de los cuales Calataid se había salvado por sus espesas murallas y la celosa vigilancia de sus autoridades.

—Y porque en Calataid la mitad de la población no sabe leer —dijo el doctor, casi en tono de reproche.

—Peor es perder el alma —replicó el padre, mirando el perfil del doctor.

—Pero usted no la ha perdido, con todas sus lecturas.

—La lectura es un fuego sagrado; es energía en unos e destrucción en otros. Un arte que sirve para descubrir la verdad e para ocultarla, para salvar e para perder.

—Como la oratoria, arte de las tarimas, púlpitos y pupitres.

—Boca e lingua también poseen los pobres e los enfermos. Por algo Sócrates, que creía en la verdad, rechazó los libros e la escritura.

—Se salvó gracias a Platón, que conocía y ejercitaba ese arte.

—Ejercitaba el arte de la escritura pagana para destruirlo.

El doctor Uriburu debió concebir entonces una idea que murmuró más tarde en una de las cisternas, donde explicó que el dogma católico —y esa variación ortodoxa de Calataid, ignorada por la Santa Sede— había sido la consecuencia de una cultura de fieles analfabetos. Al igual que las catedrales medievales estaban escritas con imágenes, las autoridades habían construido su pesado dogma y su omnipresente autoridad valiéndose de su sólo poder de lectura, es decir, de interpretación. Por ello, toda arqueología del poder venía a ser peligrosa. Luego, como si quisiera quitarle dramatismo a sus propias palabras, miró a Joseph y dijo: "pero si tuviese que ser más amable, diría que la Iglesia Católica es la burocracia de Dios".

—Escribía para destruir la escritura... ¿como Cervantes? —dicen que dijo.

—Don Quixote confirma —dijo el padre d'Ángelo, con rabia y temblor— quello dicho sobre el peligro della letura solitaria, sin guía espiritual. Recordarás, fijo, el capítulo quél que el delirante caballero va a la cueva de Montesinos. ¿Qué encuentra allí sino la confusión e el delirio? Diferente a la caverna de Platón, donde las sombras son la proyección della Verdad que es más allá de los ojos humanos, en la caverna de don Quixote no á más que sombras e no falta más que la verdad. Todo es apariencia, mentira. Platón, maestro del gran Aristóteles, que fue a su vez, se sabe, el discípulo más distinguido de Sócrates, entendió quello opuesto e maldijo la ambigüedad dellos poetas. Estas tres generaciones de nobles griegos creían en la verdad, aunque no élla conocían adincluso porque no tenía bajado del cielo Jesu Christo. Ignorante, Sócrates reconocía que su sólo saber era nada. Mas sabía que existía la verdad acullá de las apariencias, acullá de las palabras. Sus enemigos, los sofistas, corrompieron el espíritu humano negando esta verdad, careciendo de moral, enseñando retórica, la relatividad dellas cosas del mundo e del espíritu, sentando todo su arte e su alcance al estudio del lenguaje e de la semántica, inventores de la educación sistemática, de las futuras academias, inspiradores de Nietzsche, de la antimoral y de la muerte de Dios, incrédulos de algo más allá, del Libro, della Verdad... ¿No fue Protágoras quél que ensañaba, por dinero, quello bueno e quello malo dependen de cada uno, de esa medida de todas las cosas que es el ser humano? ¿E qué son los quijotescos humanistas, los

modernos lingüistas e delirantes epistemólogos, sino herederos d'aquellos sofistas que pisaron la pagana Grecia, los elo-
giadores della locura, los erasmistas en Flandes e los
cervantinos en la Hispania?

—Sí, qué muchachos aquellos —dijo el doctor—; no
creer que exista verdad alguna...

El alcuazil y el padre d'Ángelo se quedaron esperando
algo más. Ese día no recibieron las conocidas muestras de in-
genio del doctor, como la noche anterior cuando tuvo que
soportar en una reunión del club la apología que había hecho
el veterinario Mejía, especialista en pollos, sobre el estudio
sistemático de la producción de aves de corral. "Y en cambio
—había concluido el veterinario, conociendo la afición de
Uriburu por escribir ficciones que nunca publicó— ¿para qué
sirve la literatura, doctor?" A lo que don Uriburu dicen que
respondió con su estilo ingenuo: "sirve para no comer tanto
pollo, doctor".

Pero advirtiendo que el doctor comenzaba ahora a ju-
garles otro juego y que no estaba dispuesto a declarar sus verdaderos pensamientos, le preguntaron si él estaba de acuerdo
con los sofistas o con Sócrates. Usando un lenguaje que debía
ser fácil de repetir y de comprender luego por otros vecinos
de Calataid, el doctor dijo que estaba un poco de acuerdo con
los dos.

—Pero si la verdad existe no ha de ser tan sencilla para
ser comprendida por seres tan humildes como los hombres y
mucho menos por seres más soberbios, como el Heterodoxo,
que es quien verdaderamente gobierna las cosas de la Tierra
en nombre del Cielo.

Y de ahí pasó a las palabras de Averroes, quien había criticando el poder que se derrama de arriba abajo, sugiriendo un orden inverso, democrático...

—*Demoníaco* —interrumpió el padre d'Ángelo, estirando una mano para servirse unos trocitos de jamón. Nadie más se sirvió. Los testigos esperaban la autorización para hacerlo.

—Democrático —confirmó Salvador Uriburu—, un orden de abajo arriba...

—Contradiciendo así la geometría vertical de la divinidad e dando más valor a quello bajo que a quello alto.

Palabras y pensamientos que fueron lo único que comprendieron los testigos allí presentes, y que sacudieron a de María de su silla, advirtiendo que los rapaces lo escuchaban casi con admiración. Pero lo cierto era que a los testigos sólo les interesaban el queso y el jamón que esperaban en el centro de la mesa. Uno de ellos miraba con un solo ojo, porque el otro lo había perdido en un golpe, según dedujo el doctor Uriburu, tratando de no escrutar al muchacho con demasiada evidencia. El contraste con el alcuazil era obsceno, pensó Uriburu.

En el club de Armas el alcuazil se distinguía por la elegancia de su ropa, por su fama de caballero y de hombre codiciado por las mujeres. No estaba acostumbrado a perder en esgrima ni en discusiones y cuando perdía dejaba pensar que más bien evitaba enredarse en disputas con gente que no estaba a su altura. Con el doctor era distinto, porque si bien se había ganado todas las sospechas de Calataid, de cualquier forma no podía ser tachado de ignorante, sino todo lo contrario: se dijo, después, que sus conocimientos habían perdido su alma y que su nunca antes vista habilidad con las cosas del espíritu eran beneficios del Heterodoxo. Usaba su acento de extranjero y su español mal hablado para impresionar a la clase inculta de Calataid. De María estuvo de acuerdo en que el doctor había hecho alianza prohibida, aunque no pensó tanto en razones teológicas como en su amor propio, herido por espadazo, cuando en el Club de Armas se propuso enfrentar lo que parecía una nueva y peligrosa facción, una fisura que atravesaba la ciudad como la gran fisura de la muralla de Lázaro que año tras año era reparada sin éxito.

—El mesmo Cervantes de Saavedra —dijo el alcuazil— tenía sido él hombre de armas e quello que quiere decirnos es que las armas son la realidad e los libros meras alucinaciones que mudan el sano juicio de los intelectuales.

El rebuznido violento de un asno que se negaba a seguir andando interrumpió el razonamiento del alcuazil. El asno se quedó plantado frente a la ventana más tiempo de lo esperado, hasta que uno de los mozos salió para ayudar al puestero que luchaba con la bestia para hacerla andar. Levantó la cola del asno y le tocó el ano con una paja de papiro, de forma que el testarudo animal pegó un salto y con él toda la carga se vino al suelo. El puestero insultó al rapaz con soeces que escandalizaron al cura quien, sin recordar lo que había dicho el alcuazil, dijo que su razonamiento era sensato y verdadero. Uriburu había advertido el insospechado cambio de posición de su inquisidor, lo que demostraba que no se trataba de un problema filosófico sino de una batalla que debía ser ganada a cualquier precio, para dejar claro quién tenía

la autoridad y el poder de administrar los significados en Calataid.

—Armas y letras son parte realidad y parte locura —
contestó el doctor Uriburu, mirando a su interlocutor directamente a los ojos, como dicen que era su costumbre de he-
chicero—. Pero mientras don Quijote cambia los libros por
las armas, Cervantes cambia las armas por los libros; mientras
su personaje traduce la literatura en locura y violencia, lo inverso hace su autor. ¿Y qué es más real o qué más auténtico?
¿No le enseñó el Quijote a su propio autor a sospechar de la
evidente realidad de los molinos de viento? ¿No nos han enseñado las mismas Escrituras que el reino de lo demoníaco es
el reino de lo aparente? ¿Quién pudo ser el inventor de esta
pesadilla, de la crueldad y de todo el dolor del mundo?

—¿Del Creador est vos fablando? —interrumpió el padre d'Ángelo, dejando la temblorosa tacita de café sobre la
mesa.

"—No —dijo el doctor Uriburu, quitando su endemoniada
mirada de nos e dejando élla descansar en los puestos e en los vendedores que a esa hora iban de acá acullá. Mas no veía a naides
sino a quello que no est en presencia física. Su perfil, que no sé si
fora por el tema de nostra conversa se mí ocurrió quél perfil del
mesmo Quixote cuando joven, sin barba e mejor peinado, mas envejecido por la tristeza de tanto conocimiento inútil a la salvación,
e como en alucinando dijo: ...▨" [2]

---

[2] Aquí falta el resto del texto, el que fue quitado con un rasgón.

La discusión terminó por abandono del doctor Uriburu, según estuvieron todos de acuerdo, lo que conformó en parte al alcuazil de María y al padre d'Ángelo quienes, con un gesto notorio de amabilidad, preguntaron por la siempre complicada salud de los hijos del doctor antes de despedirse. Los testigos dieron cuenta con el queso y el jamón que habían quedado sobre la mesa, casi intactos hasta el final.

AL PRINCIPIO, CUANDO LA FLORISTA BAJÓ AL SÓTANO, no sólo podía untarse crema ella misma, sino que le sobraban fuerzas para limpiar y ordenar ese rincón oscuro que ella imaginaba como su casa. Pero al cabo de quince días decayó en salud y desde entonces ya no pude sacarla a tomar sol, a escondidas, en el patio trasero de la casa. Ella decía que estaba muy a gusto allí abajo, sobre todo cuando él y la viuda iban a verla y se quedaban un rato conversando de las sombras que mejor conocía la viuda. Claudette Colbert, Bette Davis, Humphrey Bogart, Joan Crawford, Clark Gable; Josef von Sternberg (von qué?), con la brillante Marlene Dietrich (sí, aquella del ángel azul); *La gran ilusión*, de Jean Renoir; o la otra, en francés, de Jean Vigo si mal no recuerdo, *L'Atalante*...

Su salud había decaído en pocos días y ella se negaba a aceptarlo.

—Voy mejorando —decía, obligándose a sonreír—. Sólo tengo que descansar fasta el desaparecer de las manchas. Tengo abusado de mi cuerpo, limpiando e ordenando esos baúles.

—¿Estuviste limpiando los baúles?

—Sí. Ésos de madera, del fondo.

—¿Qué hay en ellos?

—Papeles, revistas e menudencias. El más chico tenía un reloj de plata, muy bonito. Tenía dos tapas e todavía funcionaba. Di él a la viuda.

No quiso insistir. Había postergado la idea del viaje sabiendo que la iban a perder. Catorce días dura el proceso de la peste, dicen que decía el doctor. A los fieles se lo llevó Dios; los otros fueron desterrados o fueron sepultados en secreto en los fondos de sus casas. Ella no lo sabía. Estaba muy pálida y se le entreveraban las palabras. Su mirada tampoco era la misma; era una mirada más bien ebria, todavía hermosa, o más hermosa que antes.

No imaginaba cómo hacía para ir al baño. Suponía que lo hacía cuando estaba sola; por eso él le dejaba una mesita y dos sillas en su camino, para que la ayudaran a sostenerse al caminar. Apenas había aceptado que le pasara alguna crema en las llagas donde ella ya no podía llegar. De esa forma terminó por conocer su cuerpito, mal que le pese, lleno de moretones como si hubiese recibido una golpiza. Nunca había visto una mujer desnuda, y la forma con que lo descubría lo llenaba de tristeza. Ni siquiera tenía la oportunidad de revelarse, de castigar al culpable de esos golpes salvajes. La naturaleza puede ser horrible, pero nunca es injusta o inmoral; y como no podemos dialogar con un ente sordo que no aprecia nuestra buena conducta ni la mala conducta ajena, preferimos entendernos con algún dios hecho a la medida de nuestras debilidades, pensaba mientras la miraba abandonándose lentamente a un sueño pesado. Con los ojos cerrados parecía más vulnerable aún. Vulnerable a nuevos golpes y vulnerable a sus propios sueños. Sus manchas le dolían en el alma, porque sabía que eran como el germen de la muerte y, no sabía claramente por qué, de alguna forma se sentía responsable de su desgracia. Pero ella agradecía a las manchas la oportunidad que me habían dado para que él me pasara crema en los brazos. Nunca fui tan feliz, nunca me trataron tan bien. Como si yo fuese alguien.

—Pronto no tendré tantas manchas —dijo al día siguiente—. Todas las noches plego para eso.

Como el resto del pueblo, estaba convencida de que las manchas eran una señal del cielo, un castigo terrible por sus pecados.

—Si fuera por pecados —dijo él, olvidando la noche anterior—, mi cuerpo debería estar morado como una ciruela, porque yo sí que tengo odiado gente en mi vida y eso debe ser un pecado.

Mas yo creo que dice eso por despecho. ¿No creés vos? Es un rapaz muy bueno, mas la muerte de su padre fizo éle ansí, tan duro. Parecía un poco triste. Especialmente triste hoy. Mas una no puede adivinar qué problemas puede tener un hombre. ¿Cómo una sabe cuando un hombre tiene una tristeza de mujer, una tristeza que no tiene explicación?

—Eso naides sabe, mi reina. Pero son casos muy raros. Toca ello a los artistas, eso de ser tristes o felices sin saber por qué. El resto, simplemente es dedicado a dominar el mundo. Mas los hombres no dominan el mundo porque tengan más fuerza en los brazos. Esa es un viejo engaño. Entre nos, diré vos la verdad: ellos dominan el mundo porque sus sentimientos son más simples e sus ideas más complejas. Nada más que por eso. Mas tal vez llegue el día que las emociones dominen sobre las ideas. Entones, muchas, muchas cosas van a mudar neste mundo.

Yo miraba élla sin evitar la tristeza e ella miraba a mis ojos como adivinando. Sabía leer los ojos e la voz mejor que las palabras. Reía sin fuerzas e volvía a decir, cada vez más agotada, que las manchas se irían. Las manchas se irán, verás, se irán. E mi piel volverá ser blanca como antes. Verás.

Y TANTO REZÓ Y REPITIÓ que las manchas se irían, que un día comenzaron a desaparecer. Pero con las manchas no se fueron los problemas. Su salud era cada vez más delicada y nada parecía cambiar el destino de las cosas.

—Suerte que no enviaron vós a la Alcalá —le decía él—. Ansí que apenas hayan desaparecido las manchas, podrás salir a tomar sol y un poco de aire fresco. E recuperarás vós del todo.

Pero ella no era tan optimista. Decía que ya estaba muerta para la gente del pueblo, porque su ausencia no pasaría inadvertida por nadie. Su hermano no la aceptaría más en su casa.

—¿Para qué quieres volver a la casa de tu padre?

—¿E dónde voy a vivir? ¿Çá? Voy vivir encerrada, como la viuda, porque la gente del pueblo no querrá cruzar una palabra conmigo. Todos saben que estyo escondida aquí abajo e que vos venís a verme de noche.

—¿Por qué dices eso?

—Ellos siempre saben.

—No deberías preocuparte tanto por aquello que piensan o dicen de nosotros en el pueblo. Pronto pondremos un mar de distancia.

—Suena muy lindo, como en el cine, mas no creo n'eso. Quedaré yo sola en el pueblo, masticando recuerdos e ordenando flores en otra esquina. Los hombres dirán "estas flores son de la florista" e las señoras mudarán sentido: "estos ramos son de la ramera".

—¿Qué pasa? ¿Ya no querés ir vos del pueblo?

—Sí, quiero. Mas yo no tengo tu fuerza para fuir e sólo sería una grande carga en tu camino.

Pensé que había logrado leer mis pensamientos, mis miedos. Pensé que había descubierto las libras y se había dado cuenta de mi interés. Así que también ella comenzó a mentir. Decía que yo la incomodaba, porque una persona enferma necesita estar tranquila.

—E vos llegás a cualquier hora, sin preguntar siquiera si estyo en la cama o en el baño. Necesito un poco de *paz* e no das vos cuenta. No quiero vós lastimar. Sólo quiero que entiendas que no debes venir a cualquiera hora, porque necesito descansar sola.

UNA NOCHE LLAMARON A LA PUERTA unos golpecitos de huesos pequeños. Alguien que no alcanzó la aldaba, pensó. En los escalones de entrada, casi a punto de huir del lugar, encontró a uno de los chicos que los domingos pide limosnas en la puerta de la iglesia del padre d'Angelo. Tenía la cara sucia y el pelo desordenado. Los ojos grandes de miedo. En una mano apretaba algo, un trozo de pan o un par de monedas de níquel antiguo. Casi desnudo y temblando de frío, recitó algo que no comprendía. Ramabad tampoco comprendió aquellas palabras desordenadas, pero comprendió que la viuda lo llamaba urgente. Sacó la bicicleta y salió de inmediato, sin cambiarse de ropa. Cruzó San Ignacio y la Empedrada como un loco, pisando todo tipo de hoyos y piedras. Dos sombras se detuvieron a mirarlo. Pese a la oscuridad, por las restricciones del alumbrado público, un gallo se deslizaba oscuro y silencioso como un gato. Ramabad y las dos sombras lo vieron y alguien dijo, desde una ventana, que era el gallo negro. Pero Ramabad había visto en San Patricio gallos de este tipo, a punto de morir, que pierden la voz y abandonan los gallineros. La ignorancia de la gente le atribuía a estos gallos viejos la capacidad de poner huevos, origen de monstruosas malformaciones que eran inmediatamente sacrificadas para evitar males mayores.

Pasó por un charco de agua enjabonada y enseguida estuvo en Zacarías, más oscura y despareja aún que las otras calles. La viuda lo esperaba con la puerta abierta. Oyó que le decía "es muy mal, la pobrecita".

¿Cómo era posible, si esa misma tarde, cuando la dejó, estaba mejor que nunca? Sí, pero ¿acaso no había aprendido a sospechar de las mejorías?

Bajó al sótano tropezando y salteando escalones. Al llegar al suelo, se torció un tobillo. Disimuló su preocupación. Desde la oscuridad, la voz débil de la florista le decía que tuviera cuidado, que no se fuera a lastimar.

—Estoy bien. Sólo que no hay mucha luz aquí.

Se dirigió de memoria hacia la mesita de luz y encendió una de las tres velas. De la oscuridad apareció su rostro bañado en sudor y su cuerpito tapado con una sábana hasta los hombros, temblando de frío.

—¿Qué ocurre? —preguntó Ramabad, sin tener la menor idea de qué hacer. "Yo no soy médico" pensaba. Ni siquiera tenía alguna experiencia con enfermos. Su padre no había tenido tiempo de enseñarle a actuar en esos casos.

—Tengo un poco de fiebre...

—Voy a llamar al doctor —dijo él, tomándola de un brazo.

Pero la respuesta de ella fue un desesperado *no*, como si en esa posibilidad hubiese una traición. Un gesto de dolor mudo deformaba su rostro y después un llanto casi apagado que decía "ya no doy más".

—Tráigame un paño para mojar! —gritó él, dirigiéndose a la viuda que permanecía en su silla de ruedas, al borde del hueco de entrada, inclinada hasta el punto de tambalearse sobre le vacío. Inútilmente, intentaba ver algo más que la llama inquieta de la vela.

—Apúrese, tengo que bajar esta fiebre —insistió Ramabad Pensó que la florista estaba menstruando; o tenía algo de eso que las mujeres se esconden entre ellas, y que los hombres apenas alcanzan a adivinar cuando se casan, como si el sexo y la reproducción fuera algún secreto de fábrica.

—No pongas vos nervioso, rapaz —dijo la viuda, con más calma—. Tu amiga va ser madre. Eso es todo.

—¿Cómo? No oigo bien desde aquí.

—Que va a ser madre quiere decir que va tener un fijo —dijo la viuda, no sin sorna. E vos tenéis que ayudar élla.

Corrió las sábanas y vio su cuerpito sufriendo, su sexo descubierto y un vientre apenas más grande de lo común, lo suficiente como para albergar a un hijo y al mismo tiempo disimularlo.

—¿Y qué se supone que haga yo?

—Diré vos que vas facer —le dijo la viuda, sin drama, un segundo antes de que la florista comenzara a gritar con un paño en la boca que se había puesto para no ser escuchada de lejos. Ramabad corrió al baño y vomitó un líquido horrible que no llegó a ver, porque estaba oscuro y porque la viuda le gritaba que ya era suficiente, que volviera a su lugar y se comportara como un hombre. Se limpió la cara con una toalla y volvió, con los ojos y los nervios puestos en ese lugar oscuro y misterioso por donde aparecería, en cualquier momento, un nuevo inocente para alimentar el monstruo de Calataid.

—Sobre el cajoncito, debajo de la escalera, hay toallas. Trae la vassa con agua. Abrí élla las piernas e prepara vos para recibir la creatura.

Rogué a Dios que el niño comenzara a salir. Cuando parecía que no iba a poder lograrlo, comencé a pensar que la viuda me obligaría a abrirle la panza, como una vez habíamos visto en una película, en que un negro que había vivido entre los árabes le abrió la barriga a una mujer que no podía dar a luz y alguien le dijo "salvaje" o algo parecido.

Ahora todo eso me parece un sueño, ahora que el sol no toca aún el horizonte y todo aquello ocurrió a la luz de una vela. Recuerdo el esfuerzo de la florista para que su hijo naciera más antes que tarde. Yo le acariciaba la barriga, como si de esa forma el niño se fuera a correr más fácil, y ella decía que no podía más. La viuda insistía sí que puedes, falta poco, já viene, já viene!

Finalmente nació la niña. Le corté el cordón del ombligo, la hice llorar y se la mostró a la florista. Ella dijo algo que nadie escuchó. La viuda aplaudió y gritó: "esto tenemos que festejar, aunque sea con agua fresca" y se marchó en busca de una jarra.

El Basilisco sintió alivio por un momento. Sólo cuando se acercó a la florista para secarle el sudor de la frente, se dio cuenta que había muerto. Su piel se había vuelto pálida y sin brillo; sus senos, cargados de leche, aún permanecían suaves y tibios. Recién ahora que estaba muerta se atrevió a tocarle un pecho, apenas con el reverso de los dedos, como si en ese acto de imprudencia todavía existiera la posibilidad de despertarla de nuevo.

Lucerito murió el 22 de diciembre de 1978, a la edad de dieciséis o diecisiete años, mal asistida en el parto. Por mucho tiempo, apenas tuve el consuelo de que en sus labios había quedado grabada una sonrisa, que no se borró cuando le cerré los ojos. Aquellos ojos que nunca ofrecieron resistencia, ni así de muerta. Sólo sus manos, sin querer, se habían aferrado con rebeldía a las sábanas. A su lado quedó la niña, moviendo las manos en el aire, casi sin llorar, como si hablara con alguien, como si se diera cuenta que había nacido en un mundo oscuro y equivocado, mientras el calor y la sonrisa de su madre comenzaban a borrarse poco a poco y para siempre.

Finalmente decidieron dejarla allí, a salvo de los comentarios de las damas del pueblo, a salvo del padre d'Ángelo y del alcalde, quienes nunca hubiesen dado permiso para enterrarla en camposanto. El pueblo dijo más tarde que la florista había sido una buena cristiana, sin ninguna duda la más hermosa que registraba la memoria de Calataid, y que se había ido con la peste mora a una muerte segura en el desierto. Aunque en el fondo nadie creyó en la historia de su muerte extramuros, todos la repitieron hasta que terminó por convencerlos a ellos mismos. Esta valiente decisión le había dado el prestigio de santa y unos meses después se le ofreció una misa con los honores propios de una autoridad. Y, aunque parezca extraño, o que no se corresponda con la realidad, el servicio fue de extrema justicia. Aunque la niña casi no distinguía un subjuntivo de un presente simple, había leído a Santa Teresa desde los nueve años. En el proceso de investigación, el padre d'Ángelo descubrió en una alcancía, llena de alhajas sin valor, una pequeña edición de *Obras de Santa Teresa de Jesús*, editada por Juan Olivares en 1847. Una pequeña edición que había pertenecido a doña Inmaculada, bisabuela de Lucero, según una firma en la primera página. Abrió con cuidado y leyó la advertencia del editor: De las mejores obras de religión y moral. Útil a toda clase de personas. Dedicada a la Reina Doña Isabel II. Seguía una viñeta de un santo con alas recostado en un escudo como lápida que decía *Biblioteca Católica*. En el prólogo a *Fundaciones*, en la página siguiente, encontró apenas subrayado: «...*el gran bien que es para un alma, no salir de obediencia... porque si de verdad se han resignado a esta santa obediencia, y rendido el entendimiento á ella, no queriendo tener otro parecer del que su confesor, y si son religiosos, el de su prelado».* Santa Teresa, Salamanca, 1573. El padre d'Ángelo se persignó y se apoderó de esta pequeña alhaja para compartirla con el pueblo y las futuras generaciones que ya habían perdido el temblor sagrado de la mística española. Comprendí, inmediatamente, quién había sido esta santa que descalza venía flores en la plaza de nuestra iglesia. Por eso, hijos míos, si me permiten quisiera leerles, además, unos pasajes de este maravilloso libro, escrito por la seráfica Santa Teresa de Ávila, hace cuatrocientos años... Página 45: *«Porque ahora se usa más que suele, y es que toda la propia voluntad, y libertad llaman ya melancolía; y es ansí, que he pensado que en estas casas, y en todas las de religión, no se debía tomar este nombre en la boca (porque parece que trae consigo libertad) sino que se llame enfermedad grave (y cuanto lo es) y que se cure como tal... Que no entiendan que han de salir con lo que quieren, ni salgan, puesto en término de que hayan de obedecer, que en sentir que tienen esta libertad está el daño... y han de advertir, que el mayor remedio que tienen, es ocuparlas mucho en oficios, para que no tengan lugar de estar imaginando, que aquí está todo su mal...»* El padre no pudo continuar la lectura. Inclinó la cabeza con grandísimo dolor y en su frente se vio el martirio de los años. Pero venció su voluntad y, sacando otro trozo de papel que indicaba nuevos descubrimientos y confirmaciones, continuó: *«...con grandísimo encerramiento, así de nunca salir, como de no ver si no han velo delante del rostro, fundadas en oración y en mortificación».* En la primera fila, cinco señoras de negro resistían de rodillas. Casi cien fieles habían asistido a esa misa, sinceramente conmovidos por el martirio ejemplar de la joven que se desterró a sí misma para no dañar a su pueblo. *"Morir y padecer han de ser nuestros deseos"* continuaba diciendo Santa Teresa de Ávila, desde la profundidad de los tiempos, a través de la boca sufrida del padre d'Ángelo. ¿Qué mejor homenaje para una mártir mujer que el reconocimiento de otra mujer, otra santa que se enfrentó a la adversidad y a la corrupción de su propia sociedad? Alguien no pudo contener un llanto que ahogó luego con un pañuelo.

Pero la verdad es que así como murió quedó. Ramabad se encargó de cerrar luego toda posible ventilación en el sótano del cine, tapó el water y todos los caños con arena, y ordenó con cuidado lo que él mismo había desordenado en el parto. Todo quedó lo más parecido a la suite que la florista había imaginado: los candelabros sobre carpetas de tela bordada, una pequeña alfombra de Marruecos a un costado de la cama, una mesita redonda con un jarrón de flores y unos libros de cocina francesa con palabras y especias desconocidas. Peinó su pelo, con cuidado, como le había dicho la viuda —su boca aún sonreía—, y alisó las sábanas y el cubrecama.

También sellamos la tapa de entrada, chorreando cera derretida en los bordes, porque la viuda tenía miedo de que la difunta fuese a atraer a las moscas o a los agentes del alcuazil. Según me comentó después, gastaría parte del dinero que había encontrado la florista para construir un piso de arena sólida sobre el sótano, porque tenía miedo que un día, la pequeña Luz, ya crecida, terminara por descubrir el lugar donde nació. El resto del dinero me pertenecía, dijo, porque ése había sido el deseo de la difunta. Lucerito había encontrado las libras esterlinas antes que yo, y había entonces comprendido mis planes para el viaje. Y como no quería traicionar ni a la viuda ni a mí, se las había entregado a su protectora para que las guardase hasta que naciera la niña. Como también su madre había muerto en el parto y ella pensaba que esa incapacidad para dar a luz era hereditaria, estaba convencida que la misma suerte correría ella. Pero también sabía que morir no era lo peor que le podía pasar. Por lo tanto, las libras esterlinas serían para el contador, para que pudiese hacer el viaje sin robar y sin ser perseguido, para que pudiese tocar la trompeta en Nueva York y tuviese el éxito que no había tenido en el pueblo o, por lo menos, para que no sufriera más el bochorno de tanta incomprensión.

A cambio, la viuda se quedaría con la cría, para que se transforme en su única compañía y en su única heredera. Fingiría que la habían traído los camelleros, dedicados desde hacía siglos a la piratería y al tráfico ilegal. En San Patricio compraría un cesto africano y paños de colores primitivos y dormiría a la niña allí, la primera semana. Alguna joven recién parida se compadecería de la pequeña y le daría uno de sus senos. Los vecinos y el pueblo se halagarían de haber salvado a otra cristiana de las garras de los salvajes que acostumbraban criar niñas blancas para la prostitución en las tiendas ambulantes del desierto. Y la llamaría Luz, porque en ese breve nombre estaba escrita su historia, el secreto origen de sangre, su madre, su padre y su abuelo. Porque si bien quería ocultar la verdad le daba terror destruirla del todo. E porque ansí lo quiso mi niña.

—Siempre tuve miedo de que vos llevaras élla un día convos —dijo la viuda, mientras él derramaba un hilo de cera derretida sobre los bordes de la tapa—, y agora queda aquí para siempre.

La viuda también la quería. Cada día, cuando yo volvía para ver a la enferma y me dirigía a esa misma tapa de piedra gris, ella me acompañaba ansiosa, metiendo con habilidad y con torpeza su silla de ruedas delante de mí, como un perro que adivina el esperado desencierro, y se quedaba mirando desde el hueco, inclinada sobre sus rodillas. La quería, más que a sus libras esterlinas. Cuando yo volvía a subir me preguntaba, con una voz temblorosa que pretendía corregir con una carraspera:

—¿Cómo es hoy...? No puedo ver bien élla desde aquí arriba.

Volvía a poner el jarro con cera sobre la vela y esperaba en silencio a que se derritiera. Tampoco la viuda decía nada. Sólo miraba. En el silencio se podía sentir la vocecita de Lucero, repitiendo que ya se sentía mejor.

—Si no á tumba, no á muerto— dijo la viuda.

—¿Qué quiere decir?

—Que para mí es como si ella no fuese muerta. Para mí es como si ella es aún ahí abajo, dormida, esperando —dijo la viuda y se alejó con prisa o con rebeldía a otra habitación.

El Basilisco se quedó callado. Sin querer, imaginó una frase que confirmaba en una lápida la muerte de la florista, esos datos mínimos que su hija buscaría algún día. Pensaría una frase dulce, que también lo contuviese a él con algún diminutivo. En un jarrón pondría flores y en la base de mármol grabaría su nombre. O simplemente "Lucy" ese nombre pequeñito que había inventado para usarlo él sólo cuando estaban solos. Enseguida comprendió que no podría hacerlo, y le temblaron las manos.

Cerró los ojos, como si hiciera fuerza para no ver. Pero el pájaro ya había escrito, nadie sabe cuándo, si antes o después de ese momento, una nueva flecha de papel que lanzó esa misma noche desde el mirador y el aire caliente del desierto llevó hasta el otro lado de la muralla de Santiago, donde los trovadores solían reunirse para ensayar. La desarmaron y memorizaron.

Pequeña luz que apagó el desamor
el frío corazón de la santidad
No habrá flores para la flor
Ni palabras de amor para la eternidad
No hay peor dolor, peor dolor
que repetir en epitafio oscuro
el nombre que con cariño
decía en secreto al oído
hasta ayer su enamorada...

En la oscuridad estaba la luz (decían), y en este esfuerzo por encontrarla, la memoria salvaba el secreto del corazón de Calataid. Memorizaron cada verso, los recitaron con un poco de vino y quemaron el papel. En eso consistía el arte de la memoria. Pero Calataid no podía entender esto último porque Calataid no tenía memoria y sus muros la protegían de la historia.

La viuda también la quiso, como a la hija que nunca tuvo, y me consta que por algún tiempo ella fue la madre que a la florista le faltó. Cada día, cuando Ramabad volvía para ver a la enferma, ella lo acompañaba para mirar desde el hueco de la escalerilla. La quería, dijo Ramabad, más que a sus libras esterlinas. Cuando después él volvía a subir para irse, ella le preguntaba, con una voz temblorosa que pretendía corregir con una carraspera y que en esa misma época se le convirtió en un tic nervioso: "¿Cómo*... cómo es hoy*...? No puedo*... ver bien ella desde aquí arriba".

—Vos sos una vieja tramposa —le dijo la noche que se despidieron—. Sabías que ella iba a tener un hijo y lo ocultó, porque en sus planes estaba conseguir antes un marido para ella.

—Es verdad —dijo ella, sin perder la calma, definitivamente vuelta sobre sí misma—. Yo pensaba... que vos terminarías enamorado della. E no llegué a saber si el interés della por vos era amor, admiración, miedo o algo parecido. Doble erro. Aun a mi edad podría llamar eso inexperiencia.

Dio media vuelta sobre una rueda y se acercó a la estufa y se quedó mirando el hueco oscuro y frío que había dejado el desuso. Le pareció que temblaba. Siempre le daba pena ver a alguien de espalda; le parecía un ser aun más débil, definitivamente indefenso, como si se volviera a enfrenar por milésima vez a un mundo inabarcable, repetidamente incomprensible.

—Agora, vos tampoco podes pedir cuentas a naide —dijo—. Vos pensabas fujir del pueblo e para eso necesitabas mi dinero. ¿O mí engaño, jovencito? Mas yo encontré ese dinero antes que vos; mejor dicho, encontró élo mía niña, que por entonces tenía sido entusiasmada con un viaje al extranjero, gracias a vos, a tu irresponsabilidad. No puedo reprochar vos nada, porque eso ayudó élla un tiempo. Mas el entusiasmo con que vivió casi toda su agonía no fue suficiente para engañar amí. Ella sabía que yo aconsejaría élla bien e acabó por contar amí todo. Sólo en esto pudo tener sido errada porque, si tuviese sobrevivido al parto, yo no tendría élla dejado ir, como quise ir yo misma cuando mi esposo murió e ya no tuve naide que impidiese amí volver a la Germania. Agora ella quedará para siempre bajo este piso que alguna vez pisaron sus piecitos, llenos de sueños humildes mas que no llegaron nunca a ser acomodados en una vida tan pequeñita. Ansí castiga amí el cielo, no sin ironía, como podrás vos dar cuenta.

—Por favor, no me hable como en sus películas.

Hubo un largo silencio, como esos que se producen cuando los nuevos acontecimientos no alcanzan a impregnar la conciencia de todos los días y la reflexión aún no ha hecho un trabajo decoroso. Tal vez la vieja hablaba como las actrices favoritas de sus películas, pero ¿y yo? ¿No hablaba yo como hablaría un hombre cualquiera de Calataid, por momentos, y como mi padre otras veces? ¿O como hablaría el Bach que yo imaginaba de las enciclopedias? ¿Acaso no representamos desde que comenzamos a usar la conciencia hasta que la perdemos, en los sueños, en la locura, en la alucinación de la última vejez? ¿Y qué es más verdadero, la representación o la pérdida de control? Lo único que nos importa son las representaciones verosímiles, tan verosímiles que sean capaces de convencernos a nosotros mismos y a los demás de nuestras propias mentiras. No me mires así, Luz. Sólo cuando mentimos decimos la verdad, dijo, y otra vez el vértigo que le bajaba por la boca del estómago. En el silencio oscuro de su alcoba volvió a recordar a la viuda:

—No vayas vos aún, jovencito. No tengo terminado e tal vez interese vos el final. Para que veas que no soy una vieja bruja, sino una vieja apenas miserable e a veces enferma, daré vos el dinero que necesitas para salir de Calataid. Pensarás que fago eso para quedar amí con la niña, mas serás errado. No creo que sin la princesa e sin el amor della, llegues vos a interesar mucho el fruto de su vientre. No, al menos, más que tu música e más que vos mismo. Fago esto porque yo sí aprendí a querer vos, más allá de las primeras intenciones que vos atribuyes agora amí, con alguna puntería. Yo aprendí a querer vos casi tanto como quise a mi niña. No es posible amar sin castigo. Agora no podría facer otra cosa con ese dinero que sus manitos pusieron en las mías, después de trepar esa escalera con las pocas fuerzas que quedaban éle. Mas ella quiso élo ansí... Daré vos el dinero para que realices tu sueño de fujir de Calataid. Fará vos bien, mas advierto vos contra la confusión del entusiasmo. Digo vos por experiencia propia: también con mi marido soñamos iniciar una nueva vida en un mundo nuevo, e quello que ficimos apenas fue montar una versión de nuestro drama anterior en un escenario diferente. Pocas cosas á tan peligrosas como buscar la perfección, e más peligroso aun es vivir en una sociedad perfecta. Alguna vez creímos que íbamos detrás de nuestros sueños, mas sin saber llegamos arrastrando todos nuestros miedos e todas nuestras frustraciones, los muertos que dejábamos e los muertos que ficimos al partir. Trujimos todo, como en una mudanza cuando una carga con los viejos muebles e las viejas cacerolas e, apenas instalados en la nueva casa, una comienza a desplegar toda la vieja carga conocida. Al cabo de poco tiempo reconstruimos aquel mundo del cual intentábamos escapar. ¡Qué ingenuos! Por otra parte, en el fondo de sus almas, la gente es siempre la misma, aquí o en Germania. Así que la reconstrucción fue, diría yo, casi completa. O una caricatura de nuestro pasado, que es peor aún, porque já no teníamos tantas esperanzas sino un nuevo fracaso...

Luego la viuda se deslizó a una habitación contigua y al cabo de unos minutos regresó con una pequeña bolsa de tela negra, donde había puesto un puñado de antiguas libras de oro, las suficientes para cambiarlas por un pasaje de tren hasta Argel y otro de barco hasta Algeciras. Aparte, un pequeño sobre que ya tenía preparado, con direcciones y varios nombres, árabes y españoles, donde por una sola moneda le fabricarían un pasaporte y un nombre nuevo.

—Un día comprenderás muchas cosas, fijo mío. No tendrás más remedio, porque el tiempo e la distancia ayudan a comprender cuando já nada se puede facer que no sea sufrir. Tal vez llegues a comprender que si mi niña no tuviese muerto en el parto, su ermano tuviese ela matado igual.

—Que sea un hombre insensible no quiere decir que sea un asesino.

—Como digo, irás vos de Calataid sin conocer a la gente de tu propio pueblo e no tendréis tiempo de conocer a la gente que rodee vos allá mañana.

—No tengo tiempo para misterios.

—Fijo, no obliguéis amí decir élo que vos deberías comprender sin más confesiones de mi parte. Esto es muy doloroso para mí e creo que a mi pequeña no tuviese gustado escuchar esta conversa.

En el viejo reloj comenzaban a sonar las once; el silencio profundo que había en la casa hacía que aquellos golpes profundos de espiral sonaran exageradamente fuertes y no se agotaran nunca, uno tras otro, sin prisa. La larga pausa lo obligó a detenerse y le permitió a ella alejarse lo suficiente como para despedirse.

—Si hubiese sido más directa desde el comienzo, no estaríamos ahora dando vueltas a un pozo oscuro —dijo él.

—A vos no gustaría ver élo que á en el fondo... e a mí no gustaría mostrar vos élo que contiene.

—Siempre será mejor que vivir sin saber. Uno puede superar cualquier desgracia mas nunca supera una incertidumbre.

—Profundos pensamientos salen por tu boca, fijo mío. Mas nada más.

Mientras sellaba la tapa del refugio, notó que también él tenía una mancha mora en un brazo. Casi recordó que al bajar las escaleras corriendo se tropezó y se golpeó contra un mueble desarmado. Pero no le dio ninguna importancia. Hay momentos de infelicidad en que ya nada puede aumentar nuestro dolor y la muerte se vuelve una esperanza disimulada. No le di ninguna importancia a la mancha mora, y realmente no la tenía.

La viuda se quedó al lado de la antigua entrada al sótano, ahora definitivamente sellada, balanceando su cuerpo y una incipiente locura, esperando esa mínima posibilidad de que de un momento a otro la florista despertara y comenzara a gritar pidiendo ayuda. Es el problema de no velar a un muerto. Una nunca sabe si en realidad todo es producto de una confusión y el fantasma vaga alrededor sin que los vivos podamos confirmar definitivamente su desaparición.

Cuando salió de nuevo a la luz del día, eran las seis de la tarde. En las calles había un carnaval anticipado. Los pocos negros que quedaban habían entrado al centro y recorrían la Empedrada, hacia la Matriz, tocando sus tambores como si fueran felices. Los tenderos de la feria bailaban en unas carrozas tiradas por los alazanes del fletero, disfrazados con máscaras de colores. El basurero más viejo iba adelante, en el coche abierto del alcalde, con una enorme corona de papel dorado y un bastón de dos metros en la mano a modo de patriarca bíblico. El cura no había perdido aún la compostura, pero tenía la risa fácil y se dejaba arrastrar de la mano por la morena, que procuraba alcanzar la cabeza de la caravana, mientras le hablaba y le señalaba la corona del basurero. Más atrás venía la moto que el mecánico había reconstruido. Alguien la había echado a andar y se la había vendido al hijo del doctor que, con un estrépito olvidado en Calataid, marchaba lentamente y haciendo equilibrio, con la niña Albita sentada detrás.

El doctor había decretado la extinción de la peste mora. Tal como lo había previsto, todo era cuestión de esperar que el virus completase su ciclo y terminara mordiéndose la cola.

Todo esto lo dijo en su más tarde famoso discurso de la plaza, el que sólo fue interrumpido con vivas al doctor y al alcalde, que sonreía y levantaba sus puños gordos hacia el cielo. Pero lo que nunca se dijo fue que la peste mora, que pasó a enorgullecer a aquellos que vivieron ese año —prueba irrefutable de la valentía y del valor moral de Calataid— era tan inofensiva como el resfrío. Aparte del diariero y de la florista, nadie más había muerto en esos días. Y ninguno de los dos había sido víctima de las manchas, sino de otra cosa. Los infestados que fueron expulsados al exilio de la alcalá —se calcularon tres mil doscientos, casi todos antiguos moradores de San Patricio y extramuros— desaparecieron en el desierto. Unos pocos regresaron inmaculados.

Llegaron un día al pueblo todos juntos, cuando los festejos del renacimiento habían pasado y la gente comenzaba a dormitar la sofocante siesta de Calataid. Llegaron en malón, perseguidos por los rapaces en bicicletas, corriendo apretados unos contra otros como si tuvieran miedo de ser apaleados por desobedecer la orden del juez y de la Asamblea. Entraron a Calataid totalmente desnudos, desnutridos y con los pies rotos de caminar sobre las piedras, hediendo a sudor y a orín, como si no se hubieran bañado en todo el tiempo en que estuvieron desterrados. Levantaban los brazos para mostrar que ya no tenían manchas en la piel y seguían corriendo sin detenerse un solo intente, sin dejar de reírse como idiotas. Tomaron por el camino de las locas, atravesaron la medina de San Patricio y entraron por Dolorosa hacia la Empedrada. A veces tropezaban con las piedras, caían de boca y, con la cara y las rodillas ensangrentadas, volvían a levantarse con la misma risa idiota, procurando alcanzar desesperadamente el grupo. Algunos dijeron que los locos habían perdido la capacidad de sentir dolor y que por eso se creían felices. Sucios de sangre propia y ajena, doblaron por Santa Teresa para luego rodear la Matriz como en delirante procesión. Esta parodia enfureció a Ruth Guerrero, quien se dirigió agitado al alcuazil para exigirle una inmediata intervención. Viéndose en peligro, los alucinados corrieron hacia el convento de las Teresitas. Ramabad pudo reconocer a dos trovadores, Edmundo y Juan Díaz, y a los renegados Juan Arenas y Pedro Carcía Arenas, de los renegados de extramuros. El profeta Aquines Moria fue el primero en descubrirlos. Ahora volvían derrotados en toda su idiotez, rogando por entrar arrepentidos al convento, como si quisieran ensuciar con sus vergüenzas la pureza de las once hermanas, el último reducto inmaculado de Calataid. Ni una de las hermanas enclaustradas habían tenido noticia de la peste, ya que la pureza de sus almas las protegió mientras seguían sirviendo a Dios en la virtud, ignorando el pecado que se revolvía más allá de las antiguas puertas del convento sin aldabas. Esta pureza debió molestar a la montonera alienada, tanto como para desear que las santas corriesen la misma suerte que les había tocado a ellos en castigo, quién sabe con qué otras intenciones. Por eso, fijos míos, una vez más debemos reconocer la grandeza e la sabiduría del Señor que no envía mal que por bien no venga. Pero a veces es demasiado tarde. Un grupo de fieles arreó a cinco de los alienados hacia la alfaguara de la Matriz y los bañó a fuerza de arrojarles agua con sal. Divididos en distintos grupos por la improvisada cacería, se dispersaron por el centro y por

Santiago, hasta que la fuerza pública logró controlarlos de nuevo. El grupo liderado Juan Díaz intentó entrar a la iglesia de Santa Isabel, dicen que a la fuerza, pero fueron detenidos por el cura y una brigada de fieles. Entre ellos, muy cerca del padre, estaba la morena, gritando que aquello era impúdico, un sacrilegio y una blasfemia ofensiva contra la casa del Señor. Pero los alienados optaron por escapar nuevamente hacia la plaza y, junto a la alfaguara, fueron detenidos por los guardias de la alcaldía. Uno de ellos, asqueados por el olor a sudor y a orín seco, apuntando su arma hacia los revoltosos, propuso que fueran arrojados a la alfaguara, para higienizarlos un poco, dijo. Pero detrás apareció el alcalde en persona, con los brazos en alto y agitado por el esfuerzo de apurar sus ciento cincuenta kilos, gritando que ni soñar, que la alfaguara era un bien público y que sus buenos dinares le había costado a la administración. Así que fueron llevados provisionalmente al club Libertad, a punta de bayonetas y apedreados por los más chicos, que recién habían descubierto el uso y la fabricación de ondas caseras.

Antes que atardeciera se llamó a asamblea para resolver el destino de los descamisados, como se los llamó al principio, para no recordar que tampoco vestían pantalones ni trapo alguno que les cubriera las vergüenzas. Un espectáculo verdaderamente bochornoso para Calataid, como dijo la mujer del alcalde, para disimular el evidente interés que había demostrado al tirarse por las escaleras de su casa hacia la Empedrada, en el momento en que los arrepentidos pasaban corriendo y ululando algarabía. Porque quería ver algo en serio, opinó detrás de un soltero la gitana, porque todos saben que a los gordos le falta lo que a los enanos le sobra. Bochornoso, insistía la primera dama, envuelta en una nueva combinación de falda blanca y solera rosada. Se decía que debajo de esa fineza aún escondía, aunque ya inofensivas, manchas malhabidas de la peste mora, pegadas por el negro que la vestía.

Al principio, en la asamblea primó el argumento de que los enfermos habían enloquecido en la alcalá, ya que el juez Caballero y también el ingeniero de Rosas Ralston dijeron haber tenido la peste corriendo por nuestras venas e agora mismo somos acá presentes, salvos e sanos, tan lúcidos como el primer día que llegaron de Granada, sin la más mínima muestra de desequilibrio. Pero en tono de burla, Juan Arenas, el tío renegado de la madre de Ramabad, que luego supo de estos argumentos, dijo en la casa de tolerancia que tanto el ingeniero como el juez habían recogido algunas manchas moras de los golpes que se daban cuando caían borrachos por las escaleras de sus casas, y que ahora pretendían compartir el martirio purificador que castigó a Calataid por pecados ajenos.

La prueba de la locura es, dijo el médico, no sólo la osadía de entrar todos juntos en Calataid sin una foja de parra que cubra éllos sus vergüenzas, sino en su actual comportamiento: a pesar de ser recluidos en un salón, privados por momento de su libertad, ninguno mostraba signos de tristeza o de arrepentimiento. Muy por el contrario, los descamisados permanecían sentados, tirados en el piso o colgados de las ventanas, orinando en los rincones sin que a ninguno le molesten las aguas ajenas en la cabeza, riéndose, sin motivos aparentes, con esa risa gruesa y atropellada que le sale a los alucinados desde el fondo de la garganta. Todo motivado, sin duda, por lo que pudieron presenciar en la alcalá de los muertos.

—Son como cuerpos sin ánima —dijo una mujer, cruzando los brazos debajo de sus enormes senos, para mantenerlas en una posición más digna.

—*Son* cuerpos sin ánima —corrigió John, el hijo del sepulturero, recientemente autoproclamado pastor, decidiéndose por fin a levantarse con un esfuerzo fingido, para dar su opinión mientras se aferraba a su Biblia recién encuadernada con unas hermosas y resistentes tapas de cuero—. Somos ante un conocido caso de posesión: el ánima se desprende del cuerpo, mas el cuerpo se resiste a morir e es mantenido con vida por Satán. Los rostros pálidos e la risa permanente que llevan los cadáveres en sus caras demuestran que cambiaron dolor por felicidad, aunque más no sea por una felicidad provisoria, e para ello entregaron almas e razón, facto que es evidente en tanto impudor. Ellos se ríen creyendo que alcanzaron una felicidad eterna, repitiendo que la realidad no es más que la locura que permanece, e Satán se ríe dellos e de todos otros nos. Pero no nos engañemos, todos sabemos quiénes son. Son los mismos que la justicia del hombre no logró condenar a tiempo. Son los mismos que tenían perdido sus almas antes de la peste, repitiendo salmos apócrifos, recitando nuevas verdades cuando la Verdad ya tenía sido revelada en este libro e, por tanto, no es posible que áiga verdades nuevas porque sería igual que decir que este libro es incompleto o, ¡peor sacrilegio! que este libro se equivoca en alguna de sus partes, en algún punto e coma. La peste vino e se llevó a los cuerpos que tenían sido vaciados mucho antes por Satán. Se llevó los cuerpos para que no continuaran con su profanación, con la propagación del error e la mentira. Por eso, no debemos juzgar a Dios por nuestra desgracia. Antes demos gracias por su sabiduría, que nos salvó de un mal mucho mayor e ansí salvó a Calataid de Satán.

El discurso del nuevo pastor encendió el alma de los nuevos viejos, que dijeron "no perdamos más tiempo e vamos enterrar los cadáveres". Pero enseguida se interpuso la voz científica del doctor, diciendo que no había necesidad, que en realidad se trataba de un simple desequilibrio mental, registrado en los libros de psiquiatría, el que debía ser tratado haciendo regresar a los descamisados al lugar donde tuvieron el trauma, para que de esa forma logren la regresión necesaria que haga consciente lo que ahora estaba oprimido por la necesidad de olvidar. Pero estaba claro que los locos no pensaban volver, y que nadie estaría dispuesto a acompañarlos de nuevo a la Alcalá. Y como además se destacó que se negaban a ponerse ropas, ni limpia ni sucia, la Asamblea resolvió, respaldada en las opiniones técnicas del señor juez y del señor alcuazil, de forma totalmente democrática y con la silenciosa abstención de los familiares de las víctimas, trasladarlos a las celdas de la antigua cárcel de menores, hasta que dieran el brazo a torcer en el tema de la ropa. O, por lo menos, hasta que demostrasen alguna conducta acorde con las circunstancias, como sería dejar de reírse sin motivos. Pero los alucinados terminaron muriéndose en el transcurso de dos semanas;

habían persistido en su negativa de vestirse y el alcuazil tampoco quiso dar el brazo a torcer reponiendo los vidrios que faltaban en las ventanas de las celdas, ya que no estaba dispuesto a dejarse dominar por un montón de idiotas que se pasaban todo el día colgados de los barrotes, disputándose las ventanitas para mirar el cielo con la misma risa enferma de siempre. Y él era cualquier cosa menos alumbrado, así que si había sido capaz de resolver el difícil caso del cantinero, mejor iba a resolver ese problema que se le había presentado: "de acá salen en calçones o en cajones" decía. A nadie extrañaba esta conducta, porque el alcuazil siempre había sido un fiel cumplidor de la ley —aunque nunca las había leído, porque dicen que no sabía leer o porque era más confiable su agudo criterio lógico que asombraba a los que con maña pretendían encontrarlo en contradicción.

EL TREN NO LLEGÓ EL JUEVES SIGUIENTE. Un papel pegado en la puerta de la estación anunciaba su último viaje para el 31 de enero. El segundo día del año la nana resolvió irse a trabajar a la casa del hijo menor de Rosas Ralston, que con la restricción de carne progresó rápidamente en su negocio de cereales. Dolores se había cansado de las visitas de los camelleros, según había dicho a una de las curanderas, quienes con el paso de los años hedían más a camello y pagaban menos por acariciar aquel cuerpo blanco y progresivamente flácido. Esta deserción —justificada— debió ser vista por mi madre como una traición y un peligro, porque la nana, después de haber servido más de veinte años en casa, era una fuente de datos inestimable, una especie de archivo familiar vivo, vendido al mejor postor. Ramabad hizo un esfuerzo para no pensar en este cambio de último momento. Pero no pudo. Le pesaba la idea de que su madre y su hermana quedarían solas en el caserón. Presintió, además, que con la ausencia de la nana comenzarían a escasear los alimentos.

Volvió a la casa de la viuda. Encontró la puerta abierta y a la vieja sentada en una butaca del cine.

PAULINA GUARDA LAS COPAS EN SU LUGAR. Habitualmente lo hace. Los clientes las miran con deseo, preguntan su precio y, disimuladamente, se interesan por su procedencia, por su peso admirablemente ligero, y se van.

Se interrumpe un instante, un segundo y vuelve a correr. Es una cinta demasiado vieja, un poco rayada por el uso. Quizá sea una de las películas argentinas que más ha visto desde que su esposo murió. La recuerda de memoria:

Buen día

Qué día terrible. Ideal para pescarse un resfrío

A mí me gustan los días así

Eso es bueno. ¿Qué se les ofrece

Queríamos ver las copas que están en vidriera

Del otro lado de la vidriera, por la calle Pellegrini, una parejita de novios abrazados las vuelve a mirar. *No son las copas* —piensa la vendedora—; *es otra cosa*. No son las copas lo que desean esos muchachos que Paulina observa con discreción, ahora que les ha interesado especialmente. Se parecen a su matrimonio fracasado. Él —igual que Alberto— miraba los artículos del hogar con el cariño del que no tiene aún una casa ni un perro. Entonces, no eran las copas, tan caras para la mayoría; a través de esas copas los novios miraban un futuro que probablemente nunca llegaría, porque los sueños nunca se hacen realidad, sino, en el mejor de los casos, algo parecido a lo que soñamos. También ella había mirado, abrazada a Alberto, una mañana fría de setiembre, saliendo de un hotelito antiguo de San Telmo, copas y vasos y manteles y luces para la cómoda y para el escritorio de él. Alberto tuvo su escritorio y ella tuvo sus manteles y sus lápices de dibujo, pero no pudieron alcanzar aquellos días que continuaron demasiado lejos para sus brazos, para sus cuerpitos pequeños de seres humanos que corrían como locos, agotados y con frío, hacia un espejismo que se parecía a la felicidad absoluta. Y tal vez éste fue su mayor pecado: pretender ser feliz sin condiciones, sin desacuerdos, sin aquellas terribles noches oscuras, mirando la ciudad por la ventana y con los ojos inundados, previendo futuras e irremediables soledades. Él se levantó de su escritorio y ella arrojó las copas al suelo. Él salió de su casa a dar un paseo, para poner las ideas en orden, y ella se quedó llorando y rompiendo un papelito en veinte o treinta pequeños cuadraditos, así hasta que él regresó, dos horas y media más tarde. Se separaron, se desearon suerte, la mejor suerte del mundo para vos, que encuentres la felicidad que tanto deseas, y ella lo vio llorar por primera vez.

Las mujeres no podemos vivir solteras —le dijo después una amiga—, *como pueden hacerlo los hombres. Pero una vez casados y abandonados, son ellos los que lloran como niños.*

Nunca olvidó su rostro compungido en el momento de firmar ante el abogado, sus cejas torcidas hacia arriba y haciendo un esfuerzo sobrehumano para no comportarse como un niño arrepentido. ¿Acaso existe algo más doloroso que el dolor de la persona amada?, dirá más tarde Paulina. Todavía se amaban. Nunca se dejaron de amar, pero una fuerza oscura e incomprensible les había demostrado que no podían vivir juntos, y menos si no había dinero para pagar el alquiler y no había donde poner esas copas que ahora son polvo de cristal, desparramadas en algún gran basurero del Gran Buenos Aires.

A Paulina se le humedecieron los ojos mientras veía a la parejita del otro lado del vidrio, alentando esperanzas, construyendo comentarios cariñosos y esperanzados, aun escrutando los adornos domésticos que estaban en exposición. En un momento, aprovechando que su compañero de trabajo había ido al baño, Paulina dijo en voz baja, recordando repentinamente un tono cariñoso y casi infantil: "bichito, dónde estás bichito?" Hasta que sonó la campanita de la puerta y los vio entrar.

Buen día, dijo Paulina, en tono alegre y secándose los ojos con la yema de los dedos.

Buen día, dijo la muchacha.

Qué día terrible. Ideal para pescarse un resfrío

A mí me gustan los días así, comentó la muchacha, y se recostó a su novio.

Eso es bueno. ¿Qué se les ofrece?

Queríamos ver las copas que están en vidriera, dijo el muchacho, con una sonrisa tímida en la cara y encogiendo los hombros como si se protegiera de algo.

Claro, de...

La cinta se trabó y paulina quedó con el rostro borroso, girando hacia las copas y con el pelo suspendido. La viuda advirtió la presencia de Ramabad pero no se levantó. Sólo dijo que no estaba tan bien hecha. El director había sido demasiado obvio al presentar esos *flashbacks*. Las copas, la sonrisa aniñada de la rapaz... En fin.

Se secó las lágrimas y se quedó inclinada sobre sí misma.

De vuelta a su alcoba, Ramabad pensó en Paulina como si hubiese existido de verdad. Lástima que la cinta era demasiad vieja y se cortó. "¿Vos te enamoraste alguna vez de una actriz del cine?" le había preguntado la florista, mientras subían por las escaleras de madera. Él pudo ver, por un instante, la forma de sus glúteos adivinándose debajo de una falda larga pero muy fina. ¿Por qué había preguntado eso? Tal vez porque ella sí se había enamorado de algún actor, de alguno que en ese preciso momento cumplía los ochenta años o comenzaba a podridse en un ataúd oscuro y frío. Igual que Paulina. ¿Dónde había ido aparar esa sonrisa triste, que lo había conmovido y que había visto una hora antes? Tal vez en ese instante no sea más que un montón de dientes fijos a un cráneo, sonriente pero sin labios, como la sonrisa que estaba en el consultorio de su padre. Pero también pensaba en Paulina, el personaje, como si hubiese existido de verdad. *Como si hubiese existido de verdad*, repitió para sí, apretando las palabras para sacarle un nuevo significado. ¿Qué era más real, el personaje o la actriz, simple instrumento de la eternidad o, por lo menos, de la posteridad? Había recorrido las calles de piedra construyendo un diálogo imaginario con la viuda que, vaya a saber por qué, terminó en discusión poco antes de alcanzar la puerta de entrada de su casa. Ramabad se detuvo ante la puerta de madera antigua, oscura como la noche. Casi no podía verla, pero podía adivinar sus relieves, la aldaba que había perdido el brillo del uso. La pequeña carita sonriente de bronce parecía hacer un gesto dramático. Lo que veía de esa puerta no era el presente; era el pasado que persistía. La viuda sólo tenía capacidad para entender sus propias ideas, pensó. Él quiso explicarle algo sobre las falsas categorías temporales que la tradición había dividido en tres, como si fuesen tres géneros de tiempos claramente diferenciados, como en el lenguaje, y la viuda lo había refutado con éxito insistiendo en que sólo hay un tiempo, el pasado.

Ramabad luchaba hora a hora para no pensar. Pero no podía. Ahora que tenía la oportunidad de escapar de Calataid las dudas lo acosaban. Oía voces, su propia voz discutiendo con alguien, como si lo persiguiese la alucinación de una fiebre nocturna. Unos viven atrapados en el pasado —había dicho la viuda— pero donde vos querés ir la gente vive atrapada en el futuro. Viven en un estado de libertad impuesta, una libertad de cartón. Allá el futuro acosa; como la conciencia del mal pasado, no deja ellos ser libres como dicen que son. ¿Alguien tiene contado cuántas cosas no facen por culpa de esa mentira? ¿Y todas las que facen por la misma razón? Naide cuenta. Tienen ojos sólo para ver posibles beneficios —siempre futuros—, hamburguesas que aún no tienen comido. Calman sus futuros con alcól e con diversión desesperada. Hasta que el futuro vuelve exactamente a dónde estaba.

Salió y cerró la puerta con cuidado. Se dirigió a su casa. Por primera vez, sintió la ausencia de la florista. Aunque tal vez *ausencia* no era la palabra más exacta, porque no era algo que no estaba, sino una especie de negativo, como el repentino silencio que sigue después de un persistente ruido que no había sido percibido antes. Tocó la pequeña manito de bronce que colgaba de la puerta de la viuda. La tocó sin moverla, como si se tratase de la mano de la florista y luego como si fuese su propia mano la mano que tocaba la mano de bronce. Afuera había otro aire, un aire antiguo con olor a lavanda. Comenzaba el invierno más caluroso que se recuerde en Calataid. Más caluroso aún que el infernal mes de julio. Luego caminó hacia su casa. Estaba oscuro. Casi no podía ver la puerta de entrada; comprendió que de hecho no la estaba viendo; la recordaba. Podía adivinar los relieves de la madera, la aldaba que había perdido el brillo del uso. La pequeña carita sonriente de bronce parecía hacer un gesto dramático.

Salió y cerró la puerta, mientras pensaba que no se había enamorado completamente de la florista hasta que la perdió. Tomó la bicicleta que estaba recostada en las rejas de entrada y se dirigió a su casa. En su alcoba pensó que después del amor ya no es posible disfrutar de la soledad como si nada hubiese ocurrido. Siempre sospeché de la felicidad que depende de la existencia de otros seres humanos. Por eso me convertí en un lobo solitario, en un trovador mudo que prefiere la ligereza de los prostíbulos al verdadero amor, como un monje que, temeroso de la muerte, se niega a experimentar la vida. Se había resistido al amor (a eso que la gente llamaba amor, a eso que se parecía al amor, que debía serlo) porque sentía que ese tipo de felicidad escondía el dolor, la tristeza, la inevitable soledad. Como la vida lleva consigo, desde su inicio, el dolor y la muerte. Sospechaba de la felicidad que dependía de las otras personas no sólo porque los seres humanos se mueren un día, tarde o temprano, sino porque cambian, y cuando uno quiere darse cuenta ya no son más los que fueron... Pero ¿qué dolor y qué felicidad del alma no dependen de los otros? La música, había dicho, con un fanatismo de artista o de místico que se protege de otros pensamientos y de otras posibles tentaciones. La música es eterna, por lo menos comparada con el mezquino tiempo que duran los individuos, que es lo único que importa más allá de las estrellas. Por eso siempre me refugié en la música, creo que mucho antes de que se fuera mi padre. ¿Qué puede amenazar la existencia de *Aire*, de Bach? He tocado muchas veces *Aire*, para no pensar en Lucerito, para no volverme a enamorar. He tocado infinitas veces *Aire* de Bach. *Aire* de Bach.

Salió y ceró la puerta sin darse vuelta.

TODOS HEMOS MATADO A ALGUIEN *alguna vez. No lo digo para justificar la muerte, sino porque no creo en la santidad. Sólo creo en la vanidad de los santos. Como la de Santa Teresa, que decía «aprended de mí, que soy humilde»* —dijo Helmut Käutner— *No sólo matamos corderos y gallinas que se convierten en una cena bendita; también matamos niños en las guerras que no evitamos, promovidas para poner a salvo a nuestros propios ángeles. Somos cómplices. La estupidez no exime de culpa a un pueblo. No se podará alegar estupidez propia el día del Juicio Final. Eso*

*sería un insulto al Creador; si así fuese, el Paraíso se llenaría casi
exclusivamente de estúpidos, de imbéciles que asesinaron y tortu-
raron obedeciendo órdenes o repitiendo sagradas oraciones en
nombre de Dios y de la Patria. Pero queremos pensar que nosotros
somos inocentes. Especialmente aquellos que lavamos nuestra
mala conciencia en hermosas iglesias. Por eso necesitamos asesinos,
genocidas que se hagan cargo de toda la responsabilidad mientras
nosotros oramos por la paz. Y por eso cuando nuestros líderes ma-
tan a miles de inocentes y luego reconocen su error de cálculo, no
los juzgamos. Porque en el fondo sabemos que somos responsables.
Pero cuando un degenerado mata a una niña lo colgamos del pescuezo, nos horrorizamos y nos sentimos cumplidos ante Dios, ese
del que todos, o casi todos hablan con rencor al prójimo, si me
permiten la palabra...*

Momento en que saltó la cinta y todo se quedó a oscuras. La viuda no se levantó y el carrete de la película siguió
dando vueltas, con una punta de celuloide golpeando como
un látigo sobre el proyector. Hasta que en cierto momento se
detuvo. Era inevitable. Sabía que llegaría ese día. Un silencio
fúnebre llenó la sala y la viuda comenzó a llorar como lloró
el día que volvió a casa, después de dejar a su marido en camposanto.

Volvía a su casa por el mismo camino de siempre
cuando unas manos frías me agarraron por detrás, le apreta-
ron la boca y la nariz con una presión insoportable hasta hacerle sentir náuseas y ganas de vomitar. No pensó quién o
quiénes podían ser. No pensó qué causas podían haber para
atacarlo así, en medio de la noche. Sólo se vio apuñaleado en

el callejón del Alandalú, la cabeza recostada en la piedra, sobre un charco negro de sangre. Se resistió incrédulo, sabiendo que sería inútil. Quemó todas sus energías en una patada que dio de lleno en un hombro hasta que un fuerte golpe en la cara lo dejó inconsciente.

Despertó en una sala oscura que, extrañamente, olía a limpio. Un fuerte dolor en un pómulo y en el arco del ojo izquierdo le recordó la noche anterior. Tenía esa parte de la cara entre anestesiada y sensible de más. Lo habían vestido de un color muy fuerte y le habían afeitado todo el pelo. Se tocó la cabeza y sintió frío. Dos veces frío. A través de unas rejas vio a un hombre alto, ancho, de mentón cuadrado, uniformado de militar y con un arma que parecía sacada de los dibujos de las revistas de fantasía, de aquellos *comics* que leía cuando crío y que, por alguna razón, pasó a odiar en su adolescencia. Quizás porque todos eran musculosos y hermosos. Recordó una máscara que se había hecho él mismo con el cuero de un portafolios viejo, hasta que uno de sus compañeros de escuela lo vio en la esquina del Alandalú y le dijo que no le servía de mucho para disimular el tamaño de la cabeza, que debía disfrazarse de minotauro.

El soldado giró lentamente la cabeza para ver al prisionero que se había despertado, pero no se movió. Volvió su cabeza a la posición inicial y continuó en su guardia.

—Finalmente... —escuchó Ramabad.

Una sombra parecía fumar en el rincón de la celda.

—Bienvenido —volvió a decir la sombra.

Intentó sentarse y se dio cuenta que también le dolían las costillas y tenía dificultades para respirar. Seguramente lo habían reventado después de caer inconsciente. Hizo un gesto de dolor mientras se acomodaba, como si con ello pudiera aliviar las punzadas que le provocaba respirar.

—Se va con el tiempo —dijo la sombra—. Dura dos o tres días. Pero se va.

Iba a preguntarle quién era el que hablaba, qué hacía allí, dónde estaba, pero algo le dijo que mejor era evitar esas preguntas. La sombra lo miraba. No podía ver sus ojos, su cara, pero sabía que lo estaba mirando. Incluso juraría que se sonreía. La sombra estaba feliz de que otro como él hubiese caído en desgracia. Pero ¿qué estaba haciendo allí? ¿Quiénes lo había llevado? ¿Por qué motivos? Olía a quemado.

—No digas nada que no sea la vedad. E cuanto menos mejor. A ellos duele élo. Si fablas de más darán vos palos fasta que aclares élo qué quisiste decir. Siempre dirás quello que ellos quieren oír. Agora mismo nos están escuchando. No olvides decir la verdad.

No alcanzó a distinguir quién hablaba. No porque estuviese oscuro allí, sino porque un profundo sueño lo arrastraba hacia alguna parte. Se rindió hasta que, no podría saber cuándo, desperté sentado en una silla en medio de una sala enorme. Adivinaba que estaba vacía por el eco de las voces. Un farol rabioso colgaba delante de él y le impedía ver más allá. Escuchó una voz que le decía o le preguntaba algo. No entendió. Otra voz volvió a decir:

—La soberbia condena vos, fijo.

Era el padre d'Ángelo, con ese tono de voz, fingido y obligatorio que los ministros de Dios se exigían en Calataid.

—Por favor, no me nombre "fijo" —escuchó que decía él mismo— Usted bien sabe que yo no soy fijo suyo e que tal vez usted nunca á tenido uno, a pesar de que tiene aconsejado a todo el pueblo sobre cómo se face élo.

Alguien murmuró una risita que se perdió en la inmensidad. Otro observó que en su brazo derecho aún quedaban manchas. Se dio vuelta. Las sombras eran proyectadas por pequeños cuerpos oscuros que retrocedían en un murmullo ensordecedor. Lo llevaron con la punta de los fusiles entre las costillas, a la altura. La altura, como era conocida en Calataid por rumores antiguos, era más bien un profundísimo aljibe sin agua, usado antiguamente como lugar de castigo extremo. Probablemente había sido el resultado de algún intento fallido de ampliación de la cisterna. Se llegaba a ella por un largo túnel que conectaba los sótanos de la torre ciega de Abel con el refugio de la iglesia de Santa Isabel.

Bajó a la altura colgando de una cuerda. No necesitaron atarlo porque él mismo se agarró a ella para no caerse por aquellos veinte metros de profundidad. Y allí pasó días y noches, con la espalda pegada a la pared húmeda, caminando en un círculo de veinte metros de diámetro para no perder las fuerzas a la hora de salir, adivinando el día por un punto difuso y luminoso que podría ser una minúscula ventana en lo alto; o eran los faroles que ardían con cierta regularidad. Sin formas ni sonidos, aturdido unas veces por el silencio de la tierra y otras por el aullido extraño que hacían las voces de los muertos, deformados por el oído profundo del aljibe, como si fuesen sirenas de barcos o truenos de alguna tormenta subterránea, temblores ensordecedores de las capas más profundas del planeta o del infierno.

La última noche sólo se escuchaba la voz del padre, murmurando perdones que no se comprendían, porque la voz se estiraba por el túnel vertical, hasta convertirse en una especie de rugido de león. Entonces Ramabad se ponía de espaldas en el suelo y se agarraba de las paredes para no caer hacia arriba, por donde suponía que debía estar la boca de entrada y de salida.

Uno o dos días después recordó su alcoba y su cama, la mujer de la estación, la florista, el plano de Nueva York. Recordó el interrogatorio y la sala con el farol colgando delante de su cara. Querían saber algo. La peste mora, el plano de Nueva York, al asesino de don Valentín, la conspiración descubierta para destruir Calataid, una historia publicada por la trova donde se hablaba de sus vicios sin nombrarla, las utilidades de la trompeta, su ausencia en las últimas asambleas, su evidente escepticismo, su falta de patriotismo, las consecuencias dramáticas de la traición, el fuego, la pureza, el infierno.

Después que recobró el sentido, la memoria y la conciencia de Calataid, le informaron que la asamblea había resuelto la pena máxima para el asesino del cantinero. Poco antes del fin de la peste el verdadero asesino había confesado. No, no era él. Si no soy yo el asesino, ¿quién más puede ser? No alcanzaba a comprender cómo no había sido él. Le ordenaron que no intentara confundir otra vez a la autoridad. Estaba allí porque la asamblea lo había elegido para ejecutar la pena máxima, pero él se negó con insultos. Esto último no recordaba, pero debió ser antes de que lo llevaran allí por la fuerza. Eso explicaría todo. Finalmente comprendió: había algo aún peor que ser culpable. En el interrogatorio se negó a cumplir con la resolución de la asamblea y, entonces, comenzaron a interrogarlo sobre los vínculos que tenía con el asesino y con un complot de acabar con Calataid. Tenían en su poder documentos que revelaban este plan y los vínculos que tenía el asesino con los trovadores. Habían sido detenidos uno por uno, algunos de ellos intentando huir por las vías del tren y otros por el menos probable camino oriental de Garama.

EL NEGRO QUE LO ACOMPAÑABA en su celda olía a comida y sudor. No era un esclavo porque estaba demasiado flaco y los esclavos en Calataid eran bien tratados, lo que se podía ver en sus músculos fuertes. Más bien tenía cara de cínico, una sonrisa irónica y una mirada cansada de especular inútilmente, divagando como lo había hecho siglos antes en el desierto y luego en la larga noche de los años que había pasado allí bajo tierra, para seguridad de Calataid. Aunque hablaba inculto, mezcla de cristiano y algarabía, todavía hablaba con osadía. A Ramabad le molestó que el negro quisiera darle consejos. Más le molestó que pensara como él.

—Secún les verdaderos fieles et la religio verdadera —dijo el negro—, sólo puede haber un Deos verdadero: Deos. Alguns dixen que el verdadero Deos est Uno et est Tres alo mismo tempo, mas por xuzgar en las evidentias Deos est Uno et est Various más. El verdadero Deos est único mas con diferentes polítiques secún los intereses dellos verdaderos fieles.

Cada uno est el Deos verdadero, cada uno muve sus fieles contra los fieles dunos otros deoses que son sempre deoses falsos aunque cada uno sea el Deos verdadero. Cada Deos verdadero organiza la virtud du cada popolo virtuoso sobre la base dellas verdaderas costumbres et la verdadera Moral. Existe uno sola Moral basada nel Deos verdadero, mas como existem múltiples Deos verdadero ansí existem múltiples Moral verdadera, uno sola de todas est verdaderamente verdadera. Cómo saber cuál est la verdadera verdad? Los métodos de proba sont dudosos; quello que no tiene discuto est la praxis probatoria: el desprecio, la amenaza et, por si dudas, la muerte.

Miró su sombra, su leve sonrisa. ¿No tenía miedo? Tal vez había sido condenado a muerte y lo sabía. O tal vez sus palabras ya no valían nada, como no valdría quien pudiera escucharlo.

—Sí, a veces dudo et sé quella duda tiene sido maldita por todas las religios, por todas las teologías et por todos los discorsos politiques. A tiempos dudo, mas est probable que Deos no desprecie mia duda. Deos debe ser muy ocupado entre tanta obviedad, ante tanto orgullo, entre tanta moralidad, detrás de tantos ministros que se apropiaron de su palabra, secuestrando élo en una fortaleza cualquiera, para facer ellos quello quelles quisesen puertas afuera.

A LA SÉPTIMA O A LA OCTAVA NOCHE, tal como había predicho el doctor, se le quitaron las manchas. Cuando el doctor ordenó subirlo y vimos que ya no tenía la peste, su prestigio, que ya era considerable, se duplicó, dando crédito a cualquier cosa que viniese de la misma boca.

El tiempo había desmejorado. Un clima imposible se instaló durante tres días sobre el desierto de Calataid. Soplaba un viento gélido del norte, cargado de lascas de hielo que pinchaban la piel de la cara. Abajo, en el aljibe, Ramabad no había notado este cambio. Pero afuera el frío era insoportable. Quizá este fenómeno había sido una de las razones para que las cosas se precipitaran. La espera en la plaza comenzaba a impacientar a la gente; corrían el riesgo, también nosotros, de pescarnos una nueva epidemia, esta vez de gripe.

Llevaron a Ramabad a la plaza Matriz, en un carretón cerrado, vigilado por dos muchachos que no conocía. Iban uniformados de alférez. En sus rostros aún podían verse vestigios de una infancia muy reciente, disimulada por un gesto adusto que habrían copiado de algún alférez experimentado, que les había enseñado a ser hombres y a amar a su patria con fanática obediencia. Sus ojos reflejaban todo el orgullo de los guerreros que aún no han muerto. Todo hacía pensar que también habían llevado de esa forma a los trovadores.

En la plaza se había reunido todo el pueblo. El alivio que había comenzado a sentir al salir de la torre de Abel terminó cuando escuchó de lejos a la multitud, murmurando. Era como si en su cabeza hubiesen apoyado una pesada máquina moledora de maíz y en ese momento la hubiesen puesto a funcionar. Podía sentir cómo los dientes de la rueda atrapaba los granos y los trituraba, haciendo ese crujido característico que se escuchaba siempre en el molino de Paco.

Una vez en la plaza, lo empujaron hacia el centro y le desataron las manos. El nuevo monaguillo dijo una frase en latín que Ramabad no comprendió. Luego un funcionario con uniforme azul puso en sus manos un hacha de picar leña y me indicó el camino. En el centro habían construido una plataforma de madera. Olía a leña fresca. Arriba estaba el asesino, revolcándose, envuelto en una tela negra.

—Terminemos con esto de una sola vez —dijo el hombre y se retiró.

Ramabad hizo un gesto de desaprobación; o de temor. Tomó el hacha pero la dejó caer al suelo. Una expresión de fastidio general se hizo sentir con pocas palabras. A un costado, pero muy cerca de allí, un grupo de mujeres murmuraba una oración, tal vez un rosario en latín. Al principio pocos las reconocieron por sus vestidos largos y oscuros. No eran las monjas teresitas, porque las santas del convento nunca salían de sus oraciones; probablemente no supieran que ya se había resuelto el enigma del cantinero (probablemente no supieran que el cantinero había sido asesinado). Luego se supo que las mujeres pertenecían a una rama escindida de la iglesia del pastor George Ruth Guerrero y, a pesar de sus votos protestantes, habían encontrado en el estudio del latín un camino al origen de la verdadera fe. Pero en la deforme cabeza del Basilisco estas palabras incomprensibles rebotaron sin encontrar un sentido. Miró hacia los costados y vió una multitud sin límites, llenando cada uno de los rincones de la plaza y de las calles y los callejones que iban a dar ahí. No gritaban, pero rugían como el mar que había visto en una película, días antes. La máquina de moler maíz volvió a dar vueltas y a hacer estallar los granos mientras el asesino se revolcaba en el centro, emitiendo gemidos que no se oían claramente porque un paño le llenaba la boca.

Advirtiendo la incipiente desobediencia de reo, el alcuazil se abrió paso entre la multitud hasta alcanzar el centro. Con una estaca trazó una línea casi imaginaria en el suelo gastado de la plaza, y dijo:

—Aquellos que son del lado de la justicia, deste lado, e aquellos que no, dellotro.

Hubo alguna tímida protesta, pero finalmente todos se pusieron "deste lado" Es decir, el asesino y Ramabad quedaron del otro.

—No tiene nada que temer —intentó consolarlo Aquines Moria—. Cumpla con su deber de ciudadano e cruce la línea. Sus hijos serán agradecidos un día. Tendrá pagado ansí todos sus pecados e los pecados de sus padres.

—¡Vamos, no tenemos toda la noche! ¡Congelamos nos!

Cumplió con su deber. Golpeó al asesino con el revés del hacha. No quería cortarlo, no quería sentir el filo en la carne, no quería ver sangre. Sólo quería que se dejara de mover, como un pez afuera del agua. Sólo quería acortarle el tormento de alguien que sabe va a morir, tarde o temprano, en medio de una multitud excitada y gozosa.

—¡Mata élo, mata élo de una vez!

Le dio otro golpe, esta vez un poco más fuerte que el anterior.

—¡Divino! ¡Mata amí también! —gritaba una mujer, tocándose los senos.

—Isso es, mi gallo, mata élo de una vez —gritaban todos al mismo tiempo.

—¡Mata élo! —uno.

—Sabía que no iba a nos defraudar —otro.

—Es uno déllos nuestros —y otro más.

Siguió golpeando con fuerza la bolsa negra, pero no
había caso. No había forma que se quedara quieta.

—¡Divino! —seguía gritando la mujer de los senos
enormes—. No apurés vos tanto.

—Sí, termina élo de una vez —pedía otro.

—¡En la testa!

—En la mollera, más aí.

—Eso es, en la testa.

Sin duda, era una buena idea. Con la algarabía, no se le
había ocurrido. Tenía que haber comenzado por allí, con un
solo y preciso golpe. Esa hubiese sido la mejor forma de evitarle tanto dolor.

—¡Termina élo, termina élo!

Fue en la cabeza. Sólo así dejó de retorcerse y la gente
saltó de alegría.

El Basilisco estuvo sin sentido un largo rato. Cuando el
griterío aflojó, como una tormenta de arena que se retira, Ramabad se acercó al asesino y lo sacó de la bolsa. Tenía el traje
de pájaro puesto. Lo habían agarrado así o lo habían obligado
a ponérselo, para terminar no sólo con el asesino del cantinero sino, sobre todo, con el mito del pájaro; mito que seguramente a esa altura ya se había confundido con el gallo
negro, el cual, se decía, no era posible verlo dos veces sin morir de un infarto.

Sus ojos apenas se movieron para quitarse la sangre que no le dejaban ver. Estaba reventado. Quiso decir algo, algo importante, algo que debía importarle más a Ramabad que a ella misma (o eso le pareció a Ramabad) Pero su rostro se quedó en una especie de sonrisa pensativa. Y no parpadeó más.

EL PÁJARO SE HABÍA QUEDADO MIRANDO hacia la nada, como pensativa. Después fueron dos hombres y se la arrancaron de los brazos, la sacaron de la bolsa negra y de su traje de pájaro y la arrojaron sobre una mesa. Y allí quedó durante horas, extendida sobre un río de sangre congelada, expuesta su cuerpo para euforia de los viejos y decepción de los trovadores. Sólo los críos tenían prohibido presenciar el cuerpo deformado del asesino. Pero todos adivinaron lo sucedido.

Esa misma noche, cuando el pueblo no salía aún de la excitación de la justicia, el gran salón que se había convertido en la celda de los descamisados ardió fuego. Seguramente se trató de un suicidio colectivo, aprovechando la donación de colchones que hizo ese mismo día el alcuazil. Uno de los pedritos que estaba de guardia acusó a los trovadores de negarse a usar los colochones y luego de liderar el mismo incendio. El fuego resultó imparable y alumbró la noche de Calataid, desde la muralla de Lázaro hasta la de Santiago. Si bien no fueron llevados a camposanto, se les rindió un breve homenaje a las víctimas de la peste y se los enterró en una fosa común. También se enterró la memoria de los alaridos, alucinados pidiendo auxilio a carcajadas en medio de la noche, recitando versos como si fueran himnos sin patria e sin dios. Entre los incomprensibles alaridos de alegría se escuchó repetidas veces la invocación a Isabel de la Cruz y al pájaro, al pájaro como la última líder de los alumbrados. Pero esto (había respondido Ramabad) sólo se debía a la imaginación de Calataid. Ni siquiera era la imaginación propia de los testigos que se amontonaron fuera de la comisaría; era Calataid la que deliraba a través de sus óranos humanos, la que paría fantasmas y devoraba carne humana.

Todo volvió al orden, lentamente. El loco de la trompeta se sentó extramuros a esperar el tren y allí permaneció como un mendigo. Secretamente, todos sabían qué esperaba y, también en secreto, todos esperaban la aparición del tren, por última vez. Mientras tanto, Ramabad decía que el desierto sepultaría la ciudad maldita. Le perdonaron esta repetida ofensa porque estaba loco, porque sus días estaban contados y porque finalmente reconocieron que Evita comenzaba a desbordar la muralla de Santiago. La próxima tormenta de arena —decía Ramabad—, la próxima tormenta olvidará la ciudad santa. Entonces, la despreciable humanidad nunca se enterará de su orgullosa existencia, de su heroica misión en la tierra.

La noche siguiente, algunos seguidores del pájaro recordaron, en voz baja, en un rincón de la placita triangular de San Patricio, el día del juicio. Recordaron cómo su propio hermano lo había matado con un hacha, desprendiéndole las piernas del resto del cuerpo. Y alguno, incluso, dijo que antes de morir, poco antes de alzar el vuelo, el pájaro había recitado:

Realidad es la locura

que permanece
y locura la realidad
que se desvanece

Y como una maldición, continuaron recordando otros versos. Nadie sabe quiénes fueron los primeros en guardar los hechos de la Restauración y los versos prohibidos de Calataid. Ni siquiera, nadie supo si algunos versos habían sido recordados la noche siguiente a la ejecución o nacían de las bocas murmurantes de los nuevos recitadores. Pero en cualquier caso, decían que eran los versos del pájaro, y su virtud consistía en haber continuado escribiendo muchos años después de su muerte. No más allá de Calataid, porque quienes lo intentaron murieron ahogados en el desierto.

Tenía la misma mirada de siempre, aquella mirada joven y terriblemente triste. No era la mirada de un hombre o de una mujer que nace triste, pensaba, como quien nace sin piernas y no se resigna a su destino. Más bien era la mirada de alguien que nace sin piernas y un día comienza a esperar un milagro que le devuelva en una noche los pies, las rodillas, los pasos, las caricias sobre la liberad recuperada, hasta que se despierta y comprende que todo había sido un sueño. Estafada por sus propias ilusiones, engañada por sus propias esperanzas. Era una de esas miradas repentinamente tristes que conservó por años, como si algo o alguien le hubiesen destruido una ilusión secreta, largamente conservada, un día cualquiera, así, de golpe, y ya no le quedase más que la desesperanza y el reconocimiento de toda su impotencia, revelada como un día al despertar de un sueño luminoso en donde la

amante no existe; o mucho peor aún, en donde el amor existió pero ya no la persona amada.

Dicen que vagó por el desierto hasta morir. Esto
evitó, tal vez, que incendiara la alcaldía. Nunca abandonó la
idea, pero su ausencia lo convirtió en un extraño. Había perdido la oportunidad de revindicarse ante Calataid por su va-
lerosa acción y se había convertido en alguien peligroso,
dubitativo, errante. Todos sabían que no se puede vagar por
el desierto sin encontrarse con el Heterodoxo. Y ningún hombre sin las virtudes suficientes podría resistir a sus tentaciones. Por eso, todos estuvieron en alarma cuando regresó y lo
vieron caminando por la Empedrada, como un fantasma, con
la ropa llena de polvo y sudor, con el pelo endurecido de
arena y la escasa barba sin afeitar, con la mirada perdida de
un alucinado. Se sabe que regresó a su casa y que encontró la
puerta sorda a sus enfurecidos golpes de aldaba, que esperó
días en la estación, desmayado de hambre, alimentándose de
alcachofas alucinógenas, pero su tren no llegó. O si llegó no
alcanzó a sentirlo. Tampoco la semana siguiente. Esperó, inútilmente, con un puñado de libras en un bolsillo y una bolsa
escondida en un hueco de la muralla. De vez en cuando, en
su locura, movía los dedos como si estuviese tocando la corneta que ya no tenía, como si en ese acto mágico estuviese la
clave de la aparición del tren.

Nadie sabía si esa vez había vuelto el tren, pero todos
sabían que una tormenta de arena había castigado dos días el
horizonte nordeste, hacia Ahaggar. Probablemente había sepultado las vías y, de ser así, pensó don Ferrando, tardarían

meses en recuperarlas del fondo de las dunas. No hacía mucho tiempo el profeta Aquines Moria había comenzado a predicar que el desierto era la casa del Heterodoxo, donde habían prendido el judaísmo y el Islam como la palma y como la nada, donde Jesu Christo había sido tentado por el Heterodoxo en una alcor, y donde las mujeres desnudas bailaban envueltas en paños transparentes y enloquecían a los maquinistas del tren. Por ello, la batalla de Calataid había sido, desde siempre, desde su origen, defenderse del persistente crecimiento de Evita y de las dunas circundantes. Las enormes murallas eran testigos insobornables de esta historia de resistencia, y una indiscutible prueba de las virtudes de los antiguos pobladores de la ciudad santa, que se fue olvidando con el tiempo y por el espíritu debilitado de las generaciones de hierro. Razones por la cual la lucha no era contra una naturaleza ciega y sin significado, sino contra la decadencia moral del nuevo pueblo elegido.

También era probable, pensó la mujer del alcalde, que las autoridades del ferrocarril hubiesen decidido construir un nuevo disco de giro para evitar el inútil viaje hasta Calataid, lo que podría privarla de algunos artículos de primera necesidad. Pero la mayoría festejó esta posibilidad. Tal vez en Argel habían renunciado a rescatar las vías del viejo tren para no tener que luchar más contra una naturaleza infatigable y crecientemente enfurecida, consecuencia de la terrible guerra que hundía al país.

EN UN CUADERNO MAL ESCRITO, que hacía las veces de registro oficial de entrada y salida de presos y que prestaba sus márgenes para cuentas domésticas, se consta que el 29 de diciembre de 1978 Ramabad estuvo detenido dos días por subir las escaleras de la torre Isabel. Luego, el 5 de enero, por emborracharse extramuros y por revelarse a la autoridad. El 21, la última vez, cayó quince años en los calabozos de la torre Abel, por incitar a la subversión en San Patricio.

Agonizó varias veces. Cuando salió confesó que durante todo ese tiempo había caído repetidas veces por un túnel hasta desembocar en una plaza donde varias personas lo ataban y lo azotaban mientras le decían algo en árabe o en latín. Querían saber algo o simplemente realizaban un ritual de expurgación. La plaza estaba siempre llena de gente y a mí me preocupaba no llevar camisa, más que la posible falta de pantalones. Un sol o una luna persistente le brillaba sobre la cara como un farol de mantilla, lo que le impedía abrir bien los ojos para ver a la gente. Despertó en distintas celdas una y otra vez, con la peste mora creciendo por sobre todo su cuerpo.

El primer año, hasta la Navidad de 1979, conocidos y monstruos de todo tipo desfilaron por el mismo pasillo que conducía hacia las escaleras de los renegados: el albañalero Josef María Josef, atado de manos y llorando como todos los de su condición; Pedro Salinas y Lucía Ríos, cómplices y amigos del albañalero; Jesús Arenas, primo renegado de María Arenas; el trovador de la Fuente, Magda, el ayudante del mecánico, la mujer don Ferrando, una de las viudas de la casa de tolerancia, la rapaza criada del alcuazil, tres mellados y una gran cantidad de negros *shetanis* y blancos renegados.

La peste y las inmersiones en la plaza duraron siete meses. Pero el encierro dio sus resultados. Pronto se curó de ambos males. Cesó la fiebre y las manchas desaparecieron. No obstante, otro tormento lo siguió once años más. Tuvo que escuchar sin comprender al negro que sonreía con su nariz y sus labios de blanco. Al cínico nunca se le quitaron las manchas del pecado ni estaba dispuesto a ello ni le importaba, porque su cuerpo le pertenecía al diablo. Tuvo que verlo masturbándose entre las rejas, no por placer sino para insultar a los guardias que siempre lo descubrían, tarde, justo cuando las hermanas de la caridad bajaban a consolar a los reos y entonces huían persignándose de aquel infierno. Tuvo que ver sufrir y morir al último trovador, al trovador mudo que cortaron los dedos. Tuvo que escuchar, año tas año de una celda vecina, la voz del viejo que leía *El Quixote* —libro que las autoridades de Calataid consideraban inocente y ejemplar. Una vez dijo (¿o había sido su padre?) que no había nacido aún el Cervantes que escribiera la misma historia desde el punto de vista del Quijote y no de Sancho. Pero alguien le gritó imbécil, si todos los libros y todos los discursos sobre la tierra eran la versión de un Quijote que se hacía pasar por Sancho. O, peor aún, un Quijote que se hacía pasar por Cervantes.

«¿Qué es posible en cuanto ha que andas conmigo no me has echado de ver que todas las cosas de los caballeros andantes parecen quimeras, necedades y desatinos, y que son todas hechas al revés? Y no porque sea ello ansí, sino porque andan entre nosotros siempre una caterva de encantadores que todas nuestras cosas mudan y trucan, y las vuelven según su gusto, y según tienen la gana de favorecernos o destruirnos; y así, eso que a ti te parece

bacía de barbero, me parece a mí yelmo de Mambrino y a otro le parecerá otra cosa».

Y así fue como Ramabad se hizo la idea de que Calataid era un solo hombre. Un solo hombre, enfermo. Una sola mujer que deliraba y con ésta él también. Noche tras noche esperó despertar del sueño o del delirio, de esa vida suya que era la respiración de Calataid. Pero cuando sentía que lo lograba, el negro volvía para envolverlo con su murmullo, con su forma de hablar sin idioma, enredado en una fiebre de especulaciones vanas. La última que recordó (que no pudo olvidar) fue sobre la iglesia primera de Calataid. Nuestra tradición cristiana, habría dicho, no se funda en el primer siglo sino en el cuarto. Si el Concilio de Nicea, en 325, prohibió decenas de evangelios llamándolos "apócrifos" sin ninguna prueba fue, precisamente, porque decían algo importante que se debía silenciar. ¿Por qué destruir decenas y conservar sólo cuatro? Ese algo debió ser altamente inconveniente para una iglesia ya asentada en el poder, en el trono de Lucifer. De ahí en más todas las sectas partirían del mismo olvido. Es decir, el cristianismo está basado, en gran parte, en una doctrina anticristiana, en una única secta que, con pretensiones de universalidad, como cualquiera de por entonces, tuvo la suerte o la virtud de prevalecer hasta aniquilar a las otras hermanas descarriadas. Eso de ir a la iglesia todos los domingos, ¿dónde está escrito? Según el negro con cara de blanco, la historia no está hecha sólo de memoria; sobre todo está hecha de olvidos, de estratégicas omisiones.

Esta última era una idea que en algún momento debió compartir con el doctor Uriburu quien, en un trozo de papel que aún se conserva entre las páginas de un libro de anatomía, había concluido: «*...entendiendo esto, no queda otra opción que proceder a una arqueología del poder. En este procedimiento debemos partir de un prejuicio fundamental: todo poder es mitómano*».

Los otros dejaron soltar risitas nerviosas. Sabían que el negro era el mejor confabulador y los entretenía, cada vez que volvía a delirar. Pero el negro y Ramabad eran los únicos que no se reían. El negro porque comprendía lo inútil de sus palabras; Ramabad porque no comprendía.

UNA MINORÍA ERA DE LA CREENCIA que Calataid había sido fundada por las primeras víctimas de la revolución industrial, por aquellos europeos que en tiempos de Fourier habían pensado una sociedad perfecta, sin minas alemanas, sin chimeneas inglesas y sin guillotinas francesas. Una sociedad basada en los valores morales y en la libertad que (se dijo más tarde) sólo concede Dios y administran las almas más nobles. Otros, habían imaginado Calataid desde Europa, sin clases sociales y sin jerarquías eclesiásticas. Idea que se materializó en la revuelta de 1844, en la falsa inexistencia de un gobierno hasta 1847. La utopía de los anarquistas no fue posible por la natureza perversa de los hombres y mujeres que olvidaron su misión divina y se abandonaron a la pereza y a los vicios de la pobreza. Los pocos que conservaron la verdadera fe recuperaron el orden de la administración predicando sobre la corrupción del mundo en la plaza Matriz, prédica que se vio rápidamente confirmada por la invasión por parte de los musulmanes de Abd al-Qadir en 1847. Las marcas de los cañones infieles permanecieron en la puerta del Poniente como una cicatriz abierta, hasta el último día, como alcabala al valor y como símbolo del destino evidenciado de Calataid. Unos meses después de la entrada de los moros, al-Qadir fue destronado por los franceses en Argel, lo cual fue interpretado como un mensaje divino. Casi al mismo tiempo, y sin tener noticia de estos acontecimientos, los ateos de la revuelta de 1844 fueron quemados vivos en hogueras públicas, y con ello se reinstaló el orden al día siguiente.

Así, Calataid resistió a la barbarie durante cinco siglos, imponiéndose a la historia y al desierto, al falso ascético de trapos envolventes, al lujurioso de gruesos labios y mirada penetrante. Esta versión, no obstante, fue resistida por una minoría intelectual. Sobre todo después que en 1945 (hasta 1963) se levantó la prohibición de rescribir la *Historia de Calataid* del padre Juan II y algunos viejos estudiosos dejaron volar la imaginación y fecharon su fundación en tiempos del heroico mártir de Cristo, Tomás Moro. No faltó quien afirmase que fue el proyecto aún sin fracasar de Platón. Algunos, como el doctor Uriburu, basándose en conversaciones clandestinas con los traficantes libios, decían que en la ciudad abandonada de Garama (conocida luego como el oasis de Jarma, en la región de Fazzan) había memoria escrita en las piedras sobre la existencia de la ciudad de la secta cristiana, hacia el poniente. Según estas piedras, la ciudad amurallada había mantenido comercio de esclavos con Garama hasta el siglo IV, prosperando, principalmente, con el trueque de negros de al-Maghrib por telas y especias de Cartago y de la Hispania. Como ocurría antiguamente, el tráfico de mercancías iba acompañado del tráfico de ideas y creencias y de esa forma, con los camelleros del norte y del oriente llegaron escritos y comentarios arrianos, prohibidos por la nueva Iglesia romana. De Garama no sólo habían aprendido el arte de cazar trogloditas etíopes, sino también la técnica de la excavación de túneles subterráneos, con la finalidad de mejorar la extracción de agua. Con el tiempo, las cisternas y la extensa red de túneles que cruzaban por debajo de la ciudad cristiana de al-Masrek superaron en tamaño y en belleza a su modelo berebere. El comercio y la población crecieron junto con las murallas y las aldabas de oro, reemplazadas siglos más tarde por réplicas de bronce. Todo esto desató la envidia de la vieja Garama y, en algún momento que no registran las piedras con exactitud, las relaciones políticas y comerciales entre los dos pueblos se deterioraron hasta romperse definitivamente. Es probable que hubiese expediciones de represalias de un lado y del otro, pero esto son sólo conjeturas basadas en símbolos incomprensibles, grabados en las columnas de la cisterna Ángela sur, de Sancta. Un enorme bloque de piedra desenterrado antes de la guerra europea, y que debió pertenecer al arco de la puerta del naciente, sugiere con una palabra interrumpida la acusación "INVID…" *Invidia* o *invidos* podría haber sido la palabra completa, grabada en el siglo tercero o cuarto. Según otros símbolos romanos, descubierto por el doctor Uriburu, los habitantes de Garama se enfermaron de envidia y de rencor. Pero según algunas piedras de Garama, las fabulosas reservas de agua se agotaron después de siete siglos, coincidentemente con la aparición de los refugiados cristianos del poniente. Sea como fuera, las disputas acabaron con las relaciones comerciales y en la posterior condena al tráfico de seres humanos por parte de Sancta. No es posible decir si la decadencia de Garama se debió, en parte, a este bloqueo o si fue anterior a la demanda de esclavos baratos del Magreb. Lo cierto es que, de acuerdo con estos datos, Sancta debía existir desde antes de la decadencia y desaparición de Garama, es decir, desde antes del cuarto siglo de la era cristiana. Poco después, en el año 430, los vándalos hispánicos, comandados por Genserico, ya habían invadido la tierra de los mauros —moros o negros, para los ojos germánicos— arrasando con los pueblos de Argelia y Túnez. Según Uriburu, Sancta guardaba la memoria de este momento en sus cimientos y en sus aldabas. Una galería de túneles inútiles conducía, después de la quinta cisterna, a un muro subterráneo que alguna vez había formado parte del paredón de sacrificio de una plaza pública. No muy lejos de este muro habían sido olvidados cientos de cristianos herejes en una tumba común. Ésta secta, la secta de los arrianos, fundada por el libio Arius, había sido la secta preferida de la alcurnia y del ejército romano antes de ser condenada en el concilio de Nicea, en 325. Muchos de sus seguidores huyeron a los confines del imperio y encontraron refugio en Sancta. Con el tiempo, habrían impuesto a los habitantes anteriores su verdad sobre la unidad de la divinidad, sin divisiones, sin dos ni tres partes. No habían sido los fundadores de Sancta sino un capítulo de su historia, acumulada siglo tras siglo como las mismas ciudades que iban superponiéndose unas sobre otras, ignorándose o imponiéndose un olvido refundador, purificado, sin mácula.

SÓLO DESPUÉS QUE LO LIBERARON en 1993, por razones de salud, por enfermo o por dislocado, dejó de sentir que lo seguían, que lo vigilaban por su falta de nacionalidad y de religión, por su probable sodomía y por su consumo de zuruma. Casi no percibió el cambio. Había divagado todo esos años en una sola pesadilla que lo sacaba de los calabozos de la torre ciega de Abel pero nunca más allá de las murallas de Calataid.

La ciudad era la misma. Un poco más vieja. Veinte años más vieja, lo que para una ciudad era algo inesperado. La degradación de la medina de San Patricio se había extendido como una mancha de aceite hasta alcanzar parte del centro nuevo. Probablemente sus habitantes habían disminuido algo, o habían envejecido y ya no se dejaban ver tantos por las calles. Evita había crecido un poco pero no tanto. El esfuerzo de las milicias organizadas para proteger las murallas y reducir la arena desbordada había dado sus resultados. La euforia de este éxito convirtió a los areneros en héroes. Las murallas de Lázaro y de Santiago todavía resistían y todavía seguían desbordándose cada noche de viento norte.

Había muerto don Ferrando y su viuda atendía el negocio. Se le había doblado la espalda y su rostro se había deformado como un tasajo, pero seguía sonriendo a todos los que iban al decadente almacén de frutas y verduras. Cuando Ramabad se animó a pasar por allí, no lo reconoció.

La Asamblea, liderada por el pastor Ruth Guerrero y el sobrino del cantinero, finalmente había prohibido la entrada de los camelleros, con éxito. Salvo los días de habubs, cuando la ciudad quedaba ciega por las oleadas de arena, era imposible que alguno de estos mercachifles y recitadores de versos paganos dejara ver sus narices por la puerta del naciente. Al cabo de diez años la desnutrición infantil se había agravado en Calataid, pero el hecho se conectó erróneamente a la escasez de divisas que en otro tiempo traían los camellos. Por el contrario, se desabrió que las nuevas generaciones naturalmente nacían más débiles. Esta decadencia había sido predicha por el padre Juan II, como un inevitable envejecimiento moral y espiritual del mundo, del que Calataid sólo podía resistir pero no evitar del todo. Esta teoría de la involución se asentaba en la idea de que son los promiscuos, hombres y mujeres sin moral, quienes más se reproducen. Calataid no era la excepción: las familias de más noble tradición religiosa había disminuido hasta convertirse en una minoría casi invisible, por lo cual debió hacerse proporcionalmente más fuerte en el gobierno y en la tarea de educación del pueblo.

El hermano de la florista era padre de cinco niñas mujeres, todas muy pálidas y delgadas, aunque ninguna de ellas defectuosa.

Sabía que la viuda había muerto pero no supo qué había sido de la hija de Lucerito. Preguntó hasta donde pudo y todos dijeron que la joven no existía, que la viuda del cine nunca había tenido hijos de joven y menos de vieja. El cine se mantenía cerrado y abandonado, lleno de polvo y de telarañas. La arena del desierto se había ido acumulando entre las butacas de la sala hasta casi sepultar las tres primeras filas. Era difícil adivinar por dónde había entrado tanta arena, pero no era raro ver viejas casas amenazadas por el mismo fenómeno.

El alcuazil de María se había retirado y el alcalde había muerto casi nueve años atrás por una indigestión nocturna. Para ocupar su lugar la asamblea había elegido y reelegido cada cinco años a su único hijo, don Rodrigo, tutelado por el pastor George Ruth Guerrero hasta el presente, ya que el rapaz había demostrado incapacidad para las complejidades del cargo, aunque también incuestionables virtudes morales como para mantenerse donde estaba. Don Rodrigo tenía treinta y dos años y todavía mojaba las sábanas y los pantalones, lo que le impedía participar en actos públicos. No hablaba bien, sabía contar hasta veintinueve, pero la asamblea lo estimaba como símbolo de un pasado glorioso, ya que el parecido con su padre era casi perfecto.

Su madre y la nana vivían, pero no las había vuelto a ver ni ellas querían verlo a él de nuevo.

Una semana después, Ramabad consiguió refugio en el sótano de la vieja casa de cura de San Patricio. Allí supo, por los hombres que recordaban a los camelleros, que extramuros Calataid era conocida como "el prostíbulo del Sahara". Se dice que este secreto había dejado de ser tal, que se había desparramado como la peste mora, a mediado de los ochenta, hasta llegar a oídos de las autoridades. Pero lo cierto es que ese rumor existió siempre, desde que la ciudad tenía memoria de los camelleros, en el siglo XIX.

Más tarde Ramabad se mudó al altillo. Por unos meses, ayudó atendiendo los discretos aldabazos, abriendo y cerrando la puerta de noche, sacando la arena que se acumulaba en la sala de entrada, tocando una flauta de caña o recitando versos eróticos a los clientes que esperaban su turno. Las hermanas que atendían allí eran las hijas y las criadas de las antiguas dueñas de casa. Hizo este trabajo mientras pudo, pensando que esa vez se liberaría del recuerdo del pájaro. Luego se dedicó a buscar, inútilmente, el recuerdo de Lucerito en las niñas de Calataid.

Creyó encontrarlo en Arletty, una de las jóvenes que trabajaban en la casa; se parecía increíblemente a ella y había mostrado interés por él o por su conversación. No descansó hasta estar seguro que nada tenía que ver con quien pensaba. Simplemente se parecía, como se parecían tantas otras. Su mayor sueño, decía, era poner pie en las aguas del Mediterráneo, aunque con el tiempo Ramabad comprendió que la joven fantaseaba con huir de Calataid. Su madre había sido prostituta y había procurado evitarle el mismo destino maldiciendo cada día la ciudad. Estuvo tres meses en el convento de las monjas teresitas, pero se escapó sin explicaciones y nadie volvió a buscarla. Sólo dos veces hizo el trabajo de las hermanas de tolerancia. La primera vez por un pedido especial de un hidalgo del centro que pagó una suma imposible de rechazar, ya que salvó a las hermanas de la casa de una hambruna segura. La otra, fue un libio que no hablaba cristiano. No quiso tocar más este tema.

Por los clientes de la casa, supo que el tren continuaba llegando a la ciudad, aunque de forma irregular. En ocasiones se tardaba dos o tres meses, pero llegaba. Así supo, entonces, que el zumbido que a veces había sentido en su calabozo no había sido producto de la locura, del encierro, como le había dicho el trovador.

CADA NOCHE SE IBA A LA CAMA con la secreta esperanza de despertar al día siguiente, habiendo descubierto que todo había sido un sueño, como aquel sueño en que él mataba con un hacha al ruso Rodinov por patear su sobrero juntamonedas (durante gran parte de su pesadilla en prisión, había sido limosnero). Al despertar recordó el hecho, sólo que en lugar de matar al insolente me había limitado a recoger las monedas desparramadas por el suelo. El crimen soñado se había disuelto al despertar. Pero el otro, el peor de los sueños, el de los hachazos blandos y carnosos sobre el pájaro, continuaba intacto, repitiéndose cada mañana, cada madrugada sin dormir, esperando con resignación su oportunidad para ser disuelto como los otros, con la muerte.

En su larga pesadilla, Evita sepultó Calataid varias veces. Varias veces vio la oscuridad creciendo detrás de la arena que se filtraba por las ventanitas abarrotadas. Varias veces murió ahogado y varias veces despertó sin poder despertar. Pensó que las torturas y los largos años de cárcel menguarían su dolor. Pero no fue así. Sus inquisidores no pudieron comprender su indiferencia a las privaciones a la que era sometido después de cada interrogatorio, como una carne golpeada queda insensible al tacto. Su indiferencia lo hacía más sospechoso, más extraño y ajeno a Calataid, más incomprensible, más peligroso. Ramabad no reveló de dónde había sacado las libras esterlinas y qué significaban los mensajes que enviaba, usando espejos, desde la torre de Isabel. Con su silencio se probó la acusación de mantener relaciones ilegales con el enemigo, un plan no revelado para entregar la ciudad a los fundamentalistas.

Despertó de los calabozos de Abel, del sueño que lo mantenía arrastrándose por las calles pidiendo algo para comer. Pero no despertó de Calataid, del Basilisco. Vagó por la ciudad una semana, merodeó de noche la casa de sus padres, su casa, pero no se atrevió a levantar la aldaba que reía.

CALATAID HABÍA CAMBIADO, aunque todos decían que era la misma. No quedaban casas pintadas de blanco y de azul. La arena del desierto había gastado las esquinas de su casa y prácticamente había borrado los ornamentos de las casas más viejas de Santiago y San Patricio. Los arabescos y las inscripciones romanas de las torres ciegas se habían salvado del alcance diario de las arenas, pero sus bases habían perdido las aristas vivas. La Torre de Abel se había desplomado cinco centímetros en su punto más alto, lo que era casi imperceptible en su base. La de Santa Isabel, en cambio, se había mantenido estoica, aunque ya no tenía los azulejos en su corona, los que alguna vez hicieron juego con una cúpula dorada, desaparecida mucho antes, después la revuelta de Abd al-Qadir en 1847. Las noches se habían vuelto más oscuras a consecuencia de la guerra civil que devastaba Argel: la usina generadoras de energía ecléctica se habían detenido totalmente años atrás por falta de petróleo refinado y la iluminación de algunas calles había sido reemplazadas por faroles que funcionaban a base de grasa y aceite. A excepción del Convento de las Teresitas, Ramabad encontraba grandes cambios en la ciudad, como si todo hubiese regresado a los primeros siglos de su fundación. Los escuadrones voluntarios de limpieza no daban abasto en su lucha contra el desierto que se filtraba como la peste. La Empedrada había perdido las líneas nítidas de su antiguo mosaico de piedras grises. Los mercados de Medina y San Bartolomé se habían empobrecido con el tráfico cada vez más esporádico de los camelleros y la muchedumbre de otrora ahora se limitaba a unos pocos ancianos que caminaban aburridos de un extremo al otro, hurgando con sus bastones pedazos de lámparas o relojes inútiles, semienterrados en la invencible arena del desierto.

Calataid había cambiado para Ramabad, pero no para sus habitantes. Una de las viudas del sanatorio dijo que la impresión del cambio se debía a su largo confinamiento en la cárcel, que en realidad era él quien había cambiado. Ramabad terminó por comprenderlo. Entendió que mucho de lo que recordaba de la ciudad era artificio de sus memorias y de las pesadillas que había vivido antes y durante su reformatorio. Entonces, dicen que se dedicó a la lectura y al vino. Los libros que encontraba en el altillo procedían de los basureros de Calataid y no merecían otro destino. Según Arletty, habían sido llevados por los clientes, rescatados de las casas abandonadas. En algunos se podía leer el nombre de sus antiguos dueños, ninguno de ellos vivo. Casi la mitad habían sido salvados de la última quemazón, organizada por Aquines Moria en 1986 y respaldada por el alcalde, quien había olfateado con su fino sentido político la conveniencia de tal decisión. La impredecible biblioteca de la casa de tolerancia no era un secreto muy bien cuidado, pero se la permitió como se permitían tantas otras cosas detrás de sus paredes. Algunos decían que era un mal necesario y otros entendían que la biblioteca y las mujeres que atendían allí todo tipo de dolencias demostraban la naturaleza demoníaca de unos y otros, lo que servía como mal ejemplo y era aludido día a día por los nuevos seguidores de Aquines Moria y de Ruth Guerrero. Los libros más nuevos y de tapa dura servían de decoración en la sala de entrada. Otros, más antiguos y escritos en algarabía, servían de asientos en la sala de espera. A los más viejos se los guardaba en el altillo y con frecuencia eran visitados por muchachos curiosos que, una vez curados de sus dolencias de juventud, pedían para descargar su curiosidad clandestina. Algunos clientes solían leer mientras esperaban y así, sin quererlo y sin darse cuenta, se les iba pegando el vicio, del cual, alguien había dicho, nunca se vuelve y por ello era menester las purgas y quemas periódicas. Arletty creía que muchos habían tomado la costumbre de leer en la casa y otros iban allí porque habían oído hablar de la biblioteca, la que, con el tiempo, pasó a llamarse Tolero. Algunos libros no merecían otra cosa que ser devueltos a la basura, decía Ramabad, pero mover sus páginas y leerlos era como rescatar un trozo de vida ajena de la putrefacción. Algunos aún conservaban la fecha o el nombre de la viuda Hanna. Otros habían pertenecido al ingeniero Alberto de Rosas Ralston y al doctor da Fatto Greenberg. No encontró ninguno de los libros de su casa, lo que indicaba que su madre aún mantenía el control sobre el territorio prohibido de su padre. En cambio, hizo dos descubrimientos: el primero, aquel libro de Heidegger que una vez usó para burlarse de los lectores de *La Aldaba*.

«Dicho de una manera negativa: de antemano nada com-prendemos si ya desde el inicio no sabemos en el modo del saber absoluto... Ya desde el inicio debemos haber renunciado no sólo en parte sino completamente a la actitud del sentido común y a todos los denominados criterios naturales, justamente para poder darnos cuenta y volver a cumplir cómo el saber relativo se rinde, llegando de verdad a sí mismo como saber absoluto . Nosotros —y es algo que se desprende de lo hasta aquí dicho— siempre tene-mos que estar de antemano un paso más allá de lo que en cada ocasión es expuesto y cómo ello es expuesto, en particular respecto al paso que de momento debe ser dado por la exposición de lo expuesto. Pero para Hegel esta anticipación es posible porque se trata de una anticipación en la dirección del saber absoluto, el cual justamente ya desde el inicio es de una manera propiamente dicha el saber sapiente que cumple la Fenomenología».

Tocó un volumen pesado que se abalanzó sobre sus manos *"El 'esfuerzo medular' del Kraussimo frente a la obra gi-gante de Menéndez Pelayo* por el DR. D. CESÁREO RODRÍGUEZ Y GARCÍA-LOREDO, CANÓNIGO, DOCTOR EN S. TEOLOGÍA, LICENCIADO EN SAGRADA ESCRITURA POR EL PONTIFICIO INSTITUTO BÍBLICO DE ROMA, LICENCIADO EN DERECHO, EXAMINADOR-JUEZ PROSINODAL Y PROFESOR DE TEOLOGÍA EN LA UNIVERSIDAD DE OVIEDO. Oviedo, 1961". En la misma pá-gina tenía escrito, con prolija letra azul: *"propiedad de Mn. D. José d'Ángelo".* Abrió al azar y leyó unas líneas que habían sido fuertemente subrayadas: "...en recordar a los españoles cómo la clave de su grandeza reside en la ardiente y común profesión de la fé católica, que hizo a España una nación de teólogos armados y un segundo pueblo escogido para ser la espada y el brazo de Dios".

El alcohol ya había hecho efecto. Miró al azar y descubrió aquel viejo libro de Frantz Fanon que su padre leía al atardecer. Tenía las páginas llenas de marcas, símbolos, signos de exclamación, cruces, letras griegas. La tapa tampoco correspondía con el original. Estiró la mano y tomó otro de tapas duras. Era un libro del español Luis Vives, traducido al español, con tapas de *Las Moradas* de Santa Teresa. Adentro, dos trozos de hojas con anotaciones de una mano conocida:

«*Borrosa libertad, libertad que nunca fue bienvenida en Calataid, pero que ahora se rescata como un trasto viejo de un baúl abandonado en el sótano...*»

Era la letra de su padre. Anotaciones o partes terminadas de aquel libro que estaba escribiendo y que nunca terminó. Su letra se parecía a la suya. Pensó que por entonces su padre era apenas un hombre de treinta y cinco años, pero para él era como si tuviese el doble. En otro papel, rasgado como el primero, alcanzó a leer:

«*...que trata de ciertos fenómenos psíquicos del Espíritu.*

»*En este capítulo, estudiaré la locura como una* dislocación (*entendiendo la voz castellana* loco *no en su etimología árabe* lauga *sino en la voz latina* locus, *que significa* lugar). *En medicina hablamos de "un hombro dislocado" (como la bisagra de una puerta, está fuera de* quicio, *está* desquiciado), *pero no pensamos en la dislocación de un individuo en una sociedad como trauma psicológico y social, como origen de una enfermedad individual (física, porque sólo lo que tenemos de carne es algo individual, cuando no está copulando con otro individuo). Así, la locura puede ser entendida como una fragmentación, una ruptura espacial o temporal —del espacio y del tiempo ajeno. Su calificación como* enfermedad *depende de la fracción dislocada que venza en la lucha dialéctica por administrar el significado del término. Don Quijote, por ejemplo, ha dislocado el tiempo histórico de los otros. Un hombre que se cree perro es considerado loco porque ha dislocado el espacio, su cuerpo y la costumbre ajena (pero no está loco si el perro es un tótem y el loco es un rey o el jefe de alguna tribu). Lo mismo un hombre que se cree mujer es, dentro de estas murallas, una dislocación y, por lo tanto, un enfermo.*

»En esta ciudad han decidido que son locos todos aquellos que se salen de los límites de las murallas que la rodean. Si se entiende que esta locura puede servir de ejemplo, deja de ser inofensiva e individual para convertirse en una inmoralidad, como en los casos que involucran la mala vida privada que puede servir de ejemplo al resto de los dislocados. Cuanto más lejos de la plaza Matriz, peor: son excéntricos e inmorales los que viven en San Patricio y demoníacos los que vienen allende el desierto que rodea a Calataid. Son locos dos o tres humanistas en Calataid y son una secta peligrosa más de tres. Recientemente hemos descubierto que a éstos se los conoce con el nombre de...»

Un rasgón había quitado el resto. Del otro lado, se podía ver la planta de la ciudad bajo el título de EL CUERPO, como una especie irregular de escarabajo, símbolo de la eternidad entre los egipcios. Más abajo, unos apuntes más rápidos:

«¿Por cinco meses he tratado a L.P. de un mal estomacal hasta que descubrí que no era virgen. Ahora encuentro que no

puedo decir si L.P. está enferma o Calataid lo está. De su dolencia estomacal ha pasado a tener síntomas de esquizofrenia. No obstante, sospecho que este término ha nacido de la concepción de un 'individuo' inexistente, lo cual no deja de ser un diagnóstico cómodo para una sociedad. ¿Es la locura una realidad psicológica o una relación semántica particular, no reconocida como propia? De la misma forma, ¿es un trauma una herida psicológica, una disfunción neuronal o simplemente una atribución semántica? El honor (la vergüenza, el orgullo, la pureza, la santidad) depende de un determinado código de lectura, de una construcción —aunque casi siempre más fuerte que los mismos muros de Calataid—, pero de él se derivan la plenitud o el dolor físico y moral. Entonces, ¿es el dolor de esta ciudad una ficción perversa? ¿Quién o quiénes han escrito la historia que vivimos y representamos?»

En el momento en que descifraba los viejos trazos de su padre, sonó la puerta. Era ella. Ramabad cerró el libro y lo escondió debajo de otros.

OLVIDÓ EL MISTERIOSO ESCRITO DE SU PADRE, pero no pudo olvidar el resto. Por esos días tuvo un encuentro, en principio intrascendente y casi rutinario, que lo hizo pensar sobre el escabroso ejercicio de olvidar. Fue una tardecita mientras caminaba por la Empedrada, cerca de la puerta del camposanto. El viento había subido un poco y sacudía la copa de las palmeras. La arena se levantaba hasta las rodillas, borrando las piedras de la avenida en esa parte casi olvidada de la ciudad, anunciando otra tormenta y un nuevo desborde de Evita sobre las murallas del norte. No obstante, la gente hacía las compras diarias y barría las veredas como si hubiese en ello algún resultado.

Doblando por San Jorge, Ramabad vio acercarse una marcha de fieles, vestidos de negro desteñido y portando estandartes y banderas rojas con inscripciones doradas. Intentó leer las inscripciones pero casi no podía abrir los ojos. Tomaron por Empedrada y pasaron por delante de Ramabad, sin mirarlo, como si no existiera. Llevaban la mirada inmutable y marchaban como si fueran un ejército deliberadamente indiferente a la fuerza del viento. Aunque intentó mirar varias veces, apenas pudo ver sus rostros. No pudo reconocer a nadie; una oleada de arena le golpeó en la cara. Todos debían ser muy niños cuando él recorría esas calles sin detenerse a mirar a quienes lo miraban. Sobre todo cuando se cruzaba con un grupo de niños, porque eran éstos quienes disimulaban peor el desagrado de verlo y se arriesgaban siempre a echarle burlas e insultos, mientras lo seguían por algún trecho.

Entró por San Jorge y luego por Carmelita. En un callejón donde se cobijaba un burro, descubrió uno de los pocos autos de la segunda guerra que habían llegado a Calataid, abandonado desde los tiempos de la independencia, ahora medio sumergido en la arena y casi irreconocible. Poco después, al pasar un estrecho arco de piedra, se cruzó con una gitana que nunca había visto antes en Calataid. Al principio pensó que era una joven hermosa, por su figura esbelta, envuelta en paños y tratando de escapar de la fuerza del viento. La miró a los ojos y descubrió que era una mujer madura, sorprendida por el interés del hombre que avanzaba hacia ella. No la reconoció. Probablemente había llegado años atrás de extramuros; o había nacido allí mismo, en San Patricio o en San Gabriel, y había envejecido prematuramente.

Ella se detuvo y, dirigiéndose a él, le dijo:

—Vos, buen mozo, cargas con una grande tristeza.

—Qué talento —dijo Ramabad, procurando alejarse.

Era una gitana.

—Es un talento que dio a mí el Señor. Venga, hombre —insistió ella, siguiéndolo, con ese tono que era propio de los gitanos de extramuros— que adivino vos la suerte.

—Mi suerte ya la conozco —dijo Ramabad y se detuvo—. Si tienes un poco della buena para darme, estyo agradecido.

—Te vo'a da la mejó de las suertes, hombre, e vo'adiviná vos el futuro por veinte dina.

—No estyo interesado de la segunda oferta. Damí suerte e te doy diez dinas.

—Alé, buen hombre, que todo el mundo quiere saber su futuro.

—No todo el mundo.

—Damí veinte e digo-vos-élo todo, todito. Venga, hombre. A ver...

Le tomó la mano derecha. Tenía la cara cruzada de arrugas, del tipo de arrugas abundantes y bien dibujadas de la gente que ha vivido gran parte de su vida extramuros. Se parecía mucho a la mujer del verdulero, pero más gorda, más vieja y sin ningún atractivo adquirido que compensara toda esa catástrofe de la naturaleza: vestía mal, no hablaba bien —cada vez que lo hacía amenazaba con lanzarle una gotita de saliva nerviosa. La arena se le pegaba en la boca y en los ojos, pero ella miraba como si nada.

—Vas morí —dijo tajante.

—¿No diga? —dijo él, y se le escapó la primera carcajada del día, o de la última semana—. Ay, mujer. Todos saben que nos vamos a ir; unos pocos saben cuándo mas naide sabe adónde.

—Dios sabe ónde e las mujeres de afuera sabemos cuándo. Venga éllos veinte, e vós élo digo todo.

Le dio veinte dinas.

—Agora voy a decí vós *cuando* —dijo, amenazante. Estudió más de cerca su mano, como si lo anterior hubiese estado anunciado en titulares y los detalles estuvieran en letra chica— A ve, buen hombre, irás vós prontitu. Este año, más tardar en la Navidá. Vas morir en un sueño. De un sueño pal otro, que é lo mejor.

—¿Todo eso se ve çá? Mire que aún no me lavé las manos. ¿No puede ser que á una basurita? Digo, tal vez una pequeña manchita que se pueda confundir con la muerte?

—Aquí veo éllo todo e con claridá.

—Morir, e morir pronto, est dentro dello realizable. No soy un ángel e ya estyo viejo, demasiado viejo, puedo decir yo. Agora, quello del sueño est nuevo.

—Si élo dice vós una gitana, no é sólo probable. É seguro. Ademá, llevo cincuenta año en esto trabajo, e sé élo que digo: *Vos va morí.*

—Al menos que vendas mí un poco de tu buena suerte —dijo Ramabad, un poco nervioso, incomprensiblemente nervioso, como si el sol y la temperatura hubiesen caído de golpe y una ráfaga de aire frío comenzara a soplar desde Evita. Una hora antes habría dicho que la muerte era el alivio tan largamente esperado. Pero uno se pone viejo y nostalgioso y comienza a añorar el presente, todo eso que ve por última vez, como un viajero que abandona una casa querida, una ciudad, un país y sabe que no volverá del exilio. Miró hacia el centro: la gente caminaba inclinada hacia delante, con la cabeza envuelta en paños blancos que la arena y el viento se empeñaban en desenvolver. Parecían moros. El aire comenzaba a perder su nitidez; ráfagas cada vez más espesas de arena caliente castigaban de un lado y del otro. Era tiempo de buscar refugio, no de ponerse a conversar en la Empedrada sobre las consecuencias de no hacerlo.

—No puedo, buen hombre —dijo la gitana—. Suerte é quello que no puedo vós vendé ni regalá. Ya no queda-mí deso e podes vós observá. Mas puedo facer otra cosa. Si das amí veinte dina más, puedo facer que olvides vós quello que dije. La gente no gusta de saber cuándo se va morí. Esta noche e las que están por venir, vas queré olvidá quello que vós dije, que si no tuviese visto ello en esta mano no vós tuviese dicho.

Un negocio redondo, dijo Ramabad. Pero, de alguna forma, la gitana le había dicho la verdad sin saber que lo hacía. Pensó que era como cuando uno conserva la inquietante preocupación por un deber que ha olvidado realizar. Olvido algo importante, y no sé qué es. Como cuando uno conserva la inquietud, el temor, el miedo por un sueño que lo ha perturbado en la noche pero que ya no puede recordar a la mañana siguiente, por lo menos no en detalle, y que persiste de una forma mucho peor, porque ahora es un secreto al que dejamos de tener acceso. Mucha gente está triste y cree no saber por qué. Sólo ha olvidado que lo sabe, volvió a pensar.

—De seguro unas cuadras más arriba —dijo Ramabad—, hoy mismo, ayer o la semana anterior, otra adivina fizo su mismo trabajo, las dos cosas juntas, la revelación e el olvido, porque á días ya que camino mucho triste, por esta misma calle, e no sé totalmente por qué. Todo quello peor ya mí ocurrió á mucho tiempo, e no á tanto que perdí el gusto por la vida. La música no es quello que era, las mujeres ya no mí agitan el corazón... Como e bebo bien todos los días, mejor que antes, mas ya no encontro entusiasmo en nada. Si mí fas olvidar quello que mí fas dito, no mí liberarás de mi tristeza, tendré veinte dinas menos e no sabré por qué estyo triste. Agora, si sé que voy a morir, mi tristeza al menos est justificada.

De repente recordó a su padre y se detuvo.

—¡Galos! —balbuceó la gitana, con asco, y se perdió entre las nubes de arena.

Ramabad sonrió contra el destino y la tristeza y la mala suerte no tuvieron más que reconocer su derrota.

Con dos copas Ramabad se ponía de excelente humor, un humor siempre triste. Una noche, casi sin sentido, escribió en el piso, aprovechándose de una ligera capa de arena que había entrado esa noche:

pero no existe el olvido
sino memoria que descansa

Se sonrió con un aire tragicoebrio; los versos los había escrito el pájaro y los habían cantado los trovadores en la plaza de San Patricio, durante los últimos meses de 1978 después que fueran expulsados del centro.

Levantó la vista y vio que una sombra lo miraba desde lejos. Debía ser Arletty. Podría perder el control total de mi cuerpo, y mi conciencia seguiría igual de despierta, tal vez un poco más divertida, mas implacablemente despierta, vertical. O más despierta que nunca, porque no sólo veo mis propios pensamientos sino también los pensamientos tuyos. Mas cuando muera, todo será borrado, Arletty, en un olvido total e absoluto; e si la conciencia persiste, será una conciencia distinta, como quella de quien despierta de una pesadilla, o a la inversa, como quella de aquel que al no soportar más la realidad cae en la locura, que es una especie de desmayo existencial o de despertar a un nuevo sueño...

La rapaza sollozaba, pero Ramabad no la escuchaba por el furioso ruido que hacía la arena al golpear el techo y las ventanas. Sólo veía su sombra en un rincón, apretada contra sí misma como si tuviese frío. ¿Qué ocurre, Arletty? ¿Acaso tenés miedo de la habub? Tenés miedo porque sos demasiado joven, mas tienes que saber que Calataid enfrentó muchas otras embestidas del Heterodoxo, siglo tras siglo. E de todas salió victoriosa. Cada habub es el signo de los pecados del mundo que el Creador envía para destruir quello que se mudó degenerado en su creación. Cada habub es el Heterodoxo que cada tanto es purgado del mundo e se revuelve en el desierto.

La arena había ido quitando transparencia a los vidrios y los techos de San Patricio apenas se veían. Los basurales, que se habían acumulando durante cinco días en algunas esquinas de Calataid, habían volado hasta pegarse en las paredes y en las ventanas de las casas. Las campanas de las iglesias se sacudían cada tanto, aunque sus tañidos se ahogaban en la densidad del aire, como sonaban cuando alguien importante había muerto. La viuda de don Ferrando le recordó a la nana cuando de la casa en que servía salió una columna de humo negro y con ella la figura estirada del demonio. La nana no había alcanzado a verlo, pero todos se lo habían dicho al día siguiente. Había sido por causa del doctor que quemaba cosas en el patio, libros, papeles y quién sabe qué fórmulas prohibidas, inspiradas todas en la calavera de la mora que tenía en su consultorio. Y cuando murió hasta el cura tuvo el desatino de complacerlo en su voluntad, permitiendo que cremaran élo para que sus cenizas fueran entregadas al viento del desierto, como si allá afuera tuviese alguna posibilidad de llegar al Salvador. Muy por el contrario, se entregó las cenizas del doctor Uriburu a las alas del habub e no mí extrañaría que tuviesen agora sus finas manos tañendo las campanas de todas las iglesias de Calataid. ¿Mas quién podría decir élo sino el mesmo padre d'Ángelo? ¿Y quién tenía élo visto e quién tenía llegado a la iglesia mientras la tormenta de arena se revolvía en las calles de la ciudad? Lo cierto es que nadie sabía si las campanas, que estaban a punto de enloquecer a más de uno, eran tocadas por manos humanas, por Dios o por el demonio de la habub, pero en muchas casas la muerte había llegado sin que se la pudiese atender como mandaba la tradición. La persistente habub, que al sexto día continuaba creciendo en su furia, había hecho imposible cualquier limpieza o abastecimiento y los más viejos, que no habían resistido a las restricciones, eran envueltos en telas y dejados en los patios para evitar el mal olor y una nueva peste en la ciudad. Por rumores de quienes se habían aventurado a salir de sus casas, se dijo que camposanto había sido borrado, que aquellos que no tenían vuelto entre los descamisados que murieron en el incendio de 1978 volvían agora e pedían a Calataid abriesen la puerta de Lázaro, y entre ellos venía la hija de don Luzardo Paz, Lucero, y que más de uno, conmovido por esta súplica pidió que se abrieran las puertas, a lo que, a falta del alcuazil Ioseph y del alcalde de Rodrigo, el profeta Aquines Moria, que para entonces había tomado de hecho el mando de la ciudad, advirtió a tiempo que aquellos ruegos y lamentos eran los del demonio, que tentaba abrir las puertas de sus corazones para vulnerar el alma de Calataid. Sin embargo, naide podía decir que algo dello tenían visto, porque las cuatro puertas de Calataid tenían sido clausuradas e la visión era de pocas varas. Ramabad alcanzó a ver a la gitana que le había leído la mano, en lo alto de la muralla de Lázaro, caminando como una loca hasta que la habub se la llevó del otro lado.

EL PÁJARO ESTABA DISFRAZADO DE PÁJARO, Arletty. Eran esos tiempos en que uno está buscando desesperadamente quién ser y, cuando lo encuentra, o cuando cree encontrarlo, se disfraza de uno mismo, hasta llegar a ser verdaderamente *uno mismo*. A los dieciséis años Ramabad había elegido ser músico y vivía como tal; se vestía como si fuese un verdadero compositor, se dejó crecer el pelo, como uno de aquellos grabados de Beethoven que se repetía en las enciclopedias de su casa. A esa edad uno actúa el personaje que quiere ser y la vida resulta más interesante. Cuando se vestía, vestía a un músico. Cuando miraba la hora, era un músico el que estaba midiendo el tiempo. Cuando comía, era un músico que se alimentaba. Cuando descansaba, era un músico que repasaba las últimas notas que había logrado ordenar en su piano o en su cabeza. No sabía quién era pero estaba seguro de quién quería ser. Por entonces, Arletty, uno es más auténtico tratando de imitar a otro, o actuando su propio personaje, que cuando a los cuarenta ya cree saber quién es y ya no necesita esforzarse por serlo. Don Quijote era más auténtico imitando a sus caballeros que todos los demás tratando de devolverlo a la sociedad. Increíblemente, Arletty, yo no pude comprender que mi hermana había elegido ser pájaro. No astrónomo ni poeta sino, lisa y llanamente, *pájaro*. Un pájaro nocturno, encerrado en su jaula, mirando a lo lejos, por entre los barrotes, soñando con volar de día y sin poder hacerlo. Enamorándose, como todo el mundo, casi sin querer. No le hubieran hecho falta las piernas si no se hubiera enamorado... Pero uno nunca comprende las cosas cuando está sumergido en ellas.

de un misterio al otro y en el medio,
una agridulce y confundida emoción
la vida

Una noche la vio, espiándola por la cerradura. Tenía una máscara con un pico de águila y una capa como dos alas, a las que hacía sonar cada vez que salía o regresaba. No era un sonido estrepitoso, sino más bien discreto, como el verdadero aleteo de una paloma al remontar el vuelo, como si fuese un tic nervioso. Hacía sonar sus alas cuando estaba por enfrentarse con la noche. No habían habubs como éstas por entonces. Cuando su hermano la oía, se le ponía la piel de gallina, y no sabía si era porque le daba pena o porque de alguna forma le asustaba. Siempre tuvo miedo de descubrirlo disfrazado de pájaro, por lo que sólo se acercaba a la puerta para sentirlo llegar, pero nada más. De forma que nunca le quedó claro si entraba por la puerta o por la ventana.

Arletty, influida por las opiniones de un nígro que había quedado atrapado en la casa, había aconsejado sellarla con tablas de madera, pero las otras mujeres dijeron que era una exageración que espantaría a los clientes. Hasta que una ventana estalló en la sala de entrada después que alguien llamara a la puerta con unos golpes lentos de aldaba. Nadie se movió, hasta que la más vieja, Delvira, comenzó a barrer la arena con una escoba y, sólo después de entender la inutilidad del esfuerzo, salió de la casa desoyendo las advertencias de las demás mujeres que decían que la mala vida le había secado los sesos. No le importaron tanto los cristales rotos. Dicen que se puso furiosa por los golpes de aldaba antes que estallaran. La anciana salió, amenazando con el palo de la escoba y gritando con voz aguda y ronca "¿quién es? ¿quién anda ahí?" y no volvió.

—Ella quería ser un pájaro —dijo Ramabad, o lo que quedaba de él— y sabía que no sólo no podía volar, sino que, además, se movía como un pato. Tan claro era esto que algunos, como el penelargo, cuando pasaba por debajo de su ventana gritaba *"cuac-cuac"* sin poder evitar luego su propio rebuznido, que era su forma de reírse. ¿Adónde iría mi hermana, el pájaro, cuando en las noches sin luna se levantaba el viento y la gente se recluía en sus casas? ¿Por qué habría matado a don Luzardo, el padre de Lucerito, sino por justicia o por venganza o por locura?

Colocó otros seis libros más en la estantería. Lo atrajo un atlas antiguo. Los países casi habían perdido sus colores originales. De hecho, pensó Ramabad, muchos de ellos ya no existían o habían perdido esas mismas fronteras o habían cambiado sus nombres. Le faltaba la primera página, como a casi todos, pero entre las últimas encontró otros manuscritos de su padre, sin firmar. Seguramente eran la corrección de algún otro borrador, porque la letra era pareja y casi no tenía esas características tachaduras que llenaban los cuadernos de su padre. Con letra pequeña, el título: «El primer hombre».

EL DOCTOR URIBURU HABÍA VUELTO una noche de una casa de curación clandestina, en Gitanera, con una historia que nunca reveló en vida. Según él, no había ido allí en busca de mujeres sino de un camellero de nombre Ibrahim que lo engañaba vendiéndole falsas traducciones del árabe. Una de estas historias —«El primer hombre»— que el doctor retocó en su sintaxis, procedía de una columna de las cisternas de Garama. Como había explicado en otros folios, estas columnas estaban escritas en griego y en latín, en forma de apretada espiral que cubría todo el fuste como una cinta, de arriba a abajo.

Según esta historia, hubo una época en que los hombres y las mujeres poblaban el mundo sin saber por qué nacían y morían, como el resto de las cosas. En realidad, solían ver animales muertos, árboles incendiados por rayos fulminantes, hermanos abatidos, padres y madres agonizantes. Pero los ejemplos no eran lo suficientemente abrumadores como para temer el propio fin de cada uno. Lloraban por sus muertos, pero no los asustaba desaparecer.

Ocurrió un día que uno de ellos tuvo una idea extraordinaria, a todas luces inconcebible: él mismo, quien había visto morir a un hermano, también se iba a morir. Durante muchos días estuvo triste, sentado sobre una piedra al borde del río. Había comenzado a contemplar su imagen en el espejo del río (cuando todavía había ríos) y se había perdido más tarde en la contemplación de los árboles, del cielo que lo cubría, del sol poniéndose detrás del perfil de las montañas y las estrellas. Con la salida del nuevo sol no mejoró su situación.

Seguía triste, profundamente triste y no sabía por qué. Era sencillo; estaba triste porque había descubierto que la muerte lo esperaba en el cruce de algún camino. Pero para alguien que había vivido treinta años sin saberlo era un descubrimiento todavía oscuro. Casi no tenía palabras para explicar esta idea. Es decir, que aún más tiempo tardó en entender que todo camino conducía al mismo punto. Se dijo que este lugar era siempre triste, porque aunque era el punto común de todos los caminos allí siempre iba a llegar solo. Entonces comprendió por qué la gente lloraba cuando alguien querido partía hacia las estrellas, tan lejos que no podían volver a verlo nunca más.

Después de varios días de vagar por la soledad del desierto (cuando el desierto aún no era mortal para un hombre solo), concibió una nueva e inevitable idea: si le contaba a los demás por qué se encontraba en ese estado de pena, seguramente dejaría de sufrir. O su sufrimiento no sería tan pesado. Había descubierto que un hombre no puede sostener él sólo una revelación tan pesada, que debe compartirla con los demás, ya que ellos también compartían su mismo destino. Descubrió que, por esta razón, los demás son, de alguna forma, uno mismo.

Entonces se sonrió, por primera vez desde aquel terrible día, y subió hasta la aldea. Una columna de humo le indicó el camino. Debajo de esa columna, supo que otros hombres y otras mujeres (esas otras formas de sí mismo) asaban un cerdo salvaje.

"Un cerdo muerto", pensó, por un momento con miedo.

En el camino se encontró con un joven que jugaba con una pluma de ganso y sintió que no podía esperar a llegar a la aldea para contar lo que le había ocurrido.

Al principio el joven de la pluma no comprendió, ya que siempre había pensado que algo ocurre cuando acontece afuera, como un ave que es derribada con una lanza o como una tormenta que arroja fuego sobre la montaña. Pero ¿cómo podía ocurrir algo adentro de una persona que no sea sólo el latido del corazón?

El hombre comprendió que el joven no había comprendido y se apresuró a llegar a la aldea.

Al día siguiente, el joven de la pluma, que había pasado la noche en la pradera, llegó a la aldea y supo que el hombre que le había contado la historia más extraña e inolvidable de su vida había sido asesinado. Mejor dicho, había sido sacrificado a los nuevos dioses de la montaña. Supo también que lo habían matado por algo que sabía, por algo que había descubierto por sí solo en el río, o quién sabe cuándo, según le dijeron. Entonces el joven sintió tanto miedo que huyó desesperado, consciente ahora de que poseía algo que los hombres querían o despreciaban. Y mientras huía, también supo que ese algo no era una piedra, ni era un fantasma ni era un demonio sino algo que había aprendido, algo que había descubierto y que llevaba consigo en alguna parte.

Trató de recordar qué era aquello que tanto aterraba a la aldea y recordó lo que le había ocurrido al primer hombre. Recordó que el hombre sabía que iba a morir, tal como ocurrió el día después. El hombre lo había predicho, por lo tanto era verdad.

Sin embargo, algo aún más terrible o maravilloso había ocurrido: el joven de la pluma también sabía que el primer hombre iba a morir, sin dudas, mucho antes de que la gente de la aldea se lo dijera. No tenía por qué dudarlo, porque por entonces no existía la mentira.

Entonces ya no pudo deshacerse de esa idea y la idea comenzó a propagarse como una epidemia: no sólo sabía que él se iba a morir, sino también todos los demás, de una forma o de otra, más tarde o más temprano. Lo nuevo, lo terrible no había sido tanto la muerte como la conciencia de llevarla adentro desde aquel día.

El joven siguió huyendo y, cada vez que se encontraba con alguien en el camino que le preguntaba por qué huía, contaba esta historia, porque aún no había aprendido a mentir. De forma que la idea de que todos moriremos algún día prendió tan fuerte en cada uno y contagió tan fácilmente a los demás, que pronto no hubo sobre la tierra ya nadie que no lo supiera.

Durante siglos los hombres buscaron un consuelo a su más profunda angustia, pero todas las respuestas parecieron pequeñas ante la muerte. Hasta que alguien, no se sabe quién, descubrió la verdad. Y como vieron que a todos servía como respuesta a los temores del primer hombre, la defendieron con su sangre y con la sangre de los demás, primero, y con la mentira después.

UNA NOCHE ENTRÓ ARLETTY A LA ALCOBA diciendo que ya venía. Evita se había levantado sobre Lázaro y Santiago y cubría casi la mitad de los espesos muros del Convento de las Teresitas. Al mismo tiempo, el excesivo peso de la arena acumulada comenzaba a hacer crujir los pilares de las cisternas, amenazando con hundir los cimientos de Calataid.

Por el tono tranquilo de su voz, Ramabad pensó que la joven le estaba mintiendo. No era la primera vez que anunciaba una gran tormenta de arena que sepultaría la ciudad santa. Cuando creía que él estaba borracho, le hablaba como a un niño. Ramabad la agarró de un brazo con fuerza y le dijo que no le inventara historias. Ella hizo un gesto mudo de dolor. Tenía los brazos llenos de manchas moras que apenas cubría una camisa blanca. ¿Qué tienes ahí?, preguntó Ramabad, pero ella le quitó importancia. Dijo que así como venían se iban. Ramabad le abrió la camisa y descubrió las mismas manchas y los pechos jóvenes. "Parece que te hubiesen dado una golpiza," dijo Ramabad. Ella se cubrió con rabia. No entendía, dijo, por qué le llamaba la atención. Todas las mujeres de la casa tenían esas manchas. Se decía que las absorbían de los clientes y que de esa forma salvaban al resto de Calataid del mismo mal. Claro que dolían al principio, pero después ni siquiera se sentía la carne al pasar la mano por allí. Es como la peste, dijo Ramabad. Ella asintió, sí, es como una peste. Por eso había decidido irse de Calataid. Un nigro cristiano la había invitado a irse con ella a Séguédine si aceptaba ser su esposa y ella había aceptado. Antes que él dijese algo estalló el primer vidrio del altillo.

—Visítanos cuando puedas —dijo Ramabad.

Ella movió la cabeza en un gesto ambiguo. Al salir cerró la puerta.

NOTAS DEL BUEN LECTOR: